KB176570

을 유 세 계 문 학 전 집 · 47

위대한 개츠비

을유세계문학전집 · 47

위대한 개츠비

THE GREAT GATSBY

프랜시스 스콧 피츠제럴드 지음 · 김태우 옮김

을유문화사

옮긴이 김태우

서울대학교 국어국문학과를 졸업했고, 같은 학교 대학원에서 영어영문학 석사 학위를, 영국 레스터 대학교에서 박사 학위를 받았다. 현재 국민대학교 영어영문학과 부교수로 재직 중이다. 옮긴 책으로 『호밀밭의 파수꾼』, 『인간의 내밀한 역사』, 『막대에서 풍선까지』, 『스파르타쿠스』 등이 있다.

을유세계문학전집 47

위대한 개츠비

발행일 · 2011년 11월 10일 초판 1쇄 | 2020년 4월 10일 초판 4쇄
지은이 · 프랜시스 스콧 피츠제럴드 | 옮긴이 · 김태우
펴낸이 · 정무영 | 펴낸곳 · (주)을유문화사
창립일 · 1945년 12월 1일 | 주소 · 서울시 마포구 서교동 469-48
전화 · 02-733-8153 | FAX · 02-732-9154 | 홈페이지 · www.eulyoo.co.kr
ISBN 978-89-324-0377-9 04840 978-89-324-0330-4(세트)

• 값은 뒤표지에 표시되어 있습니다.
• 옮긴이와의 협의하에 인지를 붙이지 않습니다.

차례

그러면 황금 모자를 써요,
그녀의 마음을 움직일 수 있다면.
높이 뛰어오를 수 있거든
그녀를 위해 뛰어올라 보아요,
그녀가 외칠 때까지.
"내 사랑,
당신을 놓칠 수는 없어요,
황금 모자를 쓰고, 높이 뛰어오르는 내 사랑을!"
- 토머스 파크 딘빌리어스*

다시 또 젤다에게

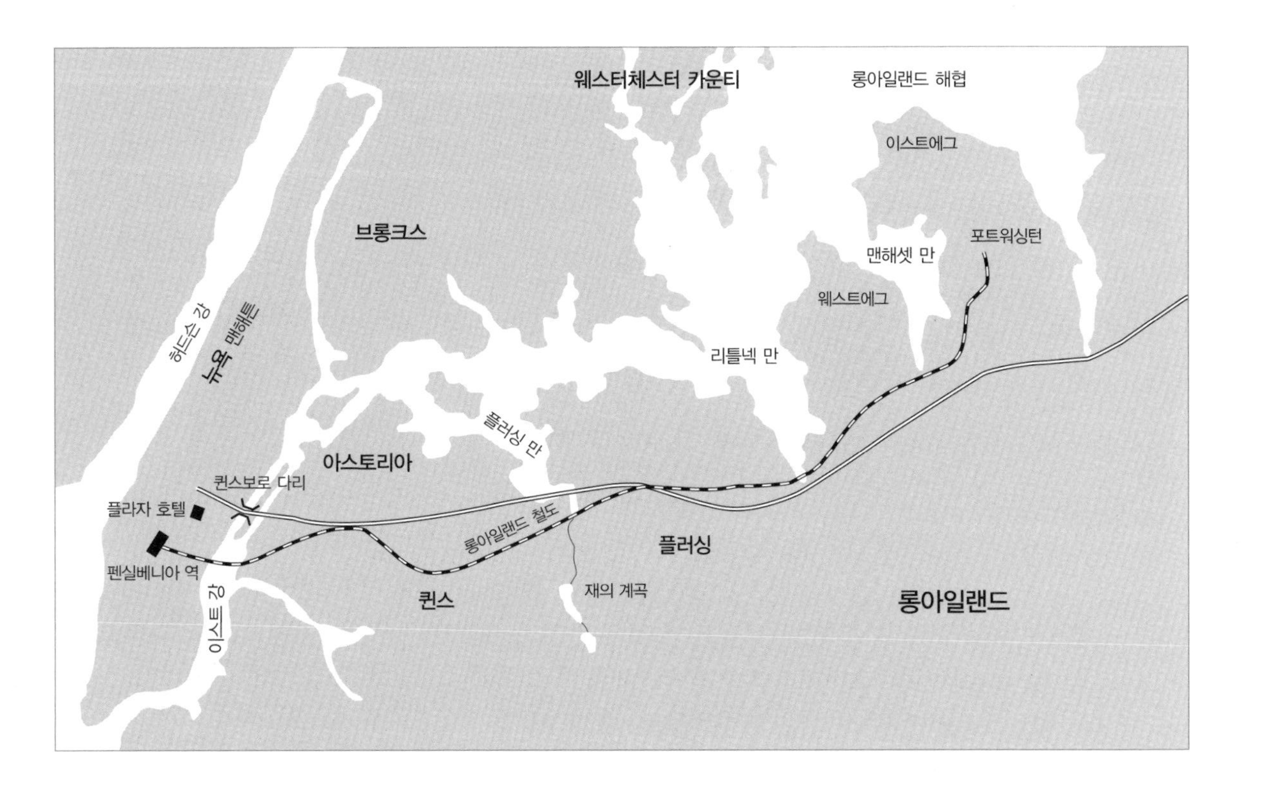
웨스터체스터 카운티
롱아일랜드 해협
이스트에그
브롱크스
맨해셋 만
포트워싱턴
웨스트에그
허드슨 강
뉴욕 맨해튼
리틀넥 만
플러싱 만
아스토리아
퀸스보로 다리
플라자 호텔
롱아일랜드 철도
플러싱
펜실베니아 역
이스트 강
퀸스
재의 계곡
롱아일랜드

제1장

어리고 세상 물정 모르던 시절 아버지께서 나에게 충고를 한마디 해 주셨다. 그때 이후 나는 그 충고의 의미에 대해 곰곰 생각해 보았다.

"누구를 비판하고 싶으면 언제나 세상 사람들이 다 너만큼 혜택을 받고 산 것은 아니라는 사실을 명심해라."

아버지는 더 이상 말씀하지 않으셨다. 그러나 많은 말이 없이도 아버지와 나는 서로 뜻이 잘 통했고, 나는 아버지의 말씀에 겉으로 보이는 것 이상의 많은 의미가 있다는 것을 알고 있었다. 그 결과 나에게는 모든 판단을 유보하는 경향이 생겼는데, 그 습관 때문에 별난 성격을 가진 사람들이 적잖이 속내를 털어놓기도 했지만, 내가 아주 탁월하게 지루한 사람들의 제물이 되는 경우도 많았다. 정상적인 사람에게서 이런 특성이 나타나면 비정상적인 사람은 재빨리 그 특성을 눈치채고 들러붙는다. 그래서 대학 시절 나는 엉뚱하고 잘 알려지지 않은 친구들의 남모르는 슬픔을 알고 있다고 해서 부당하게 정치적이라는 비난을 받았던 것이다. 내가 알고자 해서 그런 비밀을 알게 된 것은 아니었다. 어떤 내밀한 고백이 임박했음을 알리는 분명한 징조가 보이면 나는 종종 잠을 자는 척하거나 무엇에 몰두하고 있는 척하거나 적대적인 경박함을 가장했다. 젊은 친구들의 내밀한 고백이라고 하는 것은 적어도 그 표현은 대개 표절에 불과하고, 명백한 자기 억압 때문에 온전치 못한 것이다. 판단을 유보하면 무한한 희망을 품을 수 있다. 아버지가 모든 것을 다 알고 있는 사람이라도 된 것처럼 말씀하셨고 나 또한 그렇게 반복하고 있듯이, 기본적인 품위에 대한 감각이 태어날 때 모든 사람에게 똑같이 분배되지 않는다는 사실을 잊게 되면 무엇인가를 놓치게 되지 않을까 나는 아직도 좀 두렵다.

이런 식으로 관용을 자랑해도 거기에는 한계가 있다고 나는 인정한다. 처신이라고 하는 것이 든든한 바윗돌이나 젖은 습지 위에 토대를 둘 수도 있겠지만, 어떤 지점을 넘어서면 나는 그 토대에 대해 전혀 신경 쓰지 않는다. 작년 가을 동부에서 돌아왔을 때 나는 이 세상이 군복을 입고 일종의 도덕적 차렷 자세를 영원히 유지했으면 하고 바랐다. 나는 더 이상 특권이라도 지닌 것처럼 인간의 마음속을 들여다보며 소란스럽게 유람하는 것을 원하지 않았다. 그런 내 반응은 이 책의 제목으로 이름을 빌린 개츠비에게만 예외였다. 개츠비는 내가 마음으로부터 경멸하는 모든 것을 대표하는 인물이었다. 개성이라고 하는 것이 일련의 성공적인 몸짓이라면 그에게는 어떤 화려한 면, 만육천 킬로미터나 떨어진 곳에서도 지진을 기록하는 정교한 기계들과 연결되어 있는 것처럼 인생에서 이룰 수 있는 것을 느끼는 고양된 감수성 같은 것이 있었다. 그렇게 민감하게 반응하는 능력은 '창조적 기질'이라는 명칭으로 그럴듯하게 포장된, 맥없이 쉽게 감동하는 것과는 전혀 다른 것이다. 그것은 희망을 향한 비상한 재능이었으며, 지금까지 내가 다른 누구에게서도 볼 수 없었고 앞으로도 볼 수 없을 낭만적 감응력이었다. 결국 개츠비가 옳았다. 이루지 못한 일에 대한 인간의 슬픔과 숨 가쁘게 들뜬 감정에 내가 일시적으로 흥미를 느끼지 못했던 까닭은 개츠비를 삼켜 버린 것, 그의 꿈이 사라진 자리에 떠돌고 있던 더러운 흙먼지 때문이었다.

우리 집안은 이곳 중서부 도시에서 삼대에 걸친 명망 있고 유복한 집안이다. 캐러웨이 가는 일종의 집성촌을 이루고 있으며, 전하는 이야기에 의하면 우리는 버클루 공작*의 후손이다. 그러나 실제 나의 직계는 할아버지의 형님 되시는 분으로부터 시작되었다. 그분께서는 1851년에 이곳으로 오셔서 남북 전쟁 때는 다른 사람을 대신 전쟁터로 내보내고 철물 도매 사업을 시작하셨는데, 지금까지 아버지가 그 일을 계속하고 있다.

나는 이 큰할아버지를 뵌 적이 없지만 그분을 닮았다고 한다. 특히 아버지의 사무실에 걸려 있는 비교적 딱딱한 필치의 그림에 견주어 보면 그렇다. 나는 1915년에 뉴헤이븐에 있는 대학*을 졸업했는데, 아버지 이후 꼭 사 반세기 만의 일이었다. 그리고 조금 지나 제1차 세계 대전이라고 알려진 때늦은 게르만 족 대이동에 참가했다. 나는 우리의 역습을 너무나 철저히 즐겼기 때문에 돌아와서는 좀 들떠 있는 상태였다. 중서부는 이제 세계의 따뜻한 중심이 아니라 거친 우주의 변방처럼 보였다. 그래서 나는 동부로 가서 채권 사업을 배우기로 작정했다. 내가 아는 사람은 전부 채권 사업에 종사하고 있었다. 그러니 한 사람 정도 더 이 사업에 뛰어들어도 별 문제는 없을 것 같았다. 집안 아저씨와 아주머니 들은 내가 다닐 고등학교를 고르기라도 하는 것처럼 이 문제를 두고 수다를 떨다가 마침내 아주 진지하고 주저하는 낯빛으로 "정 하고 싶다면 그렇게 해야지" 하고 동의해 주셨다. 아버지는 일 년 동안 재정 지원을 해 주기로 약속했다. 그리고 이런 저런 이유로 출발이 늦춰지다가 나는 1922년 봄에 나만의 생각이긴 했지만 영원히 돌아오지 않을 작정으로 동부를 향해 떠났다.

뉴욕 시내에 방을 구하는 것이 현실적이었겠지만 따뜻한 계절이었고 잔디가 넓고 나무들에 익숙했던 고향을 막 떠나온 까닭에 사무실의 한 젊은 친구가 뉴욕 주변 출퇴근이 가능한 곳에 함께 집을 얻자고 제안했을 때 그것이 아주 그럴싸한 생각처럼 들렸다. 집은 그 친구가 구했다. 월세 팔십 달러의 갖은 풍상을 겪은 단층집이었다. 그런데 입주를 앞둔 마지막 순간, 그 친구가 워싱턴으로 발령이 나는 바람에 나는 혼자 시골로 내려가게 되었다. 도망갈 때까지 적어도 며칠 동안은 함께 있었던 개 한 마리, 낡은 닷지 자동차 한 대, 핀란드 인 아주머니 한 분이 나에게 딸린 전부였다. 그 아주머니는 잠자리 준비와 아침을 해 주고 전기난로를 쬐며 핀란드 속담을 중얼거렸다.

하루 이틀은 좀 외로운 느낌이 들었다. 그러던 어느 날 아침 나보다 더 늦게 이사 온 어떤 남자가 길에서 나를 세웠다.

"웨스트에그 마을로 어떻게 갑니까?" 난감하다는 듯 그가 물었다.

나는 그에게 길을 알려 주었다. 그리고 계속 길을 걸어갔는데 더 이상 외로운 느낌이 들지 않았다. 내가 그의 안내자였고, 길을 찾아 준 사람이었고, 원주민이었다. 뜻하지 않게도 그 사람 때문에 이 동네에서 자유로운 느낌을 갖게 된 것이다.

빠르게 돌아가는 영화 속에서 사물이 급격하게 자라는 것처럼 햇빛과 나무를 덮고 있는 나뭇잎들이 돌연 시야에 들어왔고, 여름과 더불어 삶이 다시 시작될 것이라는 익숙한 확신이 들었다.

우선 읽을 것이 너무 많았고, 활력을 불어넣는 신선한 공기를 호흡하며 건강도 잘 챙겨야 했다. 나는 은행 업무와 신용 및 증권 투자에 관한 책을 십여 권 샀다. 조폐 공사에서 갓 찍어 낸 새 돈처럼 붉은빛과 금빛이 감도는 그 책들을 선반 위에 세워 놓았더니 마치 미다스와 모건*과 매케나스*만이 알고 있는 빛나는 비밀을 털어놓겠다고 약속하는 것 같았다. 나는 다른 많은 책들도 읽겠다고 작정하고 있었다. 대학 시절 나는 비교적 문학에 관심이 있었다. 어떤 해에는 『예일 뉴스』에 엄숙하지만 내용은 명백한 일련의 논설을 기고하기도 했다. 이제 나는 그런 모든 것을 다시 내 생활 속으로 끌어들여 전문가들 중에서도 가장 전문성이 떨어지는 전문가, 소위 '만능인'이 될 요량이었다. 물론 궁극적으로 인생은 하나의 창문을 통해 더 성공적으로 들여다볼 수 있는 것이다. 이것은 단순한 경구가 아니다.

나는 우연하게도 북미 지역에서 가장 희한한 동네에 집을 얻게 되었다. 그 집은 뉴욕의 정동향으로 가늘고 길게 뻗어 있는 소란스런 섬에 자리 잡고 있었다. 그 섬에는 여러 자연 경관이 있지만, 섬의 독특한 지형 자체가 그중 하나를 이루고 있다. 뉴욕에서 약 삼십 킬로미터쯤 떨어진 곳에 한 쌍의 거대한 달걀처럼 윤곽이 똑같은 두 개의 섬이 만이라고 부르기도 힘든 작은 만으로 나누어진 채 롱아일랜드 해협의 안마당이라고 할 수 있는 서반구에서 가장 잘 길들여진 바닷물 안으로 뻗어 나와 있다. 그 두 개의 섬이 완벽한 타원형을 이루고 있는 것은 아니다. 콜럼버스 이야기에 나오는 달걀처럼 접하는 지점은 평평하게 눌려 있다. 그 위를 날아가는 갈매기들은 비슷한 모양 때문에 늘 혼란을 겪을 것이다. 그러나 날개가 없는 피조물에게 가장 흥미로운 현상은 모양과 크기를 제외하고는 그 두 개의 섬이 모든 면에서 서로 다르다는 사실이다.

나는 웨스트에그에 살았다. 그곳은 둘 중에서 좀 더 수준이 떨어지는 지역이었는데, 이렇게 말하는 것은 둘 사이의 기괴하고도 심지어 꽤 불길하다고도 할 수 있는 차이를 표현하기에는 아주 피상적인 꼬리표라고 하겠다. 내 집은 그 달걀 모양의 한쪽 바로 끝에 있었는데, 해협에서 겨우 오십 미터 정도 떨어진 곳이었고, 한 계절 집세가 만 이천에서 만 오천 달러나 되는 두 채의 거대한 저택 사이에 끼어 있었다. 노르망디 시청 건물을 똑같이 모방한 오른쪽 저택은 어떤 기준으로 봐도 어마어마한 집이었다. 그 저택에는 대리석 수영장도 있고, 잔디밭과 정원이 오만 평이 넘게 펼쳐져 있으며, 한쪽 끝에는 담쟁이덩굴이 살짝 덮여 있는 새로 지은

탑이 솟아 있었다. 그 저택이 개츠비의 집이었다. 아니, 아직 내가 개츠비를 몰랐을 때였으므로 개츠비라는 이름을 갖고 있는 사람이 살고 있는 집이라고 해야 할 것이다. 나의 집은 보기에 거슬렸지만 작았기 때문에 주의를 끌지 못했다. 그래서 나는 월 팔십 달러에 바다가 보이고 이웃집 잔디도 일부 보이고 백만장자들이 바로 옆에 산다는 위안을 누릴 수 있는 집에서 살게 되었다.

좁은 만 건너편으로는 상류층 사람들이 모여 사는 이스트에그의 궁전 같은 하얀 저택들이 해변을 따라 빛나고 있었는데, 그해 여름의 이야기는 톰 뷰캐넌 부부와 저녁을 함께하기 위해 내가 그곳으로 차를 몰고 건너간 날 저녁부터 실제로 시작되었다. 데이지는 나의 먼 친척 동생뻘이었고, 톰은 대학에서 알았다. 전쟁 직후에는 시카고에서 이틀 동안 그들과 함께 지낸 적도 있었다.

데이지의 남편은 여러 육체적 업적 가운데에서도 특히 역대 뉴헤이븐의 미식축구 선수 중 가장 힘이 셌던 포워드였다. 어떤 면에서는 전국적 인물이었다고도 하겠는데, 스물한 살에 제한적이지만 급격하게 뛰어난 위치에 올라서서 그 이후부터는 모든 것이 내리막에 접어든 것 같은 그런 느낌을 주는 인물이었다. 그는 엄청나게 부유한 집안 출신이었고, 대학 시절에조차 거리낌 없이 돈을 써서 질책을 받을 정도였다. 지금은 시카고를 떠나 동부로 이주했는데, 그것도 기가 차다고 할 수밖에 없는 식이었다. 한 예를 들자면, 폴로 경기 때 쓸 여러 마리의 조랑말을 레이크포레스트* 에서 옮겨 온 것이었다. 내 또래의 누가 그런 짓을 할 정도로 부유하다는 것은 거의 상상하기 힘든 일이었다.

데이지 부부가 왜 동부로 왔는지 나는 모른다. 뚜렷한 이유도 없이 프랑스에서 일 년을 보낸 후 그들은 부자들이 함께 폴로 경기를 하는 곳으로 이리저리 불안정하게 떠돌아다녔다. 데이지가 전화에 대고 이번에는 완전히 정착했다고 말했지만 나는 그 말을 믿지 않았다. 데이지의 속내를 들여다볼 수는 없었지만, 나는 톰이 약간은 동경하는 마음으로 다시 찾을 수 없는 미식축구 시합의 극적 변화를 찾아 영원히 방랑할 것이라고 느꼈다.

어느 따뜻하고 살랑바람이 부는 날 저녁에 나는 개인적으로 결코 잘 안다고 말할 수 없는 두 오랜 친구를 보기 위해 이스트에그로 차를 몰았다. 그들의 집은 작은 만이 내려다보이고, 붉은색과 흰색이 조화를 이룬 영국 조지 왕조* 시절의 식민지풍 저택으로, 예상했던 것보다 훨씬 공을 들인 것이었다. 잔디밭은 해변으로부터 약 사백 미터 정도 문 앞까지 펼쳐져 있는데, 해시계와 벽돌을 깐 산책로와 타오르는 듯한 정원을 지나 마침내 집에 이르러서는 내친 김에 덩굴을 이루며 집 옆을 타고 오르는 것 같았다. 집의 정면에 줄지어 붙어 있는 프랑스식 넓은 창문은 햇빛을 반사하며 금빛으로 빛나고 있었고, 따뜻한 오후의 바람이 들어오도록 활짝 열려 있었다. 그리고 승마 복장을 한 톰 뷰캐넌이 두 다리를 벌리고 현관에 서 있었다.

뉴헤이븐 시절 이래로 톰은 변했다. 이제 그는 밀짚 같은 머리칼과 굳은 입매의, 사람을 깔보는 듯한 억센 서른 살의 남자가 되어 있었다. 오만하게 빛나는 두 눈이 특히 인상적이었고, 항상 공격적으로 몸을 앞으로 내민 것 같은 느낌을 주었다. 심지어 승마복의 여성스런 우아함조차 그 몸의 엄청난 힘을 감출 수 없었다. 반짝반짝 빛나는 부츠의 끈이 끊어질 듯 쟁쟁하게 맨 위까지 매어져 있었고, 얇은 코트 밑에서 어깨가 움직일 때면 근육 덩어리가 움직이는 것이 보였다. 그 몸은 엄청난 힘과 수단이 가능한, 한마디로 무자비한 몸이었다.

거칠고 쉰 것 같으면서도 높은 목소리 때문에 톰은 까다로운 사람이라는 인상을 주었다. 그 목소리는 심지어 자기가 좋아하는 사람들에게조차 아버지라도 되는 양 얕보며 말하는 것처럼 들렸으며, 뉴헤이븐에서는 그의 뻔뻔스러움을 싫어하던 사람들도 있었다.

"단지 힘이 더 세고 더 남자답다고 해서 이 문제들에 대한 내 의견이 결정적이라고 생각하지는 마" 하고 톰은 말하는 것 같았다. 우리는 같은 4학년 모임에 속해 있었다. 서로 친밀하게 느낀 적은 없었지만 나는 톰이 늘 나를 인정했고, 거칠고도 도발적인 자신만의 바람 속에서 내가 자기를 좋아했으면 하고 원한다는 인상을 받았다.

우리는 햇빛이 환하게 비치는 현관에서 잠시 이야기를 나눴다.

"좋은 집이지." 초조하게 시선을 이리저리 돌리며 톰이 말했다.

한 팔로 나를 돌려 세우며 톰은 널찍하고 평평한 손바닥으로 집 앞쪽을 두루 가리켰다. 그 손짓 안으로 움푹 들어간 이탈리아식 정원과 약 육백 평에 달하는 향이 코를 찌르는 듯한 무성한 장미밭과 해변에서 조금 떨어져서 파도와 부딪히고 있는 코가 넓적한 모터보트 등이 들어왔다.

“석유 사업을 하던 드메인의 저택이었어.” 예의바르면서도 갑작스럽게 톰은 나를 다시 돌려 세웠다. “들어가지.”

우리는 천장이 높은 복도를 통해서 양쪽을 프랑스식 큰 창문으로만 막아 놓은 환한 장밋빛 공간으로 들어섰다. 창문들은 약간 열려 있었고, 집 안쪽까지 조금 자라 들어온 잔디를 배경으로 하얗게 빛나고 있었다. 방 안으로 불어 들어오는 산들바람에 커튼의 한쪽 끝은 안으로, 다른 한쪽 끝은 밖으로 옅은 색 깃발처럼 나부끼며 하얀 웨딩케이크 같은 천장을 향해 말려 올라갔고, 바람은 다시 바다 위에 그림자를 만들 듯 포도주빛 양탄자 위로 물결치며 어른거렸다.

방 안에서 유일하게 움직이지 않는 것은 거대하고 긴 소파뿐이었는데, 그 위에는 두 명의 젊은 여자가 고정된 기구(氣球) 위에 있는 것처럼 떠 있었다. 그들은 둘 다 흰 드레스를 입고 있었는데, 그들이 입은 드레스는 마치 집 주위를 잠시 날아다니다 막 바람에 날려 집 안으로 들어온 것처럼 물결치고 펄럭이고 있었다. 나는 잠시 커튼이 쓸리며 내는 소리와 벽에 걸린 액자가 삐걱거리는 소리를 들으며 서 있었던 것 같다. 그때 톰 뷰캐넌이 뒤쪽 창문들을 닫는 소리가 쿵 하고 들리자 방 안에 갇힌 바람이 서서히 잦아들며 커튼과 양탄자와 두 여자가 풍선이 내려앉듯 서서히 바닥으로 내려왔다.

둘 중 더 젊어 보이는 여자는 모르는 사람이었다. 그녀는 긴 의자 한쪽 끝에서 몸을 쭉 뻗고 누워 미동도 하지 않으면서, 뭔가 떨어질 것 같은 것을 올려놓고 균형을 잡고 있는 것처럼 턱을 약간

올리고 있었다. 곁눈으로 나를 보았는지는 몰라도 그녀는 전혀 그런 내색을 하지 않았다. 나는 사실 방에 들어와 그녀를 방해한 것에 대해 사과의 말을 할 뻔했을 정도로 놀랐다.

다른 여자는 데이지였다. 몸을 약간 앞으로 구부리며 진지한 표정을 지었던 것으로 보아 자리에서 일어서려 했던 것 같았다. 그러더니 그녀는 터무니없이 매력적인 웃음을 터뜨렸다. 나 역시 웃으며 방 안으로 들어섰다.

"나는 너무 행복해서 마, 마비가 됐어."

데이지는 다시 웃음을 터뜨렸다. 아주 재치 있는 말을 했다고 생각한 모양이었다. 그리고 이 세상에 나만큼 보고 싶은 사람이 없었다는 다짐이라도 하듯 내 얼굴을 빤히 들여다보며 잠시 내 손을 꼭 쥐고 있었다. 그녀는 그런 식이었다. 그녀는 중얼거리는 것처럼 균형을 잡고 있는 여자의 성이 베이커라고 알려주었다(데이지가 중얼거리는 것은 그저 사람들이 그녀 쪽으로 몸을 기울이도록 하기 위해서라는 소리를 들은 적이 있다. 터무니없는 비판이었지만 설령 그렇다고 해도 그녀의 중얼거림은 아주 매력적이었다).

어쨌든 미스 베이커의 입술이 약간 떨렸고, 그녀는 거의 알아차리지 못할 정도로 나에게 고갯짓을 하고는 이내 머리를 다시 세웠다. 그녀가 균형을 유지하고 있던 물건이 약간 흔들려 불안을 느낀 것 같았다. 나는 다시 사과를 할 뻔했다. 어떤 식으로든 완전한 자족함이 드러나게 되면 나는 너무 놀라 찬사를 보내게 된다.

나는 데이지에게로 다시 시선을 돌렸다. 그녀가 낮고 자극적인 목소리로 나에게 질문을 시작했기 때문이다. 그녀의 목소리는 들리는 말 한마디 한마디가 다시는 연주될 수 없는 음조를 배열한 것 같기 때문에, 그 높낮이에 귀를 기울이며 쫓아가게 되는 그런 목소리였다. 그녀의 얼굴은 슬프면서도 빛을 머금은 눈이라든가 반짝이는 열정적인 입술처럼 빛나는 것들이 넘쳐나 사랑스러웠다. 그리고 그녀의 목소리에는 그녀를 좋아했던 남자라면 좀처럼 잊을 수 없는 어떤 자극적인 면이 있었다. 노래하고 싶은 강박적 충동이라든가 "들어봐요"라는 속삭임 또는 조금 전 유쾌하고 흥미로운 일을 했으며 앞으로도 유쾌하고 흥미로운 일이 이어질 것이라는 약속 같은 것 말이다.

나는 데이지에게 동부로 오는 길에 시카고에서 하루를 머물렀던 일과 많은 사람들이 나에게 그녀에 대한 애정을 전해 달라고 부탁했다고 말해 주었다.

"사람들이 나를 보고 싶어 해?" 기쁨에 겨워 데이지가 외쳤다.

"동네 전체가 슬픔에 잠겼어. 애도의 화환으로 자동차들은 전부 왼쪽 뒷바퀴를 검은색으로 칠했고, 북쪽 해변*에서는 밤새 곡소리가 그치지 않았다고."

"정말 멋져! 톰, 우리 돌아가자. 내일 당장!" 그리고 그녀는 엉뚱하게 덧붙였다. "우리 애를 봐야지."

"보고 싶어."

"지금은 잠들었어. 이제 세 살이야. 우리 애를 본 적이 없지?"

"없어."

"그러면 그 애를 꼭 봐야 돼. 우리 애는……."

초조하게 방 안을 어슬렁거리던 톰 뷰캐넌이 멈춰 서서 내 어깨 위에 손을 얹었다.

"닉, 하는 일이 뭐야?"

"채권 일을 하고 있는데."

"누구하고?"

내가 대답해 주었다.

"들어본 적이 없는 이름들인데." 그가 단호하게 말했다.

이 말에 나는 짜증이 났다.

"듣게 될 거야." 내가 재빨리 말했다. "동부에서 계속 살다 보면 듣게 될 거야."

"물론 동부에서 살 거야, 걱정 마." 무슨 조심해야 할 일이 있는 것처럼 그는 데이지를 흘끗 보더니 다시 나에게 시선을 돌리며 말했다. "다른 곳에 가서 산다면 나는 정말 멍청이, 바보라고 할 수 있지."

이때 미스 베이커가 너무나 갑자기 "물론이지!" 하고 끼어들어 나는 깜짝 놀랐다. 그 말이 내가 방 안으로 들어온 후 그녀가 처음 한 말이었다. 자신의 말에 그녀도 나만큼 놀란 것 같았다. 그녀는 하품을 하며 재빠르고 능숙한 동작으로 일어섰다.

"몸이 뻣뻣해." 그녀가 불평했다. "도대체 이 소파에 얼마 동안 누워 있었는지 모르겠어."

"나한테 뭐라고 하지 마." 데이지가 응수했다. "오후 내내 뉴욕에 가자고 했으니까."

"됐어요." 식료품 저장실에서 막 가져온 넉 잔의 칵테일을 향해 미스 베이커가 말했다. "나는 지금 완전히 최상의 상태에 있으니까."

톰은 믿지 못하겠다는 듯 그녀를 쳐다보았다.

"최상의 상태라니!" 그는 바닥에 붙어 있는 한 방울을 털어 마시듯 자신의 칵테일 잔을 비웠다. "도대체 미스 베이커께서 무슨 일이라도 해낸다는 것이 나로서는 이해가 안 가요."

나는 그녀가 '해낸 일'이 무엇일까 궁금해하며 미스 베이커를 쳐다보았다. 그녀를 쳐다보는 것은 재미가 있었다. 그녀는 가슴이 별로 없고 마른 체격이었으며 몸을 꼿꼿하게 세우고 있었는데, 젊은 사관생도처럼 어깨를 뒤로 젖히고 있어 더욱 그렇게 보였다. 얼굴은 창백하고 매력적이이었지만 불만에 찬 것 같았고, 햇빛 때문에 가늘게 뜬 회색 눈이 예의바르면서도 호기심에 차 나를 향하고 있었다. 그제야 전에 어디선가 그녀 또는 그녀의 사진을 본 적이 있다는 생각이 들었다.

"웨스트에그에 산다고요." 미스 베이커가 경멸조로 말했다. "거기 제가 아는 사람이 있는데."

"저는 단 한 사람도 아는 사람이……."

"개츠비는 알겠죠."

"개츠비?" 데이지가 물었다. "무슨 개츠비인데?"

그가 내 이웃이라고 대답하려는데 저녁 준비가 다 되었다는 전갈이 왔다. 톰 뷰캐넌은 억센 팔을 억지로 내 팔 아래로 끼워 넣으며 체스 판의 말을 옮기듯 나를 방에서 끌고 나왔다.

젊은 두 여자는 가냘프고 노곤하게 두 손을 엉덩이에 살짝 걸치고 우리보다 앞서 석양이 마주 보이는 장밋빛 베란다로 나갔다.

바람이 좀 잦아든 가운데 네 개의 촛불이 흔들리고 있었다.

"웬 촛불이지?" 데이지가 얼굴을 찌푸리며 이의를 제기했다. 그녀는 재빨리 손가락으로 촛불을 껐다. "두 주만 지나면 일 년 중 해가 가장 긴 날이에요." 그녀가 상냥하게 우리를 쳐다보았다. "일 년 중 해가 가장 긴 날을 기다리다 늘 놓치시나요? 나는 늘 그 날을 기다리다가 놓쳐요."

"무슨 대책이라도 좀 세워야 해." 침대 속으로 들어가듯 식탁에 앉으며 베이커 양이 하품을 했다.

"좋아." 데이지가 말했다. "어떤 대책을 세울까?" 그녀는 난감하다는 듯 나를 향했다. "사람들은 어떤 대책을 세우지?"

내가 대답도 하기 전에 데이지는 두려움에 찬 표정으로 자신의 새끼손가락을 들여다보고 있었다.

"이것 봐!" 그녀가 투덜거렸다. "손가락을 다쳤어."

우리 모두 쳐다보았다. 손가락 마디에 멍이 들어 있었다.

"당신이 한 짓이야, 톰." 그녀가 힐난하듯 말했다. "고의가 아니었다는 것은 알지만 어쨌든 당신이 그랬어. 짐승 같은 남자하고 결혼한 대가지. 어마어마하게 덩치가 큰, 무엇의 견본이라고 할 수 있을까……."

"나는 덩치가 크다는 말이 싫어." 톰이 뿌루퉁하게 불만을 제기했다. "농담이라고 해도 말이야."

"덩치가 크잖아." 데이지가 계속했다.

때때로 데이지와 미스 베이커는 드러나지 않게 수다라고 할 수도 없는, 말도 안 되는 희롱을 해 가며 동시에 말을 했다. 그것은 그들의 흰 드레스와 모든 욕망이 부재하는 그들의 감정 없는 눈만큼이나 차가웠다. 그들은 여기서 톰과 나를 인정하고, 그저 예의 바르게 상대를 즐겁게 해 주거나 또는 상대로부터 즐거움을 얻으려고 유쾌하게 애쓰고 있을 뿐이었다. 그들은 이내 저녁 식사가 끝나고 조금 후에는 저녁 나절 역시 아무렇지도 않게 지나갈 것임을 알고 있었다. 그것이 서부와는 아주 달랐다. 서부에서는 기대가 반복적으로 꺾이거나 순간순간에 대한 초조한 두려움 속에서 저녁 시간이 각 단계마다 다음 단계로 서둘러 넘어가며 끝이 났던 것이다.

"데이지, 너 때문에 나는 문명인이 아닌 것 같아." 나는 코르크 냄새가 좀 나지만 꽤 괜찮은 보르도산 적포도주를 두 잔째 마시며 솔직하게 말했다. "뭐, 농작물이나 이런 것에 대해서 얘기할 수는 없어?"

내가 무슨 특별한 의도를 갖고 그 말을 한 것은 아니었다. 그러나 예상치 못 했던 방식으로 화제가 이어졌다.

"문명은 다 엉망진창이 될 거야." 톰이 불쑥 거칠게 말했다. "나는 지독한 비관주의자가 되었어. 고다드라는 사람이 쓴 『유색 인종 제국의 성장』*이라는 책 읽어 봤어?"

"아니, 안 읽어 봤는데." 그의 어조에 약간 놀라며 내가 대답했다.

"아주 좋은 책이야. 모두 다 읽어야 돼. 우리가 조심하지 않으면 백인종은 앞으로, 앞으로 완전히 침몰하게 된다는 것이 그 요지야. 아주 과학적이야. 증명된 사실이라고."

"톰은 요새 아주 심오해지고 있어." 별 생각 없이 슬픈 표정을 지으며 데이지가 말했다. "긴 단어들이 나오는 심오한 책을 읽거든요. 그 단어가 뭐였지, 우리가……."

"이 책들은 모두 과학적이야." 톰이 못 참겠다는 듯 데이지를 힐끗 쳐다보며 말을 이었다. "이 친구가 모든 것을 다 알아낸 거야. 지배 인종인 우리가 조심해야 해. 그러지 않으면 다른 인종들이 모든 것을 지배하게 된다고."

"우리가 그들을 물리쳐야지." 뜨거운 태양을 향해 사납게 눈을 깜빡거리며 데이지가 속삭이듯 말했다.

"두 분께서는 캘리포니아에서 살아야 해요." 미스 베이커가 말을 꺼냈지만, 톰이 의자 안에서 몸을 크게 뒤척이며 그녀의 말을 막았다.

"우리는 북유럽 인종이라는 거야. 나도 그렇고, 닉, 너도 그렇고 또 이 사람도 그렇고……." 아주 짧은 망설임 끝에 톰은 고개를 살짝 끄덕임으로써 데이지도 그 안에 포함시켰다. 데이지는 다시 나에게 눈짓을 했다. "우리가 문명을 이룬 모든 것을 만들어 냈어. 과학, 예술, 이런 것 전부를 말이야. 알아?"

톰이 열중하는 모습에는 어떤 애처로운 면이 보였다. 전보다 더 자기만족을 느끼지만 그것만으로는 충분하지 않다고 느끼는 것 같았다. 안에서 전화벨 소리가 울리는 것과 거의 동시에 집사가 베란다를 떠나자 데이지가 그 순간을 포착해 내 쪽으로 몸을 기울였다.

"집안의 비밀을 하나 말해 줄게." 그녀가 열정적으로 속삭였다. "우리 집 집사의 코에 대한 건데, 집사의 코에 대한 얘기를 들어 볼래?"

"그러려고 오늘 밤에 온 거야."

"저 사람이 늘 집사였던 것은 아냐. 뉴욕에서 은 식기를 닦던 사람이었어. 한 이백 명 정도 되는 사람들에게 은 식기를 쓰는 만찬 서비스를 하던 사람 밑에서 일을 했지. 그래서 아침부터 밤까지 은 식기를 닦아야 했는데, 결국에는 그것이 코에 영향을 끼치게 된 거야……."

"설상가상이었겠네." 미스 베이커가 말했다.

"그렇지, 설상가상이었어. 그래서 마침내는 그 일을 그만두게 된 거야."

한순간 마치 낭만적 애정을 드러내듯 마지막 햇빛이 데이지의 빛나는 얼굴을 비췄고, 그녀의 목소리 때문에 나는 이야기를 들으며 나도 모르게 취해 몸을 앞으로 기울였다. 그리고 곧 그 광채는 사라졌다. 날이 어두워져 즐겁게 놀던 거리를 떠나야 하는 아이들처럼 햇빛은 아쉬움 속에서 그녀의 얼굴을 떠났다.

집사가 돌아와서 톰의 귀에 대고 무슨 말을 전했다. 그러자 톰은 얼굴을 찡그리며 의자를 밀치고 일어서서는 아무 말도 없이 집 안으로 들어갔다. 그가 자리에 없어서 무언가 자극을 받은 것처럼 데이지는 다시 몸을 앞으로 기울였고, 그녀의 말투에 생기가 돌고 목소리는 노래하는 것 같았다.

"식사를 함께하게 돼서 정말 좋아, 오빠. 오빠는 뭐랄까……. 장미, 완벽한 장미를 연상시켜. 안 그래?" 동의를 구하듯 데이지는 미스 베이커 쪽으로 고개를 돌렸다. "완벽한 장미 같지?"

이것은 사실이 아니었다. 나는 장미와는 조금도 비슷한 데가 없다. 데이지는 단지 즉흥적으로 그렇게 말한 것뿐이었다. 그러나 숨 막힐 정도로 자극적인 말 속에 진심이 감추어진 채 다가오듯 그녀에게서 감동적인 따뜻함이 흘러나왔다. 그런데 갑자기 그녀는 식탁 위로 냅킨을 집어던지더니 미안하다는 말과 함께 자리에서 일어나 집 안으로 들어갔다.

미스 베이커와 나는 아무 의미도 없는 짧은 눈짓을 교환했다. 내가 말을 꺼내려 하자 그녀는 경계하듯 자세를 바로잡으며 경고조로 "쉬!" 소리를 냈다. 안쪽 방에서 흥분을 억누른 듯한 낮은 목소리가 새어 나왔다. 미스 베이커는 이야기를 엿듣기 위해 부끄러운 줄도 모르고 몸을 앞으로 기울였다. 방 안에서는 낮은 소리가 잠시 이어지다 잦아들더니 다시 흥분해서 높아졌다가 완전히 그쳤다.

"말씀하신 개츠비라는 사람은 저의 이웃입니다……." 내가 말했다.

"말하지 말아요. 무슨 일인지 알고 싶으니까."

"무슨 일이 일어났나요?" 내가 순진하게 물었다.

"지금 모른다는 말이에요?" 정말로 놀라서 미스 베이커가 물었다. "모두 다 아는 줄 알았는데."

"저는 모르는데요."

"그것이……." 그녀가 주저하듯 말했다. "뉴욕에 톰의 여자가 있어요."

"여자가 있다고요?" 아무 생각 없이 내가 반복했다.

베이커 양은 고개를 끄덕였다.

"예의가 있다면 적어도 저녁 식사 때 전화를 해서는 안 되죠, 안 그래요?"

내가 미스 베이커의 말뜻을 채 깨닫기도 전에 드레스가 펄럭이는 소리와 가죽 부츠가 바닥에 부딪히는 소리가 들리더니 톰과 데이지가 다시 식탁으로 돌아왔다.

"어쩔 수가 없었어!" 데이지가 짐짓 유쾌하게 소리쳤다.

데이지는 자리에 앉아 미스 베이커와 나를 살피듯 잠깐 쳐다보더니 말을 이었다. "잠시 밖을 내다보았는데 정말 낭만적이잖아. 잔디밭에 나이팅게일이 한 마리 앉았는데, 큐나드나 화이트스타* 선편에 넘어온 것이 틀림없을 거야. 그 새가 지저귀는데……." 그녀는 노래하는 것 같았다. "낭만적이지 않아, 톰?"

"아주 낭만적이야." 톰이 대답하고는 비참하다는 듯 나에게 말을 건넸다. "저녁 먹고도 날이 밝으면 마구간 구경을 시켜 줄게."

집 안에서 전화벨 소리가 울리자 모두 깜짝 놀랐다. 데이지가 톰에게 단호하게 고개를 저어 보이자, 마구간 구경을 포함해서 사실상 모든 화제가 공중으로 사라져 버렸다. 식탁에 앉아 있었던 마지막 오 분 동안 내가 드문드문 기억하는 것은 쓸데없이 초에 다시 불을 붙였던 것과 눈을 마주치지 않으면서 모든 사람을 정면으로 쳐다보려 했다는 것이다. 데이지와 톰이 무슨 생각을 하고 있는지 나는 추측할 수 없었다. 꽤 단련된 회의론을 완전히 정복한 것처럼 보였던 미스 베이커조차 다섯 번째 손님의 날카로운 금속음 안에 담긴 다급함을 마음속에서 완전히 접어놓을 수 없었을 것이다. 어떤 기질의 사람에게는 이 상황이 아주 흥미진진하게 보였을지도 모르지만, 나의 본능적인 반응은 즉시 경찰에 전화를 해야 한다는 것이었다.

말할 필요도 없지만 말에 관한 화제는 다시 나오지 않았다. 톰과 미스 베이커는 서로 몇 발자국 떨어져 온전한 시체 옆에서 밤을 새우러 가는 것처럼 황혼 속에서 천천히 서재 안으로 걸어 들어갔다. 한편 나는 유쾌하게 흥미를 느끼지만 약간 귀가 먹은 척하며 데이지를 따라 일렬로 이어진 베란다를 통해 집 정면 쪽 베란다로 갔다. 그리고 우리는 깊은 어둠 속에서 고리버들로 만든 긴 의자에 나란히 앉았다.

데이지는 자신의 아름다운 모습을 스스로 느끼기라도 하듯 두 손에 얼굴을 파묻고 있다가 멀리 부드러운 황혼을 향해 서서히 시선을 돌렸다. 나는 그녀가 격렬한 감정에 사로잡혀 있다는 것을 알 수 있었다. 그래서 그녀를 진정시킬 수 있는 질문을 할 요량으로 그녀의 딸에 대해 물어보았다.

"우리는 서로에 대해 잘 모르잖아, 오빠." 그녀가 갑자기 말했다. "비록 사촌이라고 해도 내 결혼식에도 안 왔잖아."

"그땐 아직 전쟁터에 있었어."

"그야 그렇지." 그녀가 망설였다. "나는 그 동안 아주 좋지 않았어. 지금은 모든 것에 대해 아주 냉소적이야."

데이지에게 그럴 만한 이유가 있었던 것이 분명했다. 나는 기다렸지만 그녀는 더 이상 말하지 않았다. 잠시 후 나는 별수 없이 다시 그녀의 딸 이야기를 꺼냈다.

"아기가 말도 하고……. 먹고, 다 컸겠지."

"물론이지." 데이지는 공허하게 나를 쳐다보았다. "내 말 좀 들어봐. 아기가 태어났을 때 내가 뭐라고 했는지 얘기해 줄게. 들어볼래?"

"그럼."

"그 이야기를 들으면 내 생각이 어떤 식으로 변했는지 알게 될 거야. 아기가 태어난 지 한 시간도 안 되었는데, 톰이 도대체 어디에 있는지 알 수가 없는 거야. 나는 완전히 버림받은 기분으로 마취에서 깨어나자마자 간호사에게 아들인지 딸인지 물어봤어. 딸이라는 거야. 그래서 나는 고개를 돌리고 울었어. '좋아.' 나는 혼자 생각했어. '딸이라니 잘 됐지 뭐, 그 애가 바보가 되었으면 좋겠군. 이 세상에서는 예쁘고 귀여운 바보가 되는 것이 여자가 바랄 수 있는 최선이니까.'"

데이지는 확신에 차서 말을 이었다. "내가 모든 것이 다 끔찍하다고 여기는 것을 알겠지. 모두가 다 그래. 가장 깬 사람들조차도. 나는 알아. 나는 여기저기 다 가 보았고, 이것저것 다 보고 다 해 봤어." 그녀의 눈이 톰의 눈과 비슷하게 도전적으로 빛났다. 그리고 그녀는 오싹할 정도의 경멸을 내비치며 말했다. "세련됐다는 거지. 나는 이제 순진하지 않아!"

데이지의 목소리가 갑자기 끊기면서 나의 관심과 믿음을 더 이상 끌지 못하게 된 그 순간 나는 그녀가 한 말에 기본적으로 진심이 결여되어 있다고 느꼈다. 나는 마음이 편치 않았다. 저녁 시간 전체가 나에게서 어떤 공감을 억지로 이끌어내려는 술책 같았다. 나는 기다렸다. 그러자 예상했던 것처럼 데이지는 이내 그 사랑스런 얼굴에 완전히 능글맞은 웃음을 띠며 나를 바라보았다. 자신과 톰이 속한 어느 대단한 비밀 모임에 자신이 정회원임을 분명히 했다는 투였다.

안에서는 진홍색 방이 불빛으로 환하게 피어나고 있었다. 톰과 미스 베이커는 긴 의자의 양 끝에 앉아 있었고, 미스 베이커가 톰에게 『새터데이 이브닝 포스트』*를 소리 내어 읽어 주고 있었다. 억양 없는 중얼거림 같은 그녀의 말은 위로하는 것 같은 어조로 이어졌다. 램프의 불빛이 톰의 부츠 위에서는 밝게, 가을 단풍처럼 노란 그녀의 머리 위에서는 흐릿하게 반사되고 있었는데 그녀가 가냘픈 팔 근육을 움직이며 잡지 면을 넘길 때마다 그 면을 따라 번쩍였다.

데이지와 내가 들어서자 미스 베이커는 손을 들어 우리의 말을 저지했다.

"다음 호에 계속." 탁자 위로 잡지를 던지며 그녀가 말했다.

미스 베이커는 불안하게 다리를 까불다 자리에서 일어섰다.

"열 시네." 천장에 시계가 달려 있기라도 한 듯 그녀가 말했다. "이 어여쁜 아가씨께서 잠자리에 들 시간인데."

"조던은 내일 웨스트체스터*에서 토너먼트 시합에 나갈 거야." 데이지가 설명했다.

"아, 당신이 조던 베이커로군요."

그제야 나는 왜 미스 베이커의 얼굴이 낯익게 느껴졌는지 알 수 있었다. 애쉬빌*과 핫스프링스*, 팜비치*의 이곳저곳에 붙어 있던 여러 장의 스포츠 포스터에서 그녀의 유쾌하면서도 비웃는 것 같은 얼굴을 보았다. 나는 또 그녀를 비판하는 유쾌하지 못한 이야기도 들었지만 그 구체적인 내용은 오래전에 잊었다.

"잘 자." 미스 베이커가 부드럽게 말했다. "여덟 시에 깨워 줄래?"

"일어날 수 있으면."

"일어날 거야. 잘 자요, 캐러웨이 씨. 곧 또 봐요."

"물론 또 봐야지." 데이지가 분명하게 말했다. "내가 중매를 설 작정이니까. 자주 와, 오빠. 내가, 뭐랄까, 둘이 함께 놀게 해 줄 테니까. 우연히 두 사람을 함께 옷장에 가두고서는 배에 태워 바다로 내보내는 거지. 뭐, 그런 것들 말이야……."

"잘 자." 미스 베이커가 계단에서 소리쳤다. "나는 아무 말도 못 들었어."

"괜찮은 여자야." 잠시 후 톰이 말했다. "이런 식으로 이곳저곳 돌아다니게 놔둬서는 안 되는데."

"누가 그러면 안 된다는 거지?" 데이지가 차갑게 물었다.

"가족들이 말이야."

"베이커의 가족이라고는 천 년은 사신 것 같은 숙모 한 분뿐이야. 게다가 앞으로는 닉 오빠가 돌봐 줄 거야. 그렇지, 오빠? 베이커는 이번 여름에 우리 집에서 자주 주말을 보낼 거야. 가정생활을 보는 것이 아주 좋은 영향을 줄 거라고 생각해."

데이지와 톰은 침묵 속에서 잠시 서로 쳐다보았다.

"미스 베이커는 뉴욕 출신이야?" 내가 재빨리 물었다.

"루이빌* 출신이야. 우린 백인으로서의 소녀 시절을 거기서 함께 보냈어. 우리의 아름다운…….”

“베란다에서 닉한테 속에 있는 얘기라도 한 거야?” 톰이 갑자기 물었다.

“내가 그랬나?” 데이지가 나를 쳐다보았다. “잘 기억이 안 나는데 북유럽 인종에 대해서 얘기했던 것 같아. 맞아, 틀림없어. 그게 알게 모르게 신경이 쓰였나 봐. 그리고…….”

“들은 얘기를 다 믿어서는 안 돼, 닉.” 톰이 나에게 충고했다.

나는 아무 말도 못 들었다고 가볍게 말했다. 그리고 잠시 후 집으로 돌아가기 위해 자리에서 일어섰다. 톰과 데이지는 문간까지 배웅을 나와 전등 불빛을 환하게 받으며 나란히 서 있었다. 차에 시동을 걸려는데 데이지가 단호한 어조로 외쳤다. “잠깐만!”

“뭘 물어보려고 했는데, 깜빡했어. 중요한 일이야. 서부에서 어떤 여자와 약혼했다는 소리를 들었는데.”

“맞아.” 톰이 친절하게 확인해 주었다. “약혼했다는 소리를 들었어.”

“중상모략이야. 나는 너무 가난해.”

“그런 소리를 들었단 말야.” 데이지가 계속했다. 그녀는 다시 놀랍도록 화사한 꽃처럼 피어났다. “세 사람한테서 들었으니까 틀림없이 사실일 거야.”

나는 물론 그들이 무슨 얘기를 하는지 알고 있었다. 그러나 나는 어렴풋하게라도 약혼한 적이 없었다. 교회에서 결혼한다는 소문이 퍼진 것이 사실 내가 동부로 온 이유 중의 하나였다. 소문 때문에 오랜 친구와의 우정을 저버릴 수는 없는 일이었다. 그렇다고 소문 때문에 결혼을 할 수도 없는 노릇이었다.

나는 톰과 데이지의 관심에 적잖이 감동을 받았다. 그들이 가까이 할 수 없을 만큼 부유한 사람들은 아닌 것 같았다. 그래도 차를 몰고 돌아오는 동안 혼란스럽고 좀 혐오스런 느낌이 들기도 했다. 나는 데이지가 당장 아이를 안고 집에서 뛰쳐나와야 한다고 생각했다. 그러나 그녀에게는 그럴 의도가 없는 것이 분명했다. 톰에 대해서는 책을 읽고 우울해졌다는 것이 '뉴욕에 여자가 있다'는 사실보다 더 놀라운 일이었다. 억센 육체적 자기중심주의로는 더 이상 자신의 독단적인 마음을 채울 수 없었는지, 무엇인가가 그를 진부한 사상의 끄트머리에 입질을 하도록 만든 모양이었다.

여관의 지붕 위나 새로 들인 붉은색 휘발유 펌프가 불빛을 받으며 서 있는 주유소 앞에는 이미 여름이 한창이었다. 웨스트에그에 있는 집에 도착해서 나는 차를 차고에 주차한 후 마당에 버려져 있는 잔디 다지는 롤러 위에 잠시 앉아 있었다. 바람이 불어와 나뭇가지를 흔들고, 대지의 풀무가 개구리들에게 한껏 생기를 불어넣어 오르간 소리가 그치지 않고 울려 퍼지던 소란스럽고도 환한 밤이었다. 고양이 그림자가 달빛에 너울거렸다. 고양이를 보기 위해 고개를 돌렸을 때 나는 혼자가 아님을 알게 되었다. 십오 미터 정도 떨어진 이웃 저택의 그림자 속에서 한 사람이 나타나 주머니에 손을 넣은 채로 은빛 가루 같은 별들을 응시하며 서 있었다. 한가로운 몸동작이나 굳게 잔디를 딛고 서 있는 자세로 볼 때 개츠비 본인임이 분명했다. 그는 마치 이 부근 하늘이 얼마나 자신의 몫인지 확인하기 위해 나온 것 같았다.

나는 그를 불러 보기로 했다. 저녁 식사 때 미스 베이커가 그의 이름을 언급했으니, 그것을 빙자해서 인사를 하면 될 것이었다. 그러나 나는 그를 부르지 않았다. 그가 갑자기 혼자 있는 것에 만족한다는 암시를 보낸 것 같았기 때문이었다. 그는 희한한 방식으로 두 팔을 검은 바닷물 쪽으로 뻗었는데, 비록 그에게서 좀 떨어져 있었지만 그는 틀림없이 몸을 떨고 있는 것 같았다. 무의식적으로 나는 바다 쪽으로 시선을 돌렸다. 선창 끝으로 보이는 먼 곳에 초록색으로 빛나는 작은 불빛 외에는 보이는 것이 없었다. 내가 다시 개츠비를 향해 고개를 돌렸을 때에는 그는 이미 사라지고 없었다. 그리고 나는 다시 소란한 어둠 속에서 혼자가 되었다.

제2장

웨스트에그와 뉴욕 중간쯤 되는 지점에서 자동차 도로는 급하게 철로와 만나 약 사백 미터 정도 나란히 진행한다. 그것은 어떤 황량한 지역을 피하기 위한 것인데, 그 황량한 지역이 재의 계곡이다. 그곳은 재가 밀처럼 자라 능선과 언덕을 이루고 기괴한 정원을 만들기도 하고, 집과 굴뚝, 솟아오르는 연기의 모습을 띄기도 하며 어떤 초월적 노력으로 흐릿하게 움직이는 인간들의 형상을 취하기도 하지만 이내 먼지 자욱한 대기 중에 무너져 내리는 기상천외한 농장이다. 이따금 잿빛 화물칸들이 줄지어 붙어 있는 기차가 보이지 않는 선로를 따라 기어가듯 움직이다 소름 끼치는 기계음을 내며 멈춰 서면, 재를 뒤집어 쓴 일꾼들이 바로 납빛 삽을 들고 떼 지어 나타나 먼지 구름을 일으키며 일을 하는데 그 먼지 장막 때문에 그들이 무슨 일을 하는지는 보이지 않는다.

그러나 회색빛 땅과 발작적으로 피어올라 그 위를 한없이 부유하는 황량한 먼지 더미 너머로 잠시 후 T. J. 에클버그 박사의 두 눈이 보인다. 에클버그 박사의 두 눈은 푸르고 거대하다. 그 망막만 해도 높이가 일 미터 정도다. 얼굴도 없고 코도 없이 허공에 걸쳐진 거대한 노란 안경 속에서 그 눈은 밖을 내다보고 있다. 필경 굉장히 익살스런 어떤 안과 의사가 퀸스 자치구에서 진료로 돈을 좀 벌어 볼 욕심에 그것을 거기 세웠다가 그 자신이 영원히 앞을 보지 못하게 되었거나 아니면 그 광고판을 까맣게 잊어버리고 다른 곳으로 옮겨 갔을 것이다. 그러나 페인트칠도 다시 하지 않고 오랫동안 햇볕과 빗속에 방치되어 약간 흐릿해진 두 눈은 여전히 장엄한 쓰레기 처리장을 내려다보며 생각에 잠겨 있다.

재의 계곡은 작고 더러운 강으로 한쪽이 막혀 있는데 거룻배들이 지나가도록 도개교가 올라가면 기차의 승객들은 그 음울한 광경을 길게는 삼십 분 정도 바라보며 기다리게 된다. 그곳에서는 언제나 적어도 일 분 정도는 기차가 멈추는데, 그것 때문에 나는 처음으로 톰 뷰캐넌의 여자를 만나게 되었다.

톰이 알려진 곳이면 어디든 끈질기게 그에게 여자가 있다는 소리가 들렸다. 톰을 아는 사람들은 그가 사람들이 많이 찾는 레스토랑에 여자와 함께 나타나서는 그 여자를 식탁에 홀로 남겨 두고 여기저기 돌아다니며 누구든 자기가 아는 사람과 이야기를 나눈다는 사실에 분개했다. 호기심에 보고 싶기도 했지만 그 여자를 꼭 만나고 싶었던 것은 아니다. 그러나 결국 만나게 되었다. 어느 날 오후 나는 톰과 함께 기차를 타고 뉴욕으로 가고 있었는데, 그 잿더미 옆에서 기차가 멈추자 톰은 자리에서 벌떡 일어나 내 팔꿈치를 잡고 말 그대로 나를 억지로 기차에서 끌어내렸다.

"내리자." 그가 고집했다. "내 애인을 소개해 줄게."

점심 때 술로 배를 채웠는지 나와 함께 있겠다는 톰의 결의는 거의 폭력적이라 부를 만했다. 일요일 오후에는 특별히 할 일이 없을 것이라고 나를 얕본 모양이었다.

나는 철로 옆 낮은 흰색 울타리를 넘어 톰을 따라갔다. 우리는 에클버그 박사가 끈덕지게 내려다보는 가운데 길을 따라 대략 백 미터 정도 거슬러 올라갔다. 쓰레기 처리장 가장자리에 붙어 있는 노란 벽돌 건물이 유일하게 시야에 들어오는 건물이었다. 그것이 일종의 작은 중심가였는데 그 옆으로는 전혀 아무것도 없었다. 건물 안 세 개의 가게 중에 하나는 세를 주기 위해 비어 있었고, 하나는 밤에도 문을 여는 식당이었다. 그 식당은 재로 다져진 소로(小路)로 연결되어 있었다. 그리고 마지막 하나는 자동차 정비소였다. 정비소에는 "차량 수리, 매매, 조지 B. 윌슨"이라는 간판이 붙어 있었다. 나는 톰을 따라 정비소 안으로 들어갔다.

내부는 황량했고 장사가 잘 안 되는 것 같았다. 먼지에 덮인 채 어두운 구석에 웅크리고 있는 부서진 포드 한 대가 유일하게 눈에 띄는 차였다. 정비소같이 보이는 이 가게는 사실 눈가림에 지나지 않고, 화려하고 낭만적인 아파트가 위층에 감춰져 있을 것이라는 생각이 들었다. 그런데 그때 정비소 주인이 걸레 같은 천 조각으로 손을 닦으며 사무실 문간에 나타났다. 그는 금발이었고 기운 없이 빈혈 증세가 있는 것처럼 보였지만 얼핏 잘생긴 면도 있었다. 우리를 보자 그의 연푸른 눈에 축축한 희망의 빛이 솟아났다.

"이봐요, 윌슨 씨." 유쾌하게 그의 어깨를 치며 톰이 말했다.

"사업은 잘 됩니까?"

"그럭저럭요." 믿음이 가지 않는 어조로 윌슨이 대답했다. "그 차는 언제 팔 겁니까?"

"다음 주에 팔죠. 손을 보라고 좀 맡겨 놨어요."

"일을 빨리빨리 못 하나 보군요."

"아니, 그렇지 않아요." 톰이 차갑게 말했다. "그런 식으로 생각한다면 결국 딴 곳에 팔아야겠네요."

"그런 뜻이 아니라," 윌슨이 재빨리 설명했다. "내 말은 그저……."

그의 목소리가 잦아들었다. 톰은 초조한 듯 정비소 안을 둘러보았다. 그때 계단 위에서 발자국 소리가 들렸고, 곧 굵직한 여자의 몸이 사무실 문으로 새어 나오는 불빛을 가로막았다. 살집이 좀 있어 보이는 삼십 대 중반의 여자였는데, 몇몇 여자들이 그렇듯 통통해서 오히려 육감적으로 보였다. 그녀는 점무늬가 있는 짙푸른색 얇은 비단 드레스를 입고 있었다. 얼굴에 특별히 아름다운 면이나 광채 같은 것은 없었지만, 그녀에게는 마치 온 몸의 신경이 계속 내뿜고 있는 것 같은 즉각적으로 감지할 수 있는 생명력이 있었다. 그녀는 천천히 미소를 짓더니 마치 유령인 양 남편을 지나쳐 다가와 톰의 눈을 똑바로 쳐다보며 악수를 나누었다. 그리고 입술에 침을 묻힌 후 돌아보지도 않고 남편에게 거칠고 나지막한 목소리로 말했다.

"가서 의자 좀 가져와요, 다들 좀 앉게."

"응, 그래." 윌슨은 서둘러 대답하더니 사무실 쪽으로 걸어가며 곧 시멘트색 벽면과 섞여 버렸다. 주변에 있는 다른 것들과 마찬가지로 그의 검은 작업복과 옅은 금발 머리가 회백색 먼지에 살짝 덮여 있었던 것이다. 그의 아내만이 유일한 예외였다. 그녀가 톰에게 바짝 다가섰다.

"보고 싶었어." 톰이 열중해서 말했다. "다음 기차를 타."

"알았어요."

"역 아래층 신문 가판대 앞에서 만나."

그녀가 고개를 끄덕이고 톰에게서 돌아서 가는데 조지 윌슨이 사무실에서 의자 두 개를 갖고 나타났다.

우리는 조금 떨어진 길 아래쪽 남들의 눈에 띄지 않는 곳에서 그녀를 기다렸다. 그날은 독립 기념일 며칠 전이었다. 야윈 잿빛의 이탈리아계 아이가 철로를 따라 일렬로 폭죽을 세우고 있었다.

"끔찍한 곳이야." 에클버그 박사를 향해 얼굴을 찡그리며 톰이 말했다.

"지독한데."

"이곳을 좀 떠나 있는 것이 그녀에게도 좋아."

"남편이 뭐라고 하지 않을까?"

"윌슨이? 뉴욕에 사는 동생을 보러 간다고 생각할 거야. 하도 멍청해서 자기가 살아 있는지도 모르는 친구라고."

이렇게 해서 톰 뷰캐넌과 그의 여자와 나까지 셋이서 함께 뉴욕에 가게 되었다. 사실 꼭 함께 갔다고 하기도 어려운 것이 윌슨 부인은 신중하게 다른 칸에 자리를 잡았다. 톰은 혹시 그 기차에 타고 있을지도 모를 이스트에그 주민의 감정을 그만큼은 존중해 주었다.

윌슨 부인은 무늬가 있는 갈색 모슬린 드레스로 갈아입었는데, 톰이 뉴욕에 도착해 그녀가 플랫폼으로 내리는 것을 도와줄 때 꽤 펑퍼짐한 그녀의 엉덩이 위로 그 드레스가 팽팽하게 달라붙었다. 신문 가판대에서 그녀는 『타운 태틀』* 한 부와 영화 잡지를 사고, 다시 역 안의 잡화점에서 콜드크림과 작은 병에 담긴 향수를 샀다. 그리고 소리가 울리는 웅장한 위층 차도에서 네 대의 택시를 그냥 지나가게 한 후 회색으로 실내 장식을 한 라벤더색 새 택시를 골랐다. 우리는 택시를 타고 육중한 역 건물을 빠져나와 내리쬐는 햇빛 속으로 미끄러져 들어갔다. 그러나 곧 그녀는 창문에서 갑자기 고개를 돌리더니 몸을 앞으로 기울이며 앞좌석 창을 두드렸다.

"저 강아지를 한 마리 사고 싶어요." 그녀가 진지하게 말했다. "아파트에 두면 좋겠어요. 강아지 한 마리 정도는 있는 게 좋아요."

터무니없게도 우리는 존 D. 록펠러*를 약간 닮은 흰머리 노인 쪽으로 차를 후진했다. 그의 목에 매달려 흔들리고 있는 바구니 안에는 혈통이 모호한 갓 난 강아지들이 웅크리고 있었다.

"무슨 종이에요?" 노인이 택시 창문 쪽으로 다가오자 윌슨 부인이 큰 관심을 보이며 물었다.

"이것저것 다 있죠. 무슨 종을 원하십니까, 부인?"

"저는 그 경찰견 같은 그런 개를 갖고 싶은데, 그런 건 없죠?"

노인은 의심스러운 듯이 바구니 안을 들여다보다가 손을 쑥 집어넣어서는 꼬물거리는 강아지 한 마리의 목덜미를 잡고 들어 올렸다.

"저건 경찰견이 아니야." 톰이 말했다.

"예, 정확하게 경찰견이라고는 할 수 없죠." 노인이 실망스런 목소리로 말했다. "에어데일*에 더 가깝죠." 그는 부드러운 수건 같은 강아지의 갈색 등을 쓰다듬었다. "이 털을 좀 보십쇼. 대단하죠. 감기 때문에 고생시킬 일은 없는 녀석이죠."

"귀여운데요." 윌슨 부인이 흥분해서 말했다. "얼마에요?"

"이 녀석이요?" 그는 찬탄하듯 강아지를 바라보았다. "이 녀석은 십 달러입니다."

발이 놀라울 정도로 하얗긴 했지만, 강아지는 의심의 여지없이 에어데일 종 같았다. 이제 주인이 바뀐 강아지는 윌슨 부인의 무릎에 자리를 잡았다. 그녀는 기쁨에 겨워 비바람에도 끄떡없을 강아지의 털을 쓰다듬었다.

"암놈이에요, 수놈이에요?" 그녀가 조심스럽게 물었다.

"이 녀석이요? 이 녀석은 수놈입니다."

"암캐야." 톰이 단정적으로 말했다. "자, 여기 돈 받아요. 이 돈이면 다른 강아지 열 마리는 더 살 수 있을 거요."

우리는 택시를 타고 5번가 쪽으로 향했다. 너무나 따뜻하고 부드러워 거의 목가적이라고 할 만한 여름날의 일요일 오후였기 때문에 흰 양 떼가 길모퉁이를 돌아가는 것이 보여도 나는 놀라지 않았을 것이다.

"잠깐." 내가 말했다. "나는 여기서 내려야 돼."

"안 돼." 톰이 즉시 끼어들었다. "아파트에 같이 안 가면 머틀이 마음 상할 거야. 그렇지, 머틀?"

"같이 가요." 그녀가 재촉했다. "제가 동생인 캐서린에게 전화할게요. 뭔가 좀 아는 사람들은 다 캐서린이 예쁘대요."

"저도 가고는 싶지만……."

우리는 다시 센트럴 파크를 지나 웨스트 100번가 쪽으로 향했다. 택시는 158번가에 있는 기다란 흰색 케이크 같은 아파트 단지 앞에서 멈췄다. 윌슨 부인은 마치 여왕이 귀환한 듯 주변을 둘러보며 강아지와 다른 물건들을 잘 모아들고 오만하게 안으로 들어갔다.

"맥키 부부를 불러야겠어요." 엘리베이터 안에서 그녀가 말했다. "물론, 동생도 오라고 해야죠."

아파트는 맨 꼭대기 층에 있었다. 작은 거실, 작은 식당, 작은 침실과 화장실이 있었다. 거실은 어울리지 않게 다양한 무늬을 새긴 큰 가구들로 문간까지 차 있었다. 그래서 조금이라도 돌아다니다 보면 베르사유 궁 정원에서 귀부인들이 그네를 타고 있는 현장 위로 발을 헛디디기 일쑤였다. 지나치게 크게 확대한 사진이 유일한 그림이었는데, 분명 흐릿한 바위 위에 암탉이 앉아 있는 모습이었다. 그러나 조금 떨어져서 보니 그 암탉이 턱 밑으로 끈을 매는 모자로 변하면서 뚱뚱한 노부인이 웃는 얼굴로 방 안을 내려다보고 있었다. 『타운 태틀』 과월호 몇 권, 『베드로라 불린 시몬』*이라는 제목의 책 한 권과 브로드웨이 스캔들 잡지 몇 권이 탁자 위에 놓여 있었다. 윌슨 부인은 우선 강아지에 신경을 썼다. 엘리베이터 보이가 내키지 않는 듯 밀짚으로 꽉 채운 상자와 우유를 구하러 갔는데, 거기에다 자진해서 크고 딱딱한 개 비스킷 깡통을 보태 왔다. 그날 오후 내내 비스킷 한 조각이 우유 접시 안에서 아무런 관심도 끌지 못한 채 부패했다. 한편 톰은 열쇠로 채워 놓은 옷장에서 위스키를 한 병 꺼내 왔다.

나는 살아오면서 딱 두 번 술에 취했는데, 그 두 번째가 그날 오후였다. 그래서 여덟 시가 지날 때까지 아파트 안으로 햇빛이 환하게 비췄지만 그때 일어났던 모든 일은 흐릿하고 몽롱한 색조를 띠고 있다. 톰의 무릎 위에 앉아서 윌슨 부인은 전화로 몇몇 사람들을 불렀다. 나는 담배가 떨어져 길모퉁이에 있는 잡화점으로 담배를 사러 나갔다. 내가 돌아왔을 때 톰과 윌슨 부인은 보이지 않았다. 그래서 나는 조심스럽게 거실에 앉아 『베드로라 불린 시몬』을 읽었다. 그 소설이 형편없었던 것인지 위스키 때문에 분별력을 잃었는지는 모르겠지만 책에 있는 말이 도무지 무슨 뜻인지 알 수가 없었다.

톰과 머틀이(위스키 첫 잔을 마신 후부터 윌슨 부인과 나는 그냥 서로 이름으로 부르기로 했다) 다시 등장한 그때부터 사람들이 아파트 문간에 도착하기 시작했다.

캐서린이라는 동생은 세속적인 느낌을 주는 날씬한 삼십 대 정도의 여성이었는데, 분을 발라 우윳빛으로 하얀 얼굴에 숱이 많은 붉은 단발머리가 착 달라붙어 있었다. 눈썹을 모두 뽑고 날카롭게 그려 넣었지만 이전의 배열을 회복하려는 자연의 노력 때문에 얼굴 전체가 초점이 맞지 않은 것 같은 인상을 주었다. 그녀가 이리저리 움직이면 달그락거리는 소리가 그치질 않았는데, 팔에 두른 수없이 많은 도기 팔찌가 서로 부딪히며 내는 소리였다. 주인처럼 서둘러 들어와 가구를 자기 것인 양 둘러보는 모습에 나는 그녀가 이 집에 사는 것이 아닌가 하는 생각을 했다. 그러나 내가 물어보자 그녀는 웃음을 터뜨리며 내 질문을 큰 소리로 반복하더니 친구와 호텔에 머물고 있다고 말해 주었다.

아래층에 사는 맥키 씨는 창백하고 여성적인 느낌을 주는 사람이었다. 광대뼈에 하얀 거품 자국이 있는 것으로 보아 막 면도를 한 것 같았고, 방 안에 있는 모든 사람에게 가장 정중하게 인사를 했다. 그는 '예술 직종'에 종사한다고 나에게 알려 주었는데, 나중에 나는 그가 사진작가이고 벽 위에서 영기를 발산하는 윌슨 부인의 어머니 사진을 흐릿하게 확대한 인물이라고 추측했다. 그의 아내는 목소리가 높고 날카롭지만 매사에 무관심해 보이기도 하고, 풍채가 좋지만 또 한편으로는 끔찍한 그런 여자였다. 결혼한 이래로 남편이 백스물일곱 번이나 사진을 찍어 주었다고 나에게 자랑스레 말했다.

윌슨 부인은 이미 옷을 갈아입은 상태였다. 크림색 레이스 장식에 공을 들인 오후 드레스를 입고 있었는데, 그녀가 방 안을 걸어 다니면 그 드레스 때문에 바닥을 쓰는 것 같은 소리가 났다. 그래도 드레스 때문인지 사람이 달라 보였다. 정비소에서 그토록 눈에 띄었던 격렬한 생명력은 인상적인 오만함으로 바뀌었다. 그녀의 웃음이나 몸짓, 주장은 시간이 흐르면서 더욱 격렬하게 가식적으로 변했고, 그녀가 팽창함에 따라 방은 점점 더 축소되어 마침내 그녀는 담배 연기 자욱한 공기 속에서 시끄럽고 삐걱거리는 회전

축 위를 홀로 돌고 있는 것 같았다.

"얘." 그녀가 꾸민 듯한 높은 목소리로 동생에게 소리쳤다. "이런 사람들은 매번 너를 속여 먹을 거야. 그들은 돈밖에 몰라. 지난주에 내 발을 좀 살펴보라고 여자를 하나 불렀는데, 요금 청구서를 보면 무슨 맹장을 잘라 낸 줄 알 거야."

"그 여자의 이름이 뭐죠?" 맥키 부인이 물었다.

"에버하트 부인이라던데 사람들 집에서 발을 보고 다녀요."

"드레스가 멋지네요." 맥키 부인이 말했다. "정말 잘 어울려요."

윌슨 부인은 칭찬을 거절한다는 뜻으로 무시하듯 눈을 치켜떴다.

"이건 뭐 별거 아닌 낡은 거예요." 그녀가 말했다. "남들 이목을 신경 안 쓸 때 가끔 입어요."

"그렇지만 정말 근사해요. 무슨 말인지 아시겠죠." 맥키 부인이 계속했다. "이 포즈로 있는 모습을 찍을 수만 있다면 체스터가 멋진 사진 작품을 만들 수 있을 거예요."

우리 모두 말없이 윌슨 부인을 바라보았다. 그녀는 눈 위에 걸쳐 있는 머리카락을 한쪽으로 정리하더니 멋진 미소를 지으며 우리를 바라보았다. 맥키 씨는 고개를 한쪽으로 기울이고 집중해서 그녀를 응시하다가 얼굴 앞에서 손을 앞뒤로 천천히 움직였다.

"조명을 바꿔야 해." 잠시 후 그가 말했다. "이목구비의 입체감을 살리면서 뒷머리도 모두 다 담을 수 있도록 찍고 싶네요."

"나 같으면 조명을 바꾸는 것 따위는 생각하지 않을 거야." 맥키 부인이 외쳤다. "내 생각에 그건……."

그녀의 남편이 조용히 하라고 "쉬!" 소리를 냈고, 우리는 다시 모델이 될 사람을 바라보았는데, 톰 뷰캐넌이 소리 나게 하품을 하며 자리에서 일어났다.

"맥키 부부가 뭘 좀 마셔야 할 텐데." 톰이 말했다. "머틀, 다들 자러 가기 전에 얼음하고 탄산수를 좀 더 가져와."

"얼음을 가져오라고 보이 녀석에게 말했는데." 머틀은 하층 계급의 무능함이 절망스럽다는 듯 눈을 치켜떴다. "이 사람들은 항상 뒤에서 쫓아 다녀야 한다니까."

그녀는 나를 보고 특별한 의미 없이 웃었다. 그리고 갑자기 강아지에게 달려가 기쁨에 겨워 입을 맞추더니, 십여 명의 요리사가 명령을 기다리고 있기라도 한 것처럼 부엌으로 휙 들어갔다.

"롱아일랜드에서 멋진 것을 몇 점 건졌지요." 맥키가 주장했다.

톰은 공허하게 그를 쳐다보았다.

"그중 두 개는 아래에 액자를 만들어 놓았습니다."

"두 개가 뭐라고요?" 톰이 물었다.

"두 개의 사진 작품입니다. 하나는 「몬토크 곶*-갈매기」, 다른 하나는 「몬토크 곶-바다」라고 제목을 붙였죠."

캐서린이 긴 의자 위 내 옆에 앉았다.

"롱아일랜드에 살아요?" 그녀가 물었다.

"저는 웨스트에그에 살아요." "그래요? 한 달 전쯤 파티에 갔는데, 개츠비라는 사람의 집이었어요. 개츠비라고 알아요?"

"그 사람 옆집이 제가 사는 집입니다."

"사람들이 그러는데, 그 사람이 빌헬름 황제의 조카인지 사촌인지 그렇대요. 돈이 다 거기서 오는 거라던데요."

"정말요?"

그녀가 고개를 끄덕였다.

"나는 그 사람이 무서워요. 그 사람에게는 아무것도 신세 지고 싶지 않아요."

맥키 부인이 갑자기 캐서린을 지목하는 바람에 나의 이웃에 대한 흥미로운 정보가 중단되었다.

"체스터, 캐서린하고 뭔가 할 수 있을 것 같아." 그녀가 갑자기 말문을 열었다. 그러나 맥키 씨는 지루하다는 듯 고개를 끄덕거리더니 이내 톰에게로 관심을 돌렸다.

"들어갈 수만 있으면 저는 롱아일랜드에서 더 많은 작업을 하고 싶어요. 제가 원하는 것은 그저 시작만 할 수 있게 해 주는 겁니다."

"머틀에게 부탁해 봐요." 윌슨 부인이 쟁반을 들고 들어서는데 톰이 짧게 웃음을 터뜨리며 말했다. "머틀이 소개장을 써 줄 수 있을 것 같군요. 그렇지, 머틀?"

"뭐를 하라고?" 놀라서 그녀가 물었다.

"맥키 씨에게 당신 남편을 만날 수 있는 소개장을 써 주라고. 그러면 맥키 씨가 당신 남편을 모델로 멋진 사진을 찍을 수 있을 거야." 뭔가 생각하는 동안 그의 입술이 잠시 조용히 움직였다. "「가솔린펌프 옆의 조지 B. 윌슨」, 어때? 뭐, 그런 거 말이야."

캐서린이 내 쪽으로 몸을 기울이며 낮은 소리로 귓속말을 했다.

"두 사람 다 결혼한 상대를 견딜 수 없는 거예요."

"그래요?"

"견딜 수 없는 거죠." 그녀는 머틀을 쳐다보더니 이어 다시 톰에게로 시선을 돌렸다. "내 말은 견딜 수 없다면 왜 계속 함께 사느냐는 거예요. 나라면 바로 이혼하고 둘이 결혼하겠어요."

"언니도 남편을 좋아하지 않나요?"

이에 대한 답변은 예상치 못한 것이었다. 질문을 엿듣고 있던 머틀이 격렬하고 저속하게 대답했다.

"보셨죠." 캐서린이 의기양양하게 외쳤다. 그러고는 다시 목소리를 낮춰 말했다. "저 둘 사이를 가로막고 있는 것은 사실 톰의 아내예요. 가톨릭 신자라서 이혼은 안 된다는 거죠."

데이지는 가톨릭 신자가 아니었기 때문에 이 정교한 거짓말에 나는 좀 충격을 받았다.

"두 사람이 결혼을 하면," 캐서린이 말을 이었다. "좀 잠잠해질 때까지 서부로 가서 잠시 지낼 거예요."

"유럽으로 가는 것이 더 신중한 처사 아닐까요?"

"아, 유럽을 좋아하세요?" 그녀가 놀랍다는 듯 외쳤다. "저는 몬테카를로에서 막 돌아왔는데."

"그래요?"

"바로 작년에요. 친구하고 거기 갔거든요."

"오래 있었나요?"

"아뇨, 그냥 몬테카를로*에만 갔다가 돌아왔어요. 마르세유를 경유해서 갔죠. 처음 갈 때는 천이백 달러가 넘게 있었는데, 이틀 만에 개인 도박장에서 다 털렸어요. 돌아올 때는 정말 힘들었어요. 아주 지긋지긋한 곳이었어요."

창밖으로 늦은 오후의 하늘이 잠시 지중해의 푸른 바다처럼 빛났다. 그런데 맥키 부인의 날카로운 목소리가 들리는 바람에 나는 다시 정신이 들어 방 안을 둘러보았다.

"나도 거의 실수를 할 뻔했어요." 그녀가 강경하게 선언했다. "몇 년 동안 나를 따라다니던 유대인 놈하고 결혼할 뻔 했으니까요. 내 상대가 안 된다는 것쯤은 알고 있었죠. 사람들이 다 '루실, 저 사람은 어울리지 않아' 라고 계속 말을 했으니까요. 체스터를 만나지 않았더라면 틀림없이 그 사람하고 결혼했을 거예요."

"그래, 그렇지만 내 말 좀 들어 봐요." 고개를 주억거리며 머틀 윌슨이 말했다. "적어도 그 사람하고 결혼하지는 않았잖아요."

"결혼하지는 않았죠."

"나는 했어요." 애매모호한 어조로 머틀이 말했다. "그것이 바로 다른 점이에요."

"왜 결혼을 했어?" 캐서린이 물었다. "아무도 강요하지 않았는데!"

머틀이 머뭇거리며 잠시 생각에 빠졌다.

"나는 그 사람이 점잖은 사람인 줄 알고 결혼한 거야." 마침내 그녀가 입을 열었다. "교양에 대해서 뭘 좀 안다고 생각했는데, 비위를 맞출 줄도 모르는 그런 인간이었던 거지."

"그래도 잠시 그 사람에게 미쳐 있었잖아." 캐서린이 말했다.

"그 사람에게 미쳐 있었다니!" 머틀이 못 믿겠다는 듯 소리쳤다. "내가 그 사람에 미쳐 있었다고 누가 그러든? 내가 그 사람에게 미쳐 있었다면 지금 저기 앉아 있는 저 사람에게도 미쳐 있는 거나 마찬가지야."

윌슨 부인은 갑자기 나를 가리켰다. 모든 사람이 힐난하듯 나를 쳐다보았다. 나는 표정으로 그녀의 과거와 아무 상관도 없다는 사실을 보여 주려고 했다.

"내가 진짜 유일하게 미쳤을 때는 그 사람과 결혼했을 때뿐이야. 실수했다는 것을 즉시 알았으니까. 그 사람은 다른 사람의 양복을 빌려 입고 결혼식을 치르고는 나한테는 일언반구도 없었거든. 어느 날 그 사람이 외출했을 때 옷을 찾으러 누가 왔더라고." 그녀는 자신의 이야기를 듣고 있는지 확인하기 위해 주위를 둘러보았다. "'아니, 이게 댁의 양복이라고요?' 내가 물었지. '저는 처음 듣는 얘긴데요.' 양복을 주고 나서 오후 내내 울면서 누워 있었다고."

"언니는 반드시 헤어져야 해요." 캐서린이 다시 나에게 말을 꺼냈다. "그 정비소에서 십일 년 넘게 살았어요. 톰은 언니가 처음으로 만난 연인이에요."

캐서린만 빼고 그 자리에 있던 모든 사람들이 두 병째 위스키를 계속 찾았다. 캐서린은 '아무것도 안 마셔도 똑같이 기분이 좋다'고 했다. 톰은 아파트 수위에게 전화를 걸어 어떤 유명한 샌드위치를 사오라고 시켰다. 그 샌드위치만으로도 저녁 식사가 충분했다. 나는 밖으로 나가 부드러운 석양 속에서 센트럴 파크를 향해 동쪽으로 걷고 싶었다. 그러나 자리에서 일어서려고 할 때마다 거칠고, 귀에 거슬리는 말다툼에 얽혀서는 마치 밧줄에 묶인 것처럼 다시 의자에 주저앉았다. 어두워지는 거리에서 우연히 쳐다본 사람에게는 도시를 굽어보는 높은 곳에 나란히 서서 노란 불빛을 내보내는 창문들이 인간사의 비밀을 간직하고 있는 것처럼 보일 것이다. 나 역시 위를 쳐다보며 궁금해하는 그 사람과 마찬가지였다. 나는 안에 있으면서 동시에 밖에 있는 셈이었고 소진될 수 없는 삶의 다양성에 매혹과 거부감을 동시에 느꼈다.

머틀은 자기 의자를 내 옆으로 끌고 오더니 따뜻한 입김을 퍼부으며 처음 톰을 만난 이야기를 쏟아 냈다.

"기차에서 항상 마지막 남아 있는 마주 보는 두 개의 작은 좌석에서 있었던 일이죠. 나는 동생을 만나 하룻밤 묵으려고 뉴욕으로 올라가는 길이었어요. 저 사람은 야회복을 입고 에나멜 가죽 구두를 신고 있었는데, 눈을 뗄 수가 없었죠. 그렇지만 저 사람이 나를 보면 나는 저 사람 머리 위에 있는 광고를 보는 척했어요. 역 안으로 들어올 때쯤 해서 저 사람이 바로 내 옆에 앉는 것이 아니겠어요. 흰 와이셔츠 가슴판으로 내 팔을 누르면서 말이에요. 그래서 내가 경찰을 부르겠다고 했죠. 그렇지만 저 사람은 내가 마음에 없는 소리를 하고 있다는 걸 알고 있었어요. 나는 너무 흥분해서 저 사람하고 같이 택시에 탔을 때는 지하철을 타러 갔는지 안 갔는지도 잘 모를 지경이었어요. 나는 그저 '영원히 살 수는 없잖아, 영원히 살 수는 없잖아' 라고 계속 생각했죠."

머틀이 맥키 부인 쪽으로 고개를 돌렸고, 이어 그녀의 인위적인 웃음소리가 방 안에 울려 퍼졌다.

"다 입었다 싶으면 바로 이 드레스를 자기한테 줄게. 내일 드레스를 한 벌 살 거야. 살 물건들의 목록을 만들어 놔야겠어. 마사지를 받고, 파마를 하고, 개 목걸이도 하나 사야겠고. 스프링이 달려 있는 귀여운 재떨이, 엄마 무덤에 가져 갈 검은색 실크 리본이 달린 화환도 사야 해. 여름 내내 시들지 않는 것으로 말이야. 목록을 만들어야 되겠어, 잊어버리지 않게 말이야."

아홉 시였다. 그리고 금방 다시 시계를 보니 열 시가 되었다. 두 주먹을 무릎 사이에 낀 채 의자 위에서 잠들어 있는 맥키 씨의 모습이 행동파 사나이를 사진으로 찍어 놓은 것 같았다. 나는 손수건을 꺼내 그의 뺨에서 면도용 거품이 마른 자국을 닦아 주었다. 오후 내내 그 자국에 신경이 쓰였다.

작은 강아지는 탁자 위에 앉아 멍하니 담배 연기 속을 바라보다 때때로 희미하게 신음 소리를 냈다. 사람들은 사라졌다가는 다시 나타나고, 어디를 가겠다고 계획을 세우기도 하고, 서로 잃어버려 찾아다니다가 몇 미터 떨어진 곳에서 찾기도 했다. 자정이 거의 다 될 무렵 톰 뷰캐넌과 윌슨 부인이 서로 얼굴을 마주하고 서서 윌슨 부인이 데이지라는 이름을 입에 올릴 권리가 있는가에 대해 격앙된 목소리로 말다툼을 했다.

"데이지! 데이지! 데이지!" 윌슨 부인이 소리쳤다.

"원할 때면 언제든 말할 테야! 데이지! 데이……." 짧고 능숙한 동작으로 톰 뷰캐넌은 그녀의 얼굴을 손바닥으로 내려쳐 코뼈를 부러뜨렸다.

화장실 바닥에는 피 묻은 수건들이 쌓이고 여자들이 욕하는 소리와 소란의 와중에서 고통으로 울부짖는 소리가 길게 이어졌다. 맥키 씨는 잠에서 깨 멍한 상태에서 문을 향해 걸어갔다. 반쯤 가다 돌아서서 그는 방 안의 장면을 응시했다. 그의 아내와 캐서린이 욕하고 위로도 하면서 꽉 들어찬 가구들 사이로 구급약품을 들고 비틀비틀 이리저리 돌아다녔고, 긴 의자 위에는 자포자기한 윌슨 부인이 피를 철철 흘리며 베르사유 궁전의 장면을 수놓은 태피스트리 위로 『타운 태틀』지를 펼쳐 놓으려 하고 있었다. 맥키 씨는 다시 몸을 돌려 문을 열고 밖으로 나갔다. 샹들리에에 걸려 있던 모자를 집어 들고 나도 그 뒤를 따라 나갔다.

"나중에 점심 먹으러 와요." 투덜거리며 엘리베이터를 타고 내려가면서 그가 제안했다.

"어디로 말입니까?"

"어디든지요."

"손잡이 잡지 마세요." 엘리베이터 보이가 쏘아붙였다.

"미안해." 맥키 씨가 짐짓 위엄 있게 말했다. "그걸 잡고 있는지 몰랐어."

"그러죠." 내가 동의했다. "기쁜 마음으로 그렇게 하겠습니다."

……나는 맥키 씨의 침대 옆에 서 있었고 그는 속옷 차림으로 큰 사진첩을 껴안고 침대보 위에 앉아 있었다.

"「미녀와 야수」……「고독」……「식료품 가게의 늙은 말」……「브루클린 다리」……."

그리고 나는 펜실베이니아 역*의 추운 지하 대합실에서 반쯤 잠든 채 누워 있었다. 조간 『트리뷴』지*를 응시하며, 새벽 네 시 기차를 기다리면서.

제3장

그해 여름 밤마다 나의 이웃집에서는 음악 소리가 흘러나왔다. 사람들은 속삭임과 샴페인과 별빛 사이를 누비며 그의 푸른 정원으로 불나방처럼 오고 또 갔다. 오후 밀물 때는 손님들이 부잔교(浮棧橋) 위에 만들어 놓은 다이빙대에서 다이빙을 하거나 해변의 뜨거운 모래 위에서 일광욕을 했다. 두 대의 모터보트는 폭포수 같은 거품을 일으키며 수상스키를 끌고 해협의 물을 갈랐다. 주말에는 롤스로이스가 아침 아홉 시에서 자정이 한참 지날 때까지 뉴욕을 오가며 사람들을 실어 날랐고, 스테이션왜건은 모든 기차 시간을 맞추기 위해 활기찬 노란 벌레처럼 부산하게 움직였다. 월요일에는 추가로 고용한 정원사를 포함해 여덟 명의 일꾼이 자루걸레와 청소 솔, 쇠망치와 정원 가위를 들고 전날 밤의 향연이 남긴 자취를 지우기 위해 온종일 일을 했다.

매주 금요일에 뉴욕의 과일상으로부터 배달된 다섯 상자 분량의 오렌지와 레몬은 매주 월요일이면 과육이 빠져 반쪽이 된 채

피라미드처럼 쌓여 뒷문으로 빠져나갔다. 부엌에는 집사가 엄지 손가락으로 이백 번 버튼을 누르면 반 시간 만에 이백 개의 오렌지에서 주스를 짜 내는 기계가 있었다.

적어도 이 주에 한 번은 개츠비의 거대한 정원을 크리스마스트리처럼 만들기 위해 행사 업체에 종사하는 사람들이 수백 미터의 범포(帆布)와 색색의 전등을 가지고 무리 지어 찾아왔다. 눈부신 전채로 장식된 뷔페 테이블 위에는 양념을 해서 구운 햄과 다채로운 모양의 샐러드, 밀가루를 입혀 튀긴 돼지고기와 거무스레한 금빛이 돌도록 잘 구운 칠면조 고기가 그득했다. 넓은 홀에는 진짜 황동 난간이 세워진 바가 차려졌고, 대부분의 여자 손님들은 너무 어려 구별할 수도 없는 오래된 진과 위스키, 코디얼*이 쌓여 있었다.

일곱 시면 오케스트라가 도착하는데, 다섯 개의 악기로 구성된 약식 밴드가 아니라 연주석을 꽉 채울 만큼의 오보에, 트롬본, 색소폰, 비올라, 코넷, 피콜로, 큰북, 작은북으로 구성된 정식 오케스트라였다. 이때쯤이면 해변에서 마지막까지 수영하던 사람들이 모두 돌아오고, 이 층에서 옷을 갈아입는다. 뉴욕에서 온 자동차들은 저택 안 자동차 도로에 다섯 줄로 주차되어 있고, 이미 홀과 응접실과 베란다는 원색의 드레스와 유행에 따른 희한한 머리 스타일과 카스티야*에서조차 상상할 수 없는 숄로 화려하게 붐빈다. 분위기가 한창 무르익은 바의 안쪽, 모두 칵테일 잔을 들고 마시고 있는 정원, 수다와 웃음과 아무렇게나 비꼬는 이야기라든가 즉석에서 이루어지는 소개와 서로 이름도 몰랐던 여자들 사이의 열렬한 만남으로 대기에는 생기가 흘러넘친다.

대지가 기울어지며 태양에서 더 멀어지면 전등 불빛은 더욱 환하게 타오르고, 오케스트라는 이제 노란 칵테일 음악을 연주한다. 여기저기서 오케스트라처럼 들리는 목소리는 한 음 더 높아지고, 점점 웃음이 헤퍼져 유쾌한 말 한마디에 모두 아낌없이 웃음을 터뜨린다. 사람들의 무리가 더 빨리 바뀌고, 새로 온 사람들로 늘어났다가는 동시에 흩어지며 새로운 무리를 만든다. 자신감에 넘치는 여자들은 비교적 변함이 없는 무리 사이를 벌써 이리저리 헤집고 돌아다니며 짧으나마 유쾌한 한순간 무리의 중심이 되었다가 승리감에 취해 의기양양해서 끊임없이 변하는 불빛을 받으며 전혀 다른 얼굴과 목소리와 색채의 사람들 사이를 또 다시 미끄러지듯 누빈다.

갑자기 이 집시 무리 중 흔들리는 오팔로 치장을 한 여자가 공중에서 칵테일 잔을 낚아채서 용기를 내기 위해 쭉 들이키고는 조 프리스코*처럼 손을 흔들며 캔버스 천으로 된 무대 위로 나가 혼자 춤을 춘다. 한순간 침묵이 흐른다. 오케스트라 지휘자는 이내 그녀의 뜻에 따라 리듬을 바꾸고, 그녀가 「지그펠드 시사 풍자극」*에서 질다 그레이*의 대역을 했다는 잘못된 소문이 돌며 한바탕 웅얼거리는 소리가 울려 퍼진다. 파티가 시작된 것이다.

개츠비의 저택에 갔던 첫날 밤 나는 실제로 초대를 받은 몇 안 되는 손님 중 하나였다. 사람들은 초대받지 않아도 그냥 그의 저택으로 몰려들었다. 롱아일랜드까지 실어다 주는 자동차에 올라타서는 어떻게든 개츠비의 저택 앞에 이르는 것이다. 일단 그곳에

오면 개츠비를 아는 누군가를 통해 소개가 되고, 그 이후부터는 놀이동산에서 놀 듯 그렇게 행동했다. 때때로 사람들은 개츠비를 전혀 만나지도 않고 파티를 즐기다 떠났다. 그들은 그 자체가 입장권이라고 할 수 있는 단순한 마음으로 파티에 온 것이었다.

나는 실제로 초대를 받았다. 개똥지빠귀의 알 같은 푸른색 제복을 입은 운전사가 토요일 아침 일찍 놀랍도록 정중한 개츠비로부터의 초대장을 갖고 나의 집 정원 잔디밭을 가로질러 왔다. 그 초대장에는 그날 밤의 '작은 파티'에 내가 참석한다면 진정 본인의 영광이라고 쓰여 있었다. 나를 여러 번 보았고 이미 오래전에 방문하고 싶었지만 묘하게 상황이 허락하지 않아 그렇게 못했다는 것이었다. 그리고 웅장한 필체로 제이 개츠비라고 서명이 되어 있었다.

나는 흰색 플란넬 정장을 차려입고 일곱 시가 조금 넘어 그의 집 정원으로 갔다. 통근 열차에서 보았던 얼굴도 더러 있었지만 대체로 모르는 사람들의 소용돌이 속에서 나는 조금 불편한 마음으로 방황하고 있었다. 젊은 영국인들이 이곳저곳에 흩어져 있는 모습이 놀라웠다. 그들은 모두 정장을 하고 있었고 다소 허기진 모습이었으며, 낮고 진지한 목소리로 견실하고 부유한 미국인들에게 열심히 이야기를 늘어놓고 있었다. 틀림없이 증권이나 보험, 자동차 같은 것들을 팔려는 것이었다. 그들은 이 지역에서 쉽게 벌 수 있는 돈을 괴롭게 의식하고 있었으며, 제대로 된 말 몇 마디면 그 돈이 자신의 것이 될 수 있다고 확신하는 것 같았다.

나는 도착하자마자 집주인을 찾아보려고 했지만 그가 어디 있느냐고 물어 보았던 두세 사람이 깜짝 놀라 나를 쳐다보며 아주 완강하게 그가 어디 있는지 전혀 모른다고 대답했기 때문에, 그냥 칵테일 테이블 쪽으로 슬슬 걸어갔다. 그곳은 정원 안에서 일행 없이 혼자 온 남자가 할 일이 없다거나 외롭게 보이지 않으면서도 어슬렁거릴 수 있는 유일한 곳이었다.

나는 너무 당황해서 진창 술에 취하는 길로 접어들었는데, 그때 조던 베이커가 저택 안에서 나와 대리석 계단 꼭대기에 서서 몸을 뒤로 약간 젖힌 채 경멸과 흥미가 뒤섞인 표정으로 아래를 내려다보았다.

지나가는 사람들에게 따뜻한 말 한마디라도 건네려면 환영을 하든 안 하든 누군가와 함께 있어야 할 것 같았다.

"여기요!" 그녀에게 다가서며 내가 큰 소리로 외쳤다. 내 목소리가 부자연스러울 정도로 크게 정원에 울려 퍼졌다.

"여기 있을지도 모른다고 생각했어요." 내가 다가서자 그녀가 무심히 말했다. "옆집에 산다고 했던 말이 기억이 나서요."

그녀는 곧 나에게 신경을 쓰겠다는 약속의 의미로 특별한 사심 없이 내 손을 잡고, 마침 계단 맨 아래에 멈춰 선 똑같은 노란색 드레스를 입은 두 여자의 말에 귀를 기울였다. "안녕하세요." 두 여자가 함께 소리쳤다. "시합에 못 이겨서 마음이 아파요."

골프 토너먼트 때문에 하는 말이었다. 그녀는 지난주에 있었던 결승전에서 졌다.

"우리가 누군지는 모르시겠지만, 한 달 전쯤 여기서 만났어요." 노란색 드레스를 입은 두 여자 중 하나가 말했다.

"머리를 염색한 것 같네요." 조던이 말했고 나는 발걸음을 옮기기 시작했는데, 여자들은 아무렇지도 않게 벌써 다른 곳으로 가 버렸다. 그래서 그녀는 음식 조달업자의 바구니에서 나온 저녁 식사처럼 너무 일찍 뜬 달을 향해 말한 셈이 되어 버렸다. 조던은 금빛으로 탄 가느다란 팔을 내 팔 위에 올려놓았다. 우리는 그대로 계단을 내려와 정원을 거닐었다. 웨이터가 들고 있는 칵테일 쟁반이 낙조를 받으며 우리 쪽으로 다가왔고, 우리는 노란색 드레스를 입은 두 여자와 '멈블' 이라는 똑같은 이름을 가진 세 남자와 함께 식탁에 앉았다.

"파티에 종종 와요?" 조던이 옆에 앉은 여자에게 물었다.

"지난번에 만났을 때가 마지막이었어요." 여자는 빈틈없이 확신에 찬 목소리로 대답했다. 그리고 옆에 있는 친구에게 고개를 돌리며 물었다. "루실, 너도 그랬지?"

루실의 경우도 마찬가지였다.

"여기 오는 게 좋아요." 루실이 말했다. "제가 무슨 일을 하든 신경을 안 쓰기 때문에 늘 여기에서의 시간이 재밌어요. 지난번에 왔을 때는 의자에 걸려 드레스가 찢어졌는데, 그 사람이 내 이름과 주소를 물어보더라고요. 일주일도 지나지 않아 크루아리에 의상실*에서 소포를 받았는데, 그 안에 새 드레스가 들어 있었어요."

"그래서 받았나요?" 조던이 물었다.

"물론 받았죠. 오늘 밤 입으려고 했는데, 가슴 부분이 너무 커서 고쳐야 했어요. 연보라색 구슬이 달려 있는 푸른색 드레스였어요. 이백육십오 달러짜리에요."

"그런 행동을 하는 사람에게는 뭔가 미심쩍은 면이 있는 거죠." 다른 여자가 큰 관심을 보이며 말했다. "그는 누구와도 문제가 생기는 것을 원치 않아요."

"누가 그렇다는 거죠?" 내가 물었다.

"개츠비 씨죠. 누가 나한테 말하기를……."

두 여자와 조던은 비밀 이야기라도 나누듯 서로를 향해 몸을 기울였다.

"누가 그러는데, 그는 사람을 죽인 적이 한 번 있대요."

우리 모두에게 어떤 긴장감이 흘렀다. 세 명의 멈블 씨도 몸을 앞으로 기울이며 큰 관심 속에서 귀를 기울였다.

"그 정도라고는 생각하지 않아." 루실이 못 믿겠다는 듯이 말했다. "전쟁 동안에 그가 독일 스파이였다는 편이 맞을 거야."

남자 중 하나가 확인해 주듯 고개를 끄덕였다.

"그에 대해 잘 아는 사람한테서 그런 말을 들었습니다. 독일에서 그와 함께 자란 친구였죠." 그가 단언했다.

"절대 아니에요." 첫 번째 여자가 말했다. "그럴 리가 없어요. 전쟁 동안에 개츠비 씨는 미국 군대에 있었거든요." 우리가 그녀의 말을 믿는 것처럼 보이자 그녀는 열성적으로 자신의 몸을 앞으로 기울이며 말했다. "아무도 자기를 보는 사람이 없다고 생각할 때의 그를 보세요. 그는 틀림없이 사람을 죽인 적이 있어요." 그녀는 눈을 가늘게 뜨며 몸을 떨었다. 루실도 몸을 떨었다. 우리는 모두 고개를 돌려 주위를 둘러보며 개츠비를 찾았다. 이 세상에서 목소리를 죽여 가며 이야기해야 할 일을 거의 겪어 보지 못한 사람들이 그에 대해 수군거리는 것을 보면 그가 사람들 사이에 어떤 낭만적 추측을 불러일으킨 것만은 틀림없는 사실이었다.

자정이 지나면 또 한 번의 저녁 식사가 가능한데, 지금은 이른 저녁 식사가 제공되고 있었다. 조던은 정원 반대편 식탁을 중심으로 퍼져 있는 자기 일행에게로 나를 초대했다. 결혼한 부부 세 쌍과 끈덕지게 조던을 따라다니는 대학생이 있었는데, 이 친구는 극단적으로 비꼬는 태도를 내비치며 조만간 조던이 어떤 형태로든 자기에게 굴복할 것이라 믿고 있다는 인상을 강하게 풍겼다. 이 사람들은 이리저리 돌아다니지 않고 점잖게 동질성을 유지하며 안정적인 지방 귀족을 대표하는 역할을 스스로 떠맡고 있었다. 말하자면 웨스트에그에 대해 베푸는 것 같은 태도를 보이는 이스트에그 사람들이었는데, 한편으로는 조심스럽게 웨스트에그의 다채로운 활기를 경계하고 있었다.

"일어나죠." 같이 어울리지도 못하면서 그저 낭비하는 것처럼 삼십 분 정도가 지난 후, 조던이 나직하게 말했다. "저에게는 너무 예의 바른 자리에요."

우리는 자리에서 일어났다. 조던은 이 집의 주인을 찾아 나설 것이라고 해명했다. 내가 그를 만난 적이 없어서 좀 불편하게 느낀다는 핑계였다. 대학생은 냉소적이면서도 우울하게 고개를 끄덕였다.

우리가 처음 들여다본 바 안은 사람들로 붐비고 있었지만, 개츠비는 거기 없었다. 조던이 계단 꼭대기에 서서 둘러보아도 여전히 그를 찾을 수 없었다. 베란다에도 개츠비는 없었다. 우리는 우연히 중요해 보이는 문을 열고 안으로 걸어 들어갔다. 그곳은 천장이 높은 고딕식 서재였다. 서재 벽은 그림이 새겨진 영국산 떡갈나무 판으로 장식되어 있었는데, 아마 외국의 어떤 폐허로부터 통째로 옮겨 온 것 같았다.

올빼미 눈 모양의 거대한 안경을 낀 뚱뚱한 중년 남자가 약간 취해 큰 테이블 끝에 앉아 불안스레 집중하며 서가를 응시하고 있었다. 우리가 들어서자 그는 흥분해 돌아서며 조던을 머리에서 발끝까지 훑어보았다.

"어떻게 생각합니까?" 그가 돌연 물었다.

"뭘 말이죠?"

그는 손짓으로 서가를 가리켰다.

"저것에 대해 말입니다. 물론 수고스럽게 확인할 필요는 없어요. 내가 다 확인했으니까. 저건 진짜요."

"책들이요?"

그가 고개를 끄덕였다.

"완전히 진짜요……. 그 안의 내용과 모든 것이 말이오. 그저 그럴 듯하게 보이도록 판지로 만든 것인 줄 알았는데, 완전히 진짜요. 책 안의 모든 것이……. 여기, 내가 보여드리리다!"

우리가 당연히 의심할 것이라고 생각하고 그는 급히 책장으로 가서 『스토더드 강연집』* 제1권을 가지고 돌아왔다.

"자, 봐요!" 그가 의기양양하게 외쳤다. "이것은 진짜로 인쇄된 겁니다. 나는 속았어요. 이 친구는 진짜 벨라스코* 같은 인물이에요. 이건 하나의 승리입니다. 얼마나 완벽합니까! 얼마나 사실적입니까! 해서는 안 될 일도 알고 있는 겁니다. 페이지를 펼치지도 않고 온전히 보전해 놨어요. 그런데 원하는 것이 무엇입니까? 뭘 바라는 거요?"

그는 나에게서 책을 낚아채 서둘러 서가의 제자리에 갖다 놓았다. 벽돌 하나가 없어지면 자칫 서재 전체가 무너진다는 것이었다.

"누가 데려왔습니까?" 그가 물었다. "그냥 온 겁니까? 나는 누가 데리고 왔습니다. 대부분 다 그래요."

조던은 조심스럽지만 유쾌한 태도로 아무 대답 없이 그를 바라보았다.

"나는 루스벨트라는 이름의 여자와 함께 왔습니다." 그가 계속했다. "클로드 루스벨트 부인인데요. 그 부인을 아나요? 어젯밤 어디선가 그 부인을 만났는데, 나는 지금까지 일주일 동안 취해 있었어요. 서재에 앉아 있으면 좀 정신을 차릴지도 모르지요."

"그래서 정신이 들었나요?"

"조금 그런 것 같네요. 아직은 잘 모르겠지만, 이제 겨우 한 시간 밖에 안 됐으니까. 여기 있는 책들에 대해 말했던가요? 이건 진짜요. 이건……."

"말했습니다."

우리는 진지하게 그와 악수를 나누고 다시 밖으로 나왔다.

정원의 무대에서는 춤판이 벌어져 있었다. 나이 먹은 남자들은 멋없게 끝도 없이 원을 그리며 젊은 여자들을 뒤로 밀어붙이고 있었고, 춤을 잘 추는 남녀들은 서로 붙잡고 유행에 따라 몸을 비틀며 구석을 벗어나지 않았다. 그리고 혼자 온 많은 여자들은 개성적으로 춤을 추거나 잠시 오케스트라 단원에게 다가가 밴조나 타악기 연주의 부담을 덜어 주었다. 자정 무렵이 되자 기분 좋게 떠드는 소리가 더욱 커졌다. 유명한 테너 가수가 이탈리아 어로 노래했고, 악명이 자자한 콘트랄토 가수는 재즈풍으로 노래를 불렀다. 그들이 노래하는 동안 사람들은 정원 이곳저곳에서 관심을 끌 만한 자랑거리를 선보이고 있었다. 공허하지만 행복한 웃음소리가 여름밤 하늘에 울려 퍼졌다. 한 쌍의 쌍둥이가 의상을 차려 입고 무대에 올라 어린애 같은 몸짓을 선보였고 사람들은 핑거볼보다도 더 큰 잔으로 샴페인을 마셔 댔다. 무대에 올랐던 쌍둥이는 알고 보니 노란색 드레스를 입은 그 여자들이었다. 달은 이제 더 높이 솟아 있었고, 해협에 은빛 비늘처럼 깔린 달빛이 팽팽하게 튕겨지는 밴조 소리에 맞춰 떨리고 있었다.

나는 여전히 조던 베이커와 함께 있었다. 우리는 내 나이 또래의 남자와 떠들썩한 젊은 여자와 함께 식탁에 앉아 있었는데, 그 여자는 아주 작은 도발에도 웃음을 터뜨렸다. 나도 이제는 즐기고 있었다. 큰 유리잔으로 샴페인을 두 잔이나 마시고 나니 눈앞에서 펼쳐지는 장면이 뭔가 의미심장하고 본질적이고 심오한 것으로 바뀌어 보였다.

연회가 잠시 뜸한 사이 식탁에 함께 앉아 있던 남자가 나를 보고 미소를 지었다.

"낯이 익으신데요." 그가 예의바르게 말했다. "전쟁 때 3사단에 있지 않았습니까?"

"맞아요. 제9기관총 대대에 있었습니다."

"저는 1918년 6월까지 제7보병대에 있었습니다. 어디선가 본 것 같았습니다."

우리는 잠시 프랑스의 비에 젖은 회색빛 작은 마을들에 대해 이야기했다. 수상 비행기를 한 대 샀는데 아침에 시험 비행을 해 보겠다고 말하는 것을 보면, 그는 분명 근처에 살고 있었다.

"함께하지 않겠습니까, 친구? 해협을 따라 해변으로만."

"몇 시에요?"

"아무 때나 그쪽에서 제일 편한 때면 됩니다."

막 그의 이름을 물으려던 찰나에 조던이 주위를 둘러보며 미소를 지었다.

"이제는 좀 재미를 느끼나요?" 그녀가 물었다.

"그 이상입니다." 나는 다시 새로 사귄 친구에게로 몸을 돌렸다. "이건 저에게는 독특한 파티입니다. 주인도 보지 못했어요. 저는 바로 옆집에 삽니다……." 나는 손으로 보이지 않는 울타리 쪽을 가리켰다. "개츠비라는 사람이 운전 기사를 통해 초대장을 보냈습니다."

잠시 그는 이해가 안 간다는 듯 나를 쳐다보았다.

"제가 개츠비입니다." 그가 갑자기 말했다.

"뭐라고요!" 나는 깜짝 놀라 소리를 질렀다. "이런, 정말 미안합니다."

"아는 줄 알았습니다, 친구. 내가 아주 훌륭한 주인은 못 되는 모양입니다."

그는 이해한다는 듯 미소를 지었다. 아니 이해하는 이상이었다.

그 미소는 일생에 서너 번 볼까 말까 할, 상대를 한없이 안심시켜 주는 드문 미소였다. 그 미소는 한순간 온 세상을 향했다가 아니면 적어도 그렇게 보였다가, 다음 순간 자신으로서는 저항할 수 없는 호의를 갖고 있다고 각인시키듯이 상대에게 집중하는 그런 미소였다. 그것은 상대가 이해받고 싶은 만큼 상대를 이해하고, 상대가 자신에 대해 스스로를 믿는 만큼 상대를 믿어 주고, 상대가 최선의 모습으로 전달하고 싶어 하는 인상을 그대로 보고 있다는 확신을 주었다. 그리고 그 미소가 사라지자 내 앞에는 우아하면서도 우직한 서른 한두 살 정도의 젊은 남자가 보였다. 공을 들인 그의 형식적 말투는 거의 터무니없을 정도였다. 그가 자신을 소개하기 조금 전 나는 그가 조심스럽게 말을 고른다는 인상을 강하게 받았다.

개츠비가 자신을 드러낸 것과 거의 동시에 집사가 급하게 달려와 시카고에서 전화로 그를 찾는다고 전해 주었다. 그는 한 사람, 한 사람 우리 모두에게 약간 고개를 숙여 인사하며 양해를 구했다.

"혹시 원하는 게 있으면 그냥 부탁해요, 친구." 그가 나에게 권했다. "실례합니다. 나중에 다시 오도록 하겠습니다."

그가 자리를 떠나자마자 나는 조던에게로 몸을 돌렸다. 내가 얼마나 놀랐는지 알려 줘야 할 것 같았다. 나는 개츠비가 안색이 불그스름하고 뚱뚱한 중년일 것이라고 생각했다.

"저 사람이 누굽니까?" 내가 물었다. "알아요?"

"그가 바로 개츠비라는 이름을 가진 사람이죠."

"아니, 어디 출신이냐는 거죠. 직업은 뭐죠?"

"드디어 이 문제에 대해 시작했군요." 그녀가 나른한 미소를 지으며 대답했다. "음, 한번은 제게 옥스퍼드 출신이라고 했어요."

그의 뒤편으로 흐릿한 배경이 형태를 취하기 시작했는데, 그녀의 다음 말 때문에 그만 사라지고 말았다.

"그러나 믿지는 않아요."

"왜 안 믿죠?"

"나도 몰라요." 그녀가 계속했다. "그저 거기 다녔다고 생각하지 않아요."

그녀의 말투에는 "그가 사람을 죽였다"던 여자의 말을 상기시키는 면이 있었고, 나는 더욱 호기심을 느꼈다. 누군가 개츠비가 루이지애나의 늪지대나 뉴욕의 이스트사이드 아래쪽 빈민가 출신이라고 말했다면 나는 아무런 의심 없이 그 말을 받아들였을 것이다. 그것은 이해가 되는 말이었다. 그러나 젊은 사람이 아무도 모르는 곳에서 느닷없이 등장해 눈 하나 깜짝 않고 롱아일랜드 해협에 궁전 같은 저택을 사지는 않는다. 적어도 시골 출신으로 별 경험이 없던 내가 보기에는 그랬다.

"어쨌든 큰 파티를 자주 열어요." 조던이 구체적인 얘기를 못마땅해하는 도회지 사람답게 주제를 바꾸며 말했다. "저는 큰 파티가 좋아요. 아주 친근한 느낌이 들어요. 작은 파티에는 개인적인 자유가 없어요."

큰북이 울리는 소리가 나고, 오케스트라 지휘자의 목소리가 갑자기 정원에 울려 퍼졌다.

"신사, 숙녀 여러분." 그가 외쳤다. "개츠비 씨의 요청으로 여러

분을 위해 블라디미르 토스토프의 최근 작품을 연주하겠습니다. 이 작품은 지난 5월 카네기홀에서 대단한 관심을 모았습니다. 신문을 보시면 아시겠지만, 어마어마한 센세이션을 불러일으켰습니다." 그는 유쾌하면서도 겸손한 태도로 미소를 지으며 덧붙였다. "어마어마하기보다는 상당한 센세이션이었죠!" 모든 사람이 웃음을 터뜨렸다.

"이 작품은 블라디미르 토스토프의 「세계 재즈의 역사」라는 작품입니다." 그는 원기 왕성한 목소리로 말을 맺었다.

나는 블라디미르 토스토프 씨가 작곡한 음악에 관심을 기울일 수 없었다. 음악이 시작된 바로 그 순간 개츠비가 보였기 때문이다. 그는 대리석 계단 위에 홀로 서서 만족스런 눈빛으로 이런저런 사람들의 무리를 쳐다보고 있었다. 검게 탄 그의 얼굴은 매력적일 만큼 팽팽했고, 짧은 머리는 매일 다듬는 것 같았다. 나는 그에게서 어떤 사악한 면도 찾을 수 없었다. 그가 술을 마시지 않았기 때문에 손님들과 거리를 유지하는 것이 아닌가 하는 의문이 들었다. 모두 형제처럼 친해져 소란스럽게 즐기는데도 그는 더욱 예의 바르게 처신하는 것처럼 보였기 때문이다. 「세계 재즈의 역사」가 끝나갈 무렵 여자들은 강아지처럼 쾌활하게 남자의 어깨에 머리를 기대거나, 장난삼아 뒤로 넘어져 팔 안에 안기거나, 심지어는 누군가 안아 일으킬 것이라고 예상하고 남자들 사이로 쓰러지기도 했다. 그러나 누구도 개츠비에게는 넘어지지 않았고, 그의 어깨를 건드리는 단발머리 여자도 없었으며, 그와 함께 노래하는 사람도 없었다.

"실례합니다."

개츠비의 집사가 갑자기 우리 옆에 섰다.

"미스 베이커신가요?" 그가 물었다. "실례합니다만, 개츠비 씨가 잠시 시간을 내 주셨으면 합니다."

"저 말예요?" 그녀가 놀라 외쳤다.

"예, 그렇습니다."

그녀는 놀라서 나를 향해 눈을 치켜뜨며 천천히 일어나 집사를 따라 집 쪽으로 갔다. 그녀는 이브닝드레스를 운동복처럼 입고 있었다. 사실 모든 드레스를 그렇게 입는 것 같았다. 그녀의 움직임에는 어느 화창한 날 아침 골프 코스에서 처음 걸음마를 배운 것 같은 활발함이 배어 있었다.

나는 혼자였고 거의 두 시였다. 얼마 동안 테라스 위쪽 길고 창이 많은 방에서 혼란스럽지만 흥미를 끄는 소리가 흘러나왔다. 나는 합창대 여자 둘과 산부인과에 대한 이야기를 나누고 있다며 합석을 권하는 조던의 대학생을 피해 안으로 들어갔다.

큰 방은 사람들로 가득 차 있었다. 노란 드레스를 입고 있던 여자들 중 하나가 피아노를 쳤고 유명한 합창단 출신인 붉은 머리의 키 큰 젊은 여자가 그녀 옆에서 노래를 불렀다. 그 여자는 이미 샴페인을 꽤 많이 마신 상태였는데, 터무니없게도 노래를 부르는 도중 모든 것이 너무 슬프다고 결정한 모양이었다. 그녀는 노래를 부르는 동시에 흐느꼈다. 노래가 끊길 때면 숨을 헐떡이거나 간헐적인 흐느낌으로 사이를 채우고는 다시 떨리는 소프라노로 노래를 이어 갔다. 눈물이 그녀의 뺨 위로 흘러내렸다. 그러나 마구 흐르지는 않았다. 눈물방울이 짙은 화장을 한 속눈썹에 이르면 잉크색으로 변해 천천히 작은 시내를 이루며 흘러내렸다. 누가 우스갯소리로 얼굴에 그려진 악보대로 노래를 해 보라고 하자, 그녀는 두 팔을 치켜들었다가는 의자 안으로 푹 쓰러지며 포도주에 취해 깊은 잠에 빠져들었다.

"남편이라는 사람과 싸움을 했대요." 내 팔 옆에 바짝 붙어 있던 한 여자가 설명을 했다.

나는 주위를 둘러보았다. 남아 있는 여자들 대부분은 이제 남편이라는 사람들과 싸움을 하고 있었다. 심지어 이스트에그에서 온 조던의 일행 네 사람도 의견이 달라 완전히 찢어져 있었다. 그중 한 남자는 흥미로울 정도로 열렬하게 젊은 여배우와 이야기를 나누고 있었고, 그의 아내는 위엄 있게 관심을 보이지 않으며 그 상황을 웃어넘기려고 시도하다 결국 완전히 포기하고 측면 공격을 시도했다. 이따금씩 그녀는 성난 독사처럼 남자의 곁에 갑자기 나타나 귀에 대고 "약속했잖아!" 하며 쉿소리를 냈다.

집에 돌아가기를 꺼리는 것은 고집스런 남자들만이 아니었다. 홀은 이제 지나치다 싶을 정도로 정신이 말짱한 두 남자와 몹시 분개한 그들의 부인이 차지하고 있었다. 부인들은 약간 목소리를 높여 가며 서로 공감을 표시했다.

"내가 재미를 좀 볼라 치면 집에 가자는 거예요."

"그런 이기적인 이야기는 처음 들어 보네요."

"우리는 늘 제일 먼저 떠나요."

"우리도 그래요."

"이봐, 오늘 밤에는 우리가 거의 제일 마지막이야." 둘 중 한 남자가 소심하게 말했다. "오케스트라도 반 시간 전에 떠났다고."

그런 악의는 믿을 수 없을 정도라고 부인들은 서로 의견 일치를 보았지만, 말다툼은 결국 짧은 싸움으로 끝나고 남편들은 발버둥치는 두 여자를 번쩍 들어 어둠 속으로 사라졌다.

홀에서 모자를 갖다 주기를 기다리고 있는데, 서재 문이 열리면서 조던 베이커와 개츠비가 함께 나왔다. 그는 그녀에게 마지막 말을 하고 있었는데, 사람들이 작별 인사를 하기 위해 다가서자 그의 열렬했던 태도가 돌연 형식적인 모습으로 딱딱하게 굳어졌다.

조던의 일행이 현관에서 초조하게 부르고 있었지만, 그녀는 잠시 머무르며 사람들과 악수를 했다.

"정말 놀라운 이야기를 막 들었어요." 그녀가 낮은 소리로 말했다. "제가 저 안에 얼마나 있었죠?"

"글쎄요, 한 시간 정도일 거요."

"정말…… 놀라운 일이에요." 그녀가 멍하니 다시 반복했다. "그러나 얘기하지 않겠다고 맹세했으니까, 그저 감질나게 한 셈이네요." 그녀가 나를 앞에 두고 우아하게 하품을 했다. "한번 보러 와요……. 전화번호부에서 찾아 보세요……. 시고니 하워드 부인이라는 이름을……. 우리 숙모님이에요……." 그녀는 서둘러 떠나며 말을 이었다. 그리고 문간에서 자기 일행과 섞이며 햇볕에 탄 갈색 손을 유쾌하게 흔들었다.

처음 와서 너무 오래 머무른 것이 조금 창피하긴 했지만, 나는 마지막 손님들과 합류했다. 그들은 개츠비 주위에 몰려 있었다.

나는 저녁 일찍 그를 찾으려 했다고 설명하고 또 정원에서 알아보지 못했던 것에 대해 사과하고 싶었다.

"걱정 말아요." 그의 말에 진심이 묻어났다. "전혀 신경 쓰지 말아요, 친구." 그는 나를 안심시키려고 스쳐 지나듯 내 어깨를 두드렸다. 그 손길이 '친구'라는 허물없는 표현보다 더 친숙하게 느껴졌다. "내일 아침 아홉 시에 수상 비행기 타기로 한 것 잊지 말아요."

그때 그의 어깨 뒤로 집사가 나타났다.

"필라델피아에서 전화가 왔습니다."

"알았어요, 곧 가죠. 바로 가겠다고 전해요……. 안녕히 가십시오."

"안녕히 계세요."

"자, 조심히 가세요." 그는 미소를 지었다. 갑자기 맨 마지막까지 남아 있기를 잘한 것 같다는 기분이 들었다. 개츠비가 내내 그것을 바라지 않았을까 하는 생각이 들었던 것이다. "잘 가세요, 친구……. 안녕히 가세요."

그런데 계단을 내려오다 보니 아직 그날 저녁이 다 끝난 것이 아니었다. 현관에서 십오 미터 정도 떨어진 곳에서 십여 개의 전조등이 괴이하고도 떠들썩한 장면을 비추고 있었다. 길 옆 도랑에 바퀴 하나가 완전히 떨어져나간 새 쿠페 한 대가 옆으로 누워 있었다. 출발한 지 채 이 분도 되지 않아 생긴 일이었다. 날카롭게 튀어 나온 벽에 바퀴가 부딪혀 바퀴가 떨어져 나갔는데, 그것이 호기심 많은 기사들 예닐곱 명의 관심을 끈 모양이었다. 그런데 그 기사들이 세워둔 차들이 길을 막고 있었기 때문에 한동안 후미로부터 거칠고 거슬리는 경적이 떠들썩하게 이어지면서 혼란을 더욱 부추기고 있었다.

긴 먼지막이 코트를 입은 한 남자가 부서진 차에서 나와 길 한가운데 서서는 차와 타이어, 구경꾼들을 당혹스러우면서도 재밌어하며 번갈아 쳐다보았다.

"이것 봐요!" 그가 설명했다. "차가 도랑 안에 박혀 버렸네요."

그 사실이 그에게는 이루 말할 수 없이 놀라운 것 같았다. 처음 내 눈에 들어온 것은 그 놀라는 모습이었는데, 다시 보니 그는 아까 개츠비의 서재를 칭찬하던 바로 그 사람이었다.

"어떻게 된 일인가요?"

그는 어깨를 으쓱했다.

"나는 기계에 대해서는 전혀 모릅니다." 그가 단호하게 말했다.

"그렇지만 어떻게 된 거냐고요? 벽을 들이받았나요?"

"묻지 말아요." 올빼미 안경을 쓴 그 사람은 자신이 이 사고와 아무런 상관이 없다는 것처럼 말했다. "나는 운전에 대해서는 아는 것이 별로 없습니다……. 거의 없습니다. 사고가 났어요. 나는 그것밖에 모릅니다."

"운전을 잘 못하면 밤에는 운전하지 말아야죠."

"나는 운전하려고도 하지 않았어요." 그가 화를 내며 설명했다. "하려고도 하지 않았다고요."

구경꾼들 사이에 갑자기 걱정스런 침묵이 흘렀다.

"자살하려는 겁니까?"

"바퀴만 빠져나가 다행인거요! 운전도 잘 못하면서, 운전하려고 하지도 않았다고요!"

"모르는 소리 하지 말아요." 사고 당사자가 말했다. "내가 운전했던 것이 아닙니다. 차 안에 다른 사람이 또 있어요."

이 말에 따른 충격으로 사람들이 "아아!" 하며 놀라움을 금하지 못했는데, 그때 쿠페의 문이 서서히 열렸다. 이제는 꽤 불어난 사람들이 부지불식간에 뒤로 물러섰고 문이 활짝 열렸을 때는 기괴한 침묵이 흘렀다. 이어 아주 서서히, 한 부분 한 부분씩 하얗게 질려 차 안에 매달려 있던 사람이 너무 큰 댄스화를 시험해 보듯 발로 바닥을 더듬으며 부서진 차 안에서 나왔다.

전조등 불빛에 앞이 잘 안 보이고 끊임없이 이어지는 경적 소리에 혼란을 느꼈던지 이 유령 같은 사람은 잠시 몸을 흔들며 서 있다가 이윽고 먼지막이 코트를 입은 사람을 알아보았다.

"무슨 일이야?" 그가 조용히 물었다. "기름이 떨어졌나?"

"저것 좀 봐요!"

동시에 몇 개의 손가락이 떨어져 나간 바퀴를 가리켰다. 그는 잠시 바퀴를 쳐다보다 그 바퀴가 하늘에서 떨어지기라도 했다는 듯 위를 쳐다보았다.

"차에서 떨어진 겁니다." 누군가 설명해 주었다.

그는 고개를 끄덕였다.

"처음에는 차가 멈췄는지도 몰랐어."

잠시 침묵이 흐른 후, 큰 심호흡을 하고 어깨를 펴며 그가 단호한 어조로 말했다.

"주유소가 어디 있습니까?

그보다는 술에 덜 취한 몇 명을 포함하여 최소한 십여 명 정도 되는 사람들이 차와 바퀴가 완전히 떨어져 나갔다는 것을 그에게 설명해 주었다.

"물러서요." 잠시 후 그가 제안했다. "차를 뒤집읍시다."

"바퀴가 빠졌다고요!"

그는 머뭇거렸다.

"한번 시도해 본다고 해서 나쁠 것 없잖아요." 그가 말했다.

자동차 경적 소리가 더 요란해지고 있었다. 나는 돌아서서 잔디밭을 가로질러 집으로 향했다. 오는 길에 뒤를 다시 한 번 돌아보았다. 성체처럼 얇은 달이 개츠비의 저택 위에 떠서 여느 때와 다름없이 아름다운 밤을 연출하며 웃음과 소음은 그쳤지만 아직도 환한 그의 정원 위에 달빛을 뿌리고 있었다. 그런데 갑자기 그 많은 창문과 거대한 문에서 공허가 흘러나와 문간에 서서 예의 바른 작별의 몸짓으로 한 손을 쳐들고 있는 집주인을 완전히 고립된 존재로 물들이는 것 같았다.

지금까지 내가 쓴 것을 읽어 보니 몇 주의 간격을 두고 삼 일 밤 동안 있었던 사건에 내가 완전히 정신이 팔려 있었다는 인상을 준 것 같다. 그러나 사실은 그와 반대로 그 사건은 그저 번잡한 여름날에 벌어지는 우연한 일에 지나지 않았다. 한참 후까지도 그것은 내 개인적인 일에 비하면 거의 관심의 대상이 되지 못했다.

나는 대부분의 시간을 일하면서 보냈다. 이른 아침 그림자가 서

쪽으로 길게 늘어질 때면 나는 서둘러 뉴욕 남쪽의 고층 빌딩 사이 흰색 틈을 누비며 프로비티 신탁 회사로 향했다. 나는 다른 사무원이나 채권 세일즈맨들과 이름을 부르는 사이가 되었고, 그들과 함께 침침하고 혼잡한 식당에서 약간의 소시지와 으깬 감자, 커피로 점심을 때웠다. 나는 심지어 저지시티*에 사는 한 여자와 짧은 연애를 하기도 했다. 그녀는 회계 부서에서 일했는데, 그녀의 오빠가 나를 야비한 표정으로 쳐다보기 시작해서 그녀가 7월에 휴가를 떠난 사이 조용히 그녀를 잊기로 했다.

나는 대개 예일 클럽*에서 저녁을 먹었다. 이유를 알 수는 없지만, 그것은 나의 하루 중 가장 우울한 일이었다. 저녁을 먹고 나는 위층에 있는 도서관으로 가서 한 시간 동안 투자와 증권에 대해 성실하게 공부했다. 주변에는 대개 몇몇 소란스런 사람들이 있었지만 그들이 도서관으로 들어오는 일은 없었기 때문에 도서관은 공부하기에 좋은 장소였다. 그러고 나서 부드럽고 아름다운 밤인 경우에는 매디슨 애비뉴를 따라 머리힐 호텔과 33번가를 지나 펜실베이니아역으로 천천히 걸었다.

나는 뉴욕이 좋아지기 시작했다. 밤의 생기와 모험의 느낌도 좋았고, 끊임없이 명멸하듯 오가는 남녀와 자동차들도 들뜬 눈에는 만족스럽게 보였다. 나는 5번가를 걸어 올라가며 군중 속에서 낭만적으로 보이는 여자들을 골라, 내가 그들의 삶 속으로 들어가는 것을 알거나 못마땅해하는 사람들이 전혀 없다고 상상하기를 즐겼다. 심지어는 마음속으로 잘 보이지 않는 거리 모퉁이에 있는 그 여자들의 아파트까지 따라가기도 했다. 그러면 그들은 돌아서서 나에게 웃음 짓고 현관을 통해 따뜻한 어둠 속으로 사라지는 것이었다. 매혹적인 대도시의 황혼 속에서 나는 때때로 떠나지 않는 외로움을 느꼈다. 식당에서 혼자 먹는 저녁 시간을 기다리며 쇼윈도 앞에서 어슬렁거리는 가난한 젊은 사무원들, 밤과 인생의 가장 통렬한 순간을 낭비하며 땅거미 안에 서 있는 젊은 사무원들에게서도 같은 외로움이 느껴졌다. 극장가로 향하는 택시들이 40번가의 검은 도로에 다섯 줄로 늘어서서 붕붕거리는 여덟 시 무렵이 되면 나는 다시 가슴이 가라앉는 것을 느꼈다. 기다리는 동안 서로 기댄 사람들의 모습이 택시 유리창에 어리기도 하고, 노랫소리가 들리기도 하고, 들리지 않는 농담에 웃음이 터지기도 하고, 불붙인 담배가 알 수 없는 몸짓의 윤곽을 드러내기도 했다. 나 역시 즐거움을 누리기 위해 서두르고 있으며 그들과 친숙한 흥분을 공유한다고 상상하며 모든 일이 잘되기를 빌어 주었다.

얼마 동안 나는 조던 베이커를 보지 못했다. 그러다 한여름에 다시 그녀를 만났다. 처음에는 그녀와 함께 이런저런 곳을 함께 다니며 좀 으쓱한 기분이 들었다. 그녀가 골프 챔피언이었고 모두 그녀의 이름을 알고 있었기 때문이다. 시간이 흐르면서 단순한 그런 감정 이상의 무엇이 생겼다. 실제로 사랑에 빠진 것은 아니었지만, 일종의 부드러운 호기심을 느낀 것이다. 그녀가 세상을 대하는, 싫증 난 것 같으면서도 오만한 얼굴에는 무엇인가가 감추어져 있었다. 비록 처음에는 아니라고 할지라도 꾸미는 태도에는 결국 무엇이 감추어져 있는 법이다. 어느 날 나는 조던이 감추고 있는 것이 무엇인지 알게 되었다. 우리가 함께 워릭*에서 있었던 한

별장 파티에 참석했을 때 그녀는 지붕이 열린 채로 빌린 차를 빗속에 그냥 놔두었다가 나중에 그에 대해 거짓말을 했다. 갑자기 데이지의 집에 있던 날 밤 떠오르지 않았던 그녀에 대한 이야기가 생각났다. 그녀가 처음 큰 골프 토너먼트에 나갔을 때 거의 신문에 실릴 뻔했던 소동이 있었다. 그녀가 준결승전에서 좋지 않은 위치에 있던 공을 옮겨 놓았다는 것이었다. 그 일은 거의 스캔들이 될 뻔했다가 그냥 사그라졌다. 캐디가 자기 말을 취소했고 다른 유일한 증인도 자기가 잘못 보았을지도 모른다고 인정했기 때문인데, 그 사건과 이름이 내 마음속에 함께 남아 있었던 것이다.

조던 베이커는 본능적으로 영악하고 예리한 남자들을 피했다. 그것은 규범으로부터의 일탈이 불가능하다고 여겨지는 남자와 함께 있을 때 더 안전하다고 느끼기 때문이었다. 그녀는 치유가 불가능할 정도로 정직하지 못했으며, 불리한 입장에 서는 것을 참을 수 없어했다. 그런 점을 감안해 볼 때, 세상을 향해 냉정하고 오만한 미소를 유지하고 또한 단단하고 활력이 넘치는 몸의 욕구를 충족시키기 위한 방편으로 그녀는 아주 어릴 때부터 핑계를 댔던 모양이었다.

나에게는 아무래도 상관없었다. 여자가 정직하지 않다는 것은 결코 깊이 비난할 일이 아니다. 나는 좀 안됐다고 느낄 뿐이었고 이내 잊어버렸다. 우리가 차를 운전하는 일과 관련해서 흥미로운 대화를 나누었던 것도 바로 그 똑같은 파티에서였다. 그녀가 일꾼들에게 너무 가까이 차를 몰고 지나가면서 흙받기로 한 일꾼의 겉옷 단추를 떨어뜨린 것 때문에 이야기가 시작되었다.

"운전을 정말 못하는군요." 내가 못마땅해서 말했다. "좀 더 조심하거나 아니면 운전을 결코 해서는 안 되겠는데요."

"조심하고 있어요."

"그런 것 같지 않아요."

"다른 사람들이 조심하겠죠." 그녀가 가볍게 말했다.

"그것과 무슨 상관이죠?"

"사람들이 비켜선다는 말이죠." 그녀가 굽히지 않고 말을 이었다. "양쪽이 잘못해야 사고가 나는 것이니까요."

"지금 운전하는 것처럼 부주의한 사람을 만난 경우라면 어떻게 되겠습니까?"

"안 그랬으면 좋겠어요." 그녀가 대답했다. "저는 부주의한 사람들을 좋아하지 않아요. 그래서 캐러웨이 씨를 좋아하는 것이고요."

햇살 때문에 찡그린 그녀의 회색 눈이 정면을 응시하고 있었다. 그녀는 의도적으로 우리의 관계를 변질시켜 버렸고, 나는 잠시 그녀와 사랑에 빠졌다고 생각했다. 그러나 나는 생각이 느린 데다가 욕망에 대한 브레이크로 작동하는 규율이 마음속에 가득한 그런 인간이었다. 무엇보다도 고향에서 얽혀 있는 일로부터 분명하게 벗어나야 했다. 나는 여전히 일주일에 한 번 편지를 쓰고 "사랑하는 닉으로부터"라고 서명을 하고 있었다. 고향의 여자 친구에 대해 떠오르는 생각이라는 것이 고작 그 친구가 테니스를 칠 때 입술 위쪽에 희미한 콧수염처럼 땀방울이 맺힌다는 것이었지만 말이다. 그래도 내가 자유로워지기 위해서는 희미하나마 기술적으로 해결해야 하는 유대 관계가 있었던 것이다.

누구나 자신에게 적어도 하나의 기본적 미덕이 있다고 생각하기 마련인데, 나의 미덕은 내가 몇 안 되는 정직한 사람들 중 하나라는 것이다.

제4장

일요일 아침, 교회 종소리가 바닷가를 따라 마을에 울려 퍼지는 동안 세상의 온갖 남녀가 개츠비의 저택으로 몰려와 유쾌한 소란 속에서 잔디밭 위를 누볐다.

"집주인이 밀주업자*래요." 주인이 제공하는 칵테일을 마시며 꽃밭 사이를 거닐면서 젊은 부인들이 말했다. "한번은 사람을 죽였대요. 폰 힌덴부르크*의 조카이고 악마와 육촌 사이라는 것을 알아냈기 때문이래요. 여보, 그 장미꽃 한 송이만 줘요. 그리고 거기 있는 크리스털 잔에 마지막으로 한 잔만 따라 줘요."

언젠가 한번 기차 시간표의 빈 곳에 그해 여름 개츠비의 저택을 찾았던 사람들의 이름을 적은 적이 있었다. "1922년 7월 5일부터 유효"라고 맨 위에 제목처럼 인쇄되어 있는 그 시간표는 이제 낡고 접혔던 부분이 다 해졌다. 그러나 아직도 흐릿하게 이름들이 남아 있어, 내가 하는 일반적인 이야기를 듣는 것보다 그 이름들을 직접 보는 것이 개츠비에 대해 아무것도 모른다는, 찬사라고도 하기 힘든 찬사를 바치고 그의 환대를 받았던 사람들을 파악하는 데 더 도움이 될 것 같다.

이스트에그에서는 체스터 베커 부부와 리치 부부, 내가 예일대에서 알았던 번슨이라는 사람과 지난 여름 메인 주에서 익사한 웹스터 시벳 박사가 왔다. 혼빔 부부와 윌리 볼테어 부부도 왔고, 블랙벅 집안사람들은 전부 왔는데 그들은 언제나 구석에 모여 있다가 누구라도 가까이 오면 염소처럼 코를 벌름거렸다. 이스메이 부부와 크리스티 부부도 왔는데, 크리스티 부부는 휴버트 아우어바흐와 크리스티 씨의 부인이라고 하는 편이 나을 것이다. 그리고 사람들이 말하길 어느 겨울 오후 아무런 이유 없이 머리가 솜처럼 하얗게 세었다는 에드가 비버도 왔다.

내 기억에 클래런스 엔다이브도 이스트에그에서 왔다. 그는 흰색 니커 바지*를 입고 딱 한 번 왔는데, 정원에서 에티라는 이름의 건달과 한바탕 싸움을 벌였다. 롱아일랜드 끝에서는 치들 부부와 O. R. P. 슈레이더 부부, 조지아 주의 스톤월 잭슨 에이브럼 부부와 피시가드 부부, 리플리 스넬 부부가 왔다. 스넬은 형무소에 가기 삼 일 전에 왔는데, 몹시 술에 취해 저택 안 자갈길에 누워 있다 율리시즈 스웻 부인의 차에 오른손을 치었다. 댄시 부부도 왔고 예순이 훨씬 넘은 S. B. 화이트베이트, 모리스 A. 플링크, 해머헤드 부부, 담배 수입업자인 벨루가와 그의 애인들도 왔다.

웨스트에그에서는 폴 부부, 멀레디 부부, 세실 로벅과 세실 숀, 주 상원 의원인 굴릭, 영화사 '필름스 파 엑설런스'를 장악하고 있는 뉴턴 오키드, 에크하우스트, 클라이드 코언과 돈 S. 슈워츠

(아들), 아더 맥카티가 왔는데, 모두 이런저런 식으로 영화계와 관련된 인물들이었다. 캐틀립 부부와 뱀버그 부부, G. 얼 멀둔도 왔는데, 그는 나중에 아내를 교살한 바로 그 멀둔과 형제간이었다. 흥행주인 다 폰타노도 왔고, 에드 리그로스와 제임스 B. ('롯것')* 페릿과 드 종 부부, 어니스트 릴리도 왔는데, 그들은 주로 도박을 하기 위해 왔다. 페릿이 어슬렁어슬렁 정원으로 들어오면 돈을 다 잃어 빈털터리가 되었으니 다음날 연합 철도회사의 주가가 올라야 한다는 뜻이었다.

클립스프링어라는 사람은 너무 자주 오고 오래 묵어서 '기숙생'으로 알려졌는데, 아예 자기 집이 없는 것 같았다. 연극계 사람들 중에는 거스 웨이즈와 호레이스 오도너번, 레스터 마이어, 조지 덕위드, 프란시스 불이 왔다. 또한 뉴욕에서 크롬 부부, 백히슨 부부, 데니커 부부, 러셀 베티와 코리건 부부, 켈러허 부부, 듀워 부부, 스컬리 부부, S. W. 벨처, 스머크 부부와 지금은 이혼했지만 젊은 퀸 부부와 헨리 L. 팔미토가 왔는데, 그는 타임 스퀘어에서 지하철로 뛰어들어 자살했다.

베니 맥클리너핸은 늘 여자를 네 명씩 데리고 왔다. 똑같은 여자들은 아니었지만 외모가 몹시 비슷해서 아무래도 전에 와 본 적이 있는 것처럼 보였다. 그들의 이름은 잊어버렸다. 재클린이나 콘수엘라 또는 글로리아나 주디, 준 같은 이름의 여자들이었던 것 같은데 그 여자들의 성은 대개 음악적으로 들리는 꽃이나 무슨 달에 해당하는 이름이었고, 조금 거칠게 들리는 미국 대자본가들의 성을 갖고 있는 경우도 있었다. 굳이 확인하기 위해 물어보았다면 그들의 친척이라고 고백했을지도 모를 일이다.

내 기억에 이 모든 사람들에 더해 포스티나 오브라이언이 적어도 한 번은 왔고, 베데커 가문의 딸들과 전쟁 중 총알에 코가 날아간 젊은 브루어와 올브룩스버거 씨와 그의 약혼녀였던 미스 헤이그와 아디터 피츠피터스, 미국재향군인회 회장이었던 P. 주웨트 씨와 운전사로 알려졌던 남자와 함께 왔던 미스 클로디아 힙과 우리가 공작이라고 불렀던 어떤 왕자가 왔는데, 그의 이름은 전에는 알았는지 모르지만 지금은 잊어버렸다.

이 모든 사람들이 그해 여름 개츠비의 저택을 찾았다.

7월 하순의 어느 날 아침 아홉 시쯤 개츠비의 멋진 자동차가 내 집으로 이어지는 울퉁불퉁한 자갈길을 흔들거리며 다가오더니 세 가지 음으로 된 경적 소리를 냈다. 그가 나를 찾아온 것은 그때가 처음이었다. 나는 이미 그의 파티에 두 번 갔고, 그의 수상 비행기를 탔고, 그가 끈질기게 초대해 그의 해변을 빈번하게 이용한 터였다.

"잘 있었나요, 친구. 오늘 나와 점심이나 같이합시다. 내 차로 같이 가요."

개츠비는 특히 미국적이라 할 다양한 몸짓을 취하며 계기판에 몸을 기대고 있었다. 나는 그런 태도가 어렸을 때 힘들게 무엇을 들어 올리는 일이나 의자에 뻣뻣하게 오래 앉아 있는 일을 해 보지 않은 데서, 더 중요하게는 우리가 이따금씩 벌이는 시합들의 긴장되지만 형식 없는 우아함에서 비롯된 것이라고 생각했다. 격식을 따지는 태도 사이로 끊임없이 이런 모습이 나타나 그는 마치 안절부절 못하는 것처럼 보이기도 했다. 그는 결코 조용히 있는 법이 없었으며, 발을 계속 움직이거나 늘 조급하게 손으로 주먹을 쥐었다 폈다 했다.

그는 내가 감탄하며 자동차를 구경하는 모습을 지켜보았다.

"차가 괜찮죠, 친구?" 내가 더 잘 볼 수 있도록 차에서 뛰어내리며 그가 말했다. "전에 이 차를 본 적이 없나요?"

물론 본 적이 있었다. 누구나 다 그 차를 봤다. 그 차는 선명한 크림색이었는데, 니켈 도금을 한 부분이 번쩍번쩍했고 으스대듯 구비된 모자 상자와 저녁 상자와 연장 상자 때문에 터무니없이 긴 차체 이곳저곳이 울퉁불퉁하게 튀어나왔고, 미로처럼 설치된 높이가 다른 유리창들에는 십여 개의 태양이 반사되어 보였다. 겹겹의 유리가 달린 일종의 초록색 가죽 정원 안에 앉아 우리는 시내로 향했다.

지난 한 달 동안 나는 개츠비와 여섯 번 정도 이야기를 나누었는데, 실망스럽게도 그는 할 얘기가 별로 없는 것 같았다. 그래서 그가 어떻게 규정할 수 없는 중요성을 가진 인물일 것이라는 첫인상은 서서히 시들어 버리고, 그저 우리 집 옆에 있는 잘 꾸민 여관 같은 것의 주인이 되어 버렸다.

그런데 당혹스럽게 차를 함께 타게 된 것이었다. 웨스트에그 마을에 이르렀을 무렵부터 개츠비는 흔히 구사하는 우아한 말끝을 흐리면서 가볍게 불규칙적으로 캐러멜색 양복 무릎을 툭툭 치기 시작했다.

"이봐요, 친구." 의외로 그가 갑자기 말문을 열었다. "나를 어떻게 생각합니까?"

나는 약간 당황해서 그런 질문에 어울리는 일반적인 핑계를 대기 시작했다.

"내가 살아온 얘기를 좀 해 줄까요?" 그가 내 말을 끊었다. "사람들이 말하는 이런저런 얘기를 듣고 나에 대해 잘못 생각하지 않았으면 좋겠습니다."

그는 자기 집 이곳저곳에서 대화에 풍미를 더하는 기괴한 비난을 알고 있었다.

"하느님께 맹세코 진실을 말해 줄게요." 그는 갑자기 오른손을 들어 거짓을 말하면 천벌이라도 받겠다는 듯 맹세를 했다. "지금은 다들 돌아가셨지만, 나는 중서부의 부유한 집안 출신입니다. 자라기는 미국에서 자랐지만 옥스퍼드에서 교육을 받았고요. 우리 집안 어른들은 다 거기서 교육을 받았습니다. 집안의 전통입니다."

그는 곁눈질로 나를 쳐다보았는데, 조던 베이커가 왜 그가 거짓말을 한다고 믿었는지 알 수 있을 것 같았다. 그는 '옥스퍼드에서 교육을 받았다'는 말을 우물거리듯 빠르게 아니면 그 말 때문에 숨이 막히기라도 하는 것처럼 그렇게 말했다. 전에도 그것 때문에 신경이 쓰인 모양이었다. 그리고 이 의심과 더불어 그가 한 모든 말에 대한 믿음이 산산조각 깨져 버렸다. 그에게 결국 어떤 사악한 면이 있는 것이 아닌가 하는 생각조차 들었다.

"중서부 어느 지역입니까?" 나는 아무렇지도 않다는 듯 물었다.

"샌프란시스코입니다."

"그렇군요."

"우리 집안사람들은 모두 죽었습니다. 나에게는 꽤 많은 돈이 남았죠."

가족을 포함한 일가친척들의 갑작스런 죽음에 대한 기억을 아직 떨치지 못한 것처럼 그는 진지한 목소리로 말했다. 잠시 그가 나를 놀리는 것이 아닌가 하는 의심도 들었지만, 그를 힐끗 보니 그렇지도 않은 것 같았다.

"그 이후로는 유럽의 수도에서 인도의 왕처럼 살았습니다. 파리, 베네치아, 로마 같은 곳에서…… 보석을 수집하고, 주로 루비였죠, 큰 짐승을 사냥하고, 그림도 좀 그리고, 오직 나 자신만을 위한 일을 하면서, 오래전에 있었던 아주 슬픈 일을 잊으려고 노력했습니다."

나는 도저히 믿을 수가 없어 터져 나오려는 웃음을 가까스로 참았다. 그가 쓰는 표현이 너무나 진부해서 땀 대신 톱밥을 흘리며 파리의 볼로뉴 숲*에서 호랑이를 쫓는 터번을 두른 사냥꾼 이외에는 달리 떠오르는 이미지가 없었다.

"그런데 전쟁이 났습니다, 친구. 나로서는 큰 다행이었습니다. 죽기 위해 아주 열심히 노력했는데, 내 목숨에는 무슨 마법이 걸려 있는 것 같았죠. 전쟁이 일어났을 때 나는 중위 임관을 했습니다. 아르곤 숲*에서 기관총 파견대 둘을 너무 앞으로 끌고 가는 바람에 아군과 적군 사이 일 킬로미터 정도 보병대가 진주할 수 없는 간격이 생겨 버렸어요. 우리는 거기에서 이틀 낮과 이틀 밤을 보냈습니다. 열여섯 정의 루이스 경기관총을 갖고 백삼십 명이서 말이죠. 마침내 보병대가 진주했는데, 시체 더미에서 독일 삼개 사단의 휘장을 발견했던 겁니다. 나는 소령으로 진급했고, 모든 연합군 정부에서 나에게 훈장을 주었습니다. 심지어는 아드리아해에 있는 그 작은 몬테네그로까지 말입니다."

그 작은 몬테네그로! 개츠비는 그 말을 읊조리며 미소를 지었다. 그의 미소는 몬테네그로의 고통스런 역사를 이해하고, 몬테네그로 사람들의 용감한 투쟁에 공감하는 미소였다. 또한 몬테네그로가 마음에서 우러나는 따뜻한 찬사를 할 수밖에 없었던 일련의 국제 정세를 완전히 이해하고 있다는 그런 미소였다. 나의 불신은 이제 매혹 속에 가라앉았다. 그것은 마치 서둘러 십여 편의 잡지를 훑어보는 것 같았다.

그는 주머니에 손을 넣었다가, 리본이 달려 있는 쇳조각을 꺼내 내 손바닥 위에 올려놓았다.

"이것이 몬테네그로에서 준 훈장입니다."

놀랍게도 그것은 진짜인 것 같았다.

"다닐로 훈장." 메달을 따라 둥그렇게 글자가 쓰여 있었다. "몬테네그로, 니콜라스 왕."

"뒤집어 보세요."

"제이 개츠비 소령." 내가 읽었다. "비상한 용맹을 기리어."

"여기 내가 늘 갖고 다니는 물건이 또 하나 있습니다. 옥스퍼드 시절의 기념품입니다. 트리니티 칼리지* 안뜰에서 찍었는데, 내 왼쪽에 있는 사람이 현재 돈캐스터 백작입니다."

그것은 아치가 있는 길에서 블레이저 코트*를 입은 예닐곱 명의 젊은이들이 한가롭게 거닐고 있는 모습을 담은 사진이었다. 아치 사이로 여러 개의 첨탑이 보였다. 그리고 거기 개츠비가 있었다. 지금보다 조금 더 젊어 보였고, 손에는 크리켓 배트를 쥐고 있었다.

그렇다면 모두가 다 사실이었다. 베네치아 대운하 옆에 있는 그의 궁전에는 호랑이 가죽들이 선명하게 번쩍거렸고, 그는 보석함에서 진홍빛 루비를 꺼내어 보며 실연의 괴로움을 달랬던 것이다.

"오늘 중요한 부탁을 좀 하려고 합니다." 기념품들을 만족스럽게 주머니에 넣으며 개츠비가 말했다. "그래서 나에 대해 좀 알아야만 한다고 생각했던 겁니다. 내가 그저 별 볼일 없는 사람이라고 생각하지 않기를 바랐던 거지요. 나는 종종 낯선 사람들과 함께 있게 되는데, 내게 있었던 슬픈 일을 잊으려고 이곳저곳으로 흘러 돌아다니기 때문입니다." 그는 주저했다. "오늘 오후에 그 일에 대해 말해 주겠습니다."

"점심을 먹으면서요?"

"아니, 오늘 오후에요. 미스 베이커와 가끔 차를 마시러 다닌다면서요. 우연히 알게 되었습니다."

"미스 베이커를 사랑한다는 말인가요?"

"아닙니다, 친구. 그렇지 않아요. 그런데 미스 베이커가 호의를 베풀어 이 문제에 대해 얘기를 전해 주기로 했습니다."

나는 "이 문제"가 무엇인지 전혀 알 수가 없었다. 그리고 흥미보다는 짜증을 느꼈다. 개츠비에 대해 의논하기 위해 내가 조던에게 차를 마시자고 한 것은 아니었다. 그 부탁이라고 하는 것도 완전히 허무맹랑한 것임이 틀림없다는 확신이 들었고, 잠시 이 사람 저 사람 가릴 것 없이 들락거리는 그의 정원에 발을 들여놓은 것을 후회했다.

개츠비는 더 이상 말하지 않았다. 뉴욕이 가까워질수록 그는 더욱 단정한 태도를 취했다. 우리는 벨트처럼 붉은색 페인트칠을 한 대양선이 언뜻언뜻 보이는 포트 루스벨트*를 지나, 어두침침하고 빛이 바랜 1900년대식이지만 아직도 찾는 사람이 있는 살롱들이 줄지어 서 있는 빈민가 자갈길을 따라 속도를 냈다. 그리고 우리 양 옆으로 재의 계곡이 펼쳐졌고, 윌슨 부인이 정비소에서 숨을 헐떡거리며 힘차게 펌프질하는 것이 지나가는 길에 언뜻 보였다.

우리는 차의 흙받기를 날개처럼 펴고 빛을 뿌리며 아스토리아* 지역을 달렸다. 그런데 반 정도 가서 고가 철도의 기둥 사이를 누비며 지나갈 때 모터사이클이 가속하는 익숙한 소리가 들리면서 흥분한 경찰관이 우리 곁으로 다가섰다.

"알았습니다, 친구." 개츠비가 소리쳤다. 우리는 속도를 늦췄다. 개츠비는 지갑에서 흰색 명함을 꺼내어 경찰관의 눈앞에 대고 흔들었다.

"그러시군요." 모자를 살짝 기울이며 경찰관이 수긍했다. "개츠비 씨, 다음번에는 꼭 알아보도록 하겠습니다. 죄송합니다!"

"그게 뭔가요?" 내가 물었다. "옥스퍼드 때 사진인가요?"

"경찰청장의 부탁을 한 번 들어준 적이 있는데, 매년 나에게 크리스마스카드를 보냅니다."

거대한 다리 위에서는 대들보 사이로 비치는 햇빛이 달리는 자동차들 위로 끊임없이 어른거렸고, 강 건너편에는 뉴욕이 하얀 각설탕 더미처럼 솟아올라 보였다. 그 모두가 냄새나지 않는 돈으로 건설되었으면 하는 소망과 더불어 쌓아 올려진 것이었다. 퀸스보로 다리*에서 보는 뉴욕은 언제나 처음 보는 도시 같다. 그 도시는 아직도 온 세상의 신비와 아름다움을 드러내 보이겠다는 애초의 거대한 약속을 간직하고 있는 것 같았다.

꽃으로 덮여 있는 영구차가 우리 곁을 지나갔다. 블라인드를 친 두 대의 마차와 친구들을 태운 조금 유쾌한 분위기의 마차들이 그 뒤를 이었다. 남동부 유럽 사람들 특유의 비극적 눈망울과 짧은 윗입술의 친구들이 우리를 쳐다보았다. 그들이 우울한 휴일에 개츠비의 근사한 자동차를 볼 수 있었다는 것이 다행이라는 생각이 들었다. 우리가 블랙웰 섬*을 지날 무렵 백인 운전사가 운전하는 리무진 한 대가 우리 곁을 지나쳤다. 그 안에는 최신 유행으로 차려입은 세 명의 흑인들이 앉아 있었는데, 둘은 남자였고 하나는 여자였다. 그들이 건방지게 경쟁하듯 우리를 향해 큰 눈망울을 굴리는 것을 보고 나는 큰 소리로 웃었다.

'이 다리를 건너 왔으니 이제 무슨 일이든 일어날 수 있는 것이다.' 나는 생각했다. '무슨 일이든……'

심지어는 개츠비라는 인물의 존재도 가능하며, 그것이 특별히 놀랄 만한 일도 아닌 것 같았다.

소란스런 한낮. 선풍기가 잘 돌아가는 42번가 지하 레스토랑에서 나는 점심을 함께하기 위해 개츠비를 만났다. 밖이 너무 환했기 때문에 나는 눈을 껌뻑거리며 침침한 눈으로 대기실 같은 방에 앉아 있는 개츠비를 찾았는데, 그는 어떤 남자에게 말을 건네고 있었다.

"캐러웨이 씨, 여기는 내 친구인 울프심 씨입니다."

체구가 작고 코가 납작한 유대인이 큰 머리를 들어 올리며 나를 응시했다. 양쪽 콧구멍에는 털이 수북하게 자라 있었다. 잠시 후 어둑어둑한 가운데 그의 작은 눈이 보였다.

"……그래서 내가 그를 쓱 쳐다봤는데," 악수한 내 손을 열심히 흔들며 울프심 씨가 말했다. "내가 어떻게 했는지 알아요?"

"어떻게 했습니까?" 내가 예의 바르게 물었다.

그러나 그는 나에게 말을 건네고 있던 것이 아니었다. 그는 내 손을 놓고 표정이 풍부한 코를 개츠비에게로 향했다.

"캐츠포에게 그 돈을 줬어. 그리고 말해 줬지. '좋아, 캐츠포. 입을 닫을 때까지는 그놈한테 단 한 푼도 주면 안 돼.' 그 놈은 바로 입을 닫아 버렸지."

개츠비는 우리 두 사람의 팔을 각각 잡고 레스토랑 안으로 들어갔다. 울프심 씨는 무슨 말을 막 하려다 꿀꺽 삼키더니 몽유병자처럼 방심한 표정을 지었다.

"하이볼*로 드릴까요?" 웨이터장이 물었다.

"레스토랑이 아주 좋은데." 천장에 그려진 장로교의 요정들을 보며 울프심 씨가 말했다. "그래도 나는 길 건너편이 더 좋아!"

"하이볼로 줘요." 개츠비가 대답하고는 울프심 씨에게 말했다.

"거기는 너무 더워요."

"덥고 비좁지." 울프심 씨가 말했다. "그래도 추억이 많은 곳이니까."

"그곳이 어딘가요?" 내가 물었다.

"전에 메트로폴*이라고 불리던 곳입니다."

"그 옛날의 메트로폴이지." 울프심 씨가 생각에 잠긴 듯 침울하게 말했다. "죽고 사라진 얼굴들이 가득 찬 곳이지. 영원히 사라진 친구들로 가득 찬 곳이야. 죽기 전에는 거기에서 허먼 로즌설이 총에 맞던 날 밤을 잊지 못할 거야. 테이블에는 우리 여섯이 있었는데, 로지는 저녁 내내 무던히도 먹고 마셔 댔지. 거의 아침이 될 무렵 웨이터가 묘한 표정을 지으며 그 친구한테 와서는 밖에서 누가 보자고 한다는 거야. '알았어.' 로지가 말하고 일어서려 하는데 내가 의자에 앉혔지.

'로지, 너를 보고 싶으면 그 새끼들보고 들어오라고 그래. 절대 여기서 나가지 마.'

"그때가 새벽 네 시 정도였는데, 블라인드를 올렸으면 밖이 훤했을 거야."

"그는 나갔나요?" 내가 순진하게 물었다.

"물론 나갔지." 울프심 씨의 코가 분개한 듯 갑자기 나를 향했다. "문간에서 돌아서더니 '웨이터한테 내 커피 치우지 말라고 해!' 하고 그 친구가 말하더군. 그리고 바로 길로 나섰는데, 그놈들이 잔뜩 먹은 그 친구의 배에다 대고 총을 세 발이나 쏜 후 차로 도망쳐 버렸어."

"전기의자에서 네 명이 처형되었지요." 기억이 나서 내가 말했다.

"베커*까지 다섯이오." 울프심 씨의 콧구멍이 흥미롭게 나를 향했다. "사업상의 연줄을 찾는 것으로 알고 있소만."

그 두 가지 말이 함께 나오는 것이 놀라웠다.

"아, 아닙니다." 나를 대신해 개츠비가 큰 소리로 말했다. "이 친구가 아네요."

"아닙니까?" 울프심 씨는 실망한 것 같았다.

"이 사람은 그냥 친굽니다. 그 얘기는 나중에 하자고 말씀드렸죠."

"미안하게 됐네." 울프심 씨가 말했다. "나는 다른 사람인줄 알았지."

잘게 썰어 육즙이 풍부한 고기 요리가 나오자 울프심 씨는 옛날 메트로폴의 감상적인 분위기를 잊고 굉장한 식욕을 보이며 맛나게 먹기 시작했다. 그동안 그의 눈은 아주 천천히 방 전체를 둘러보고 있었다. 그는 고개를 돌려 바로 뒤에 있는 사람들까지 살펴보았다. 내가 없었더라면 우리의 식탁 밑도 잠깐 들여다보았으리라는 생각이 들었다.

"이봐요, 친구." 개츠비가 내 쪽으로 몸을 기울이며 말했다. "아침에 차에서 화나게 한 것 같아 마음에 좀 걸립니다."

개츠비는 예의 그 미소를 짓고 있었지만, 이번에는 나도 저항했다.

"저는 비밀스러운 일을 좋아하지 않습니다." 내가 대답했다. "왜 솔직하게 뭘 원한다고 말하지 않는지 이해를 못 하겠습니다.

왜 미스 베이커를 통해야만 합니까?"

"아, 무슨 비밀스러운 것은 아닙니다." 그가 나를 안심시켰다. "알다시피 미스 베이커는 훌륭한 운동선수고 문제가 될 만한 일은 절대 하지 않을 겁니다."

개츠비는 갑자기 시계를 보더니 벌떡 일어서서 급하게 방에서 나갔다. 식탁에는 나와 울프심 씨만 남았다.

"전화 때문에 그러는 거요." 눈으로 개츠비를 쫓으며 울프심 씨가 말했다. "괜찮은 친구죠, 안 그래요? 보기에도 멋지고 완벽한 신사지."

"그렇습니다."

"저 친구는 오그스포드 출신이오."

"아!"

"영국에 있는 오그스포드 대학에 다녔어요. 오그스포드 대학 알지요?"

"들은 적이 있습니다."

"이 세상에서 제일 유명한 대학이지."

"개츠비와 오랫동안 알고 지내셨나요?" 내가 물었다.

"몇 년 됐소." 그가 만족스럽게 말했다. "전쟁이 끝나고 저 친구를 알게 됐지요. 한 시간 정도 얘기를 나눠 보니 좋은 집안에서 교육을 잘 받은 친구로구나 했죠. '집으로 데리고 가서 엄마와 누이에게 소개라도 해 주고 싶은 그런 친구가 아닌가' 하는 생각이 들었던 거요." 그는 잠시 멈추었다. "내 커프스 단추를 보고 있는 건가요?"

나는 보고 있지 않았지만, 이제 그 단추가 눈에 들어왔다. 그 단추들은 이상하게 친숙한 느낌을 주는 상아로 만든 것이었다.

"최고 품질의 인간 어금니요." 그가 나에게 알려 주었다.

"그래요!" 나는 그 단추들을 잘 살펴보았다. "정말 흥미롭군요."

"그렇지요." 그는 코트 아래서 소매를 확 걷어 올렸다. "개츠비는 여자에 대해 아주 조심합니다. 친구의 아내라면 눈길 한번 주지 않을 그런 친구지."

이런 본능적인 신뢰를 받는 친구가 식탁에 다시 돌아오자, 울프심 씨는 커피를 쭉 들이키더니 자리에서 일어섰다.

"점심 잘 먹었네." 그가 말했다. "내가 계속 있으면 못마땅해할 테니 얼른 젊은 사람들에게서 도망쳐야지."

"마이어, 서두를 필요 없어요." 열의 없이 개츠비가 말했다. 울프심 씨는 축복의 의미로 손을 쳐들었다.

"예의는 고맙지만 나는 세대가 다르니까." 그가 엄숙하게 말했다. "여기에 앉아서 이야기 나누시오, 운동이 되었든 여자가 되었든……." 그는 다시 손을 가볍게 흔들어 그 다음 말을 대신했다. "나로 말하면 나이가 오십이오. 더 이상 부담을 주고 싶지는 않아요."

악수를 나누고 돌아서는데 그의 비극적 코가 떨리고 있었다. 혹시 내가 그를 화나게 만들 만한 말을 했나 싶었다.

"그는 때때로 아주 감상적으로 변합니다." 개츠비가 설명했다. "오늘이 바로 그날인 겁니다. 뉴욕 주변에서는 잘 알려진 사람입니다. 브로드웨이의 주민이죠."

"뭐 하는 사람이죠, 배우인가요?"

"아닙니다."

"치과 의사입니까?"

"마이어 울프심이요? 아뇨, 도박사입니다." 개츠비는 잠시 주저하다 태연히 덧붙였다. "1919년도에 월드 시리즈를 조작한 사람* 입니다."

"월드 시리즈를 조작했다고요?" 내가 반복했다.

그 발상 자체가 나에게는 너무나 충격적이었다. 나는 물론 1919년도에 월드 시리즈가 조작되었다는 사실을 기억하고 있었다. 그러나 내가 그 사건에 대해 조금이라도 생각이라는 것을 해 봤다면, 나는 그것이 그저 일어난 일로 어쩔 수 없이 연쇄적으로 일어난 일의 결과가 그냥 그렇게 된 것으로 생각했을 것이다. 금고를 폭파하겠다는 강도의 집념처럼 한 사람이 오천만 명의 믿음을 가지고 장난을 치려 했다는 것은 상상도 할 수 없는 일이었다. "어떻게 그런 일을 하게 되었죠?" 내가 잠시 후 물었다.

"그저 기회를 본 거죠."

"그런데 왜 감옥에 있지 않습니까?"

"잡을 수가 없습니다, 친구. 그는 영리한 사람이에요."

내가 수표로 계산하겠다고 고집했다. 웨이터가 거스름돈을 가져오는 동안 나는 붐비는 방 건너편에 있는 톰 뷰캐넌을 발견했다.

"잠시 저를 좀 따라오시죠." 내가 말했다. "어떤 사람에게 인사를 좀 해야겠습니다."

우리를 보자 톰이 자리에서 벌떡 일어나 한달음에 우리 쪽으로 다가왔다.

“어디 있던 거야?” 톰이 큰 관심을 보이며 물었다. “그동안 우리 집에 안 와서 데이지가 아주 화가 났어.”

“뷰캐넌 씨, 여기는 개츠비 씨입니다.”

둘이 잠깐 악수를 나누었는데, 긴장해서 당혹스러워하는 개츠비의 표정이 낯설게 보였다. “도대체 뭐 하고 지냈던 거야?” 톰이 나에게 물었다. “점심을 먹겠다고 이렇게 멀리 온 이유가 뭐야?”

“개츠비 씨와 점심을 같이했어.”

나는 개츠비 쪽으로 몸을 돌렸는데, 그는 거기 없었다.

1917년 10월의 어느 날……(플라자 호텔*의 정원에서 등받이가 곧은 의자에 아주 곧은 자세로 앉아 조던 베이커가 말했다).

……어디를 가는 중이었어요. 인도로 걷다 잔디 위로 걷다 하고 있었는데, 잔디 위를 걸을 때가 더 기분이 좋았죠. 뒤창에 고무 돌기가 박혀 있어 부드러운 땅속으로 파고 들어가는 영국제 신발을 신고 있었거든요. 저는 또 새 격자무늬 치마를 입고 있었는데, 바람에 펄럭일 때마다 집 앞에 있는 붉은색, 흰색, 파란색 깃발들이 빳빳하게 앞으로 펼쳐지면서 마땅치 않다는 듯 ‘쯧-쯧-쯧-쯧’ 소리를 냈죠.

데이지 페이의 집 깃발이 제일 컸고, 잔디밭도 제일 넓었어요. 데이지는 이제 겨우 열여덟 살이었죠. 저보다 두 살 많았는데, 루이빌의 아가씨들 중 제일 인기가 많았죠. 데이지는 흰옷을 즐겨 입었고 접이식 지붕이 달린 흰색 자동차를 갖고 있었는데, 데이지의 집에는 하루 종일 전화벨 소리가 끊이지 않았어요. 들뜬 캠프 테일러의 젊은 장교들이 밤에 단 둘이서 데이지를 만나고자 하는 전화였죠. "어떻게 한 시간만이라도!"

그날 아침 제가 데이지의 집 건너편에 이르렀을 때, 데이지의 흰 차가 길가에 서 있었는데, 그 안에는 본 적이 없는 중위와 데이지가 함께 있었어요. 두 사람이 서로에게 너무 열중해 있어서 이 미터 정도 다가갈 때까지도 데이지는 저를 보지 못했어요.

"안녕, 조던." 뜻밖에 데이지가 저에게 소리를 질렀죠. "이리 좀 와."

데이지가 저에게 말을 걸어서 우쭐한 기분이 들었어요. 저보다 나이 많은 여자애들 중에서는 데이지를 가장 동경했기 때문이죠. 데이지는 저에게 붕대를 만들러 적십자사에 가는 길이냐고 물었죠. 내가 그렇다고 하니까 그날 자기는 가지 못한다는 말을 전해 달라는 거예요. 데이지가 말하는 동안 장교는 넋이 빠진 것처럼 데이지를 쳐다보고 있었는데, 어떤 여자라도 한번쯤 누가 자기를 그렇게 쳐다보았으면 하고 바랄 거예요. 그게 참 낭만적으로 보였기 때문에 나는 늘 그 일을 기억했죠. 그 장교의 이름이 제이 개츠비였는데, 사 년이 지나도록 그를 다시 보지는 못했어요. 롱아일랜드에서 그 사람을 만난 후에도 저는 그 사람이 같은 사람인 줄 몰랐어요.

그때가 1917년이었죠. 그 다음 해에는 저에게도 남자 친구가 몇 명 생겼고, 또 토너먼트에 나가기 시작했기 때문에 데이지를 자주 볼 수는 없었어요. 데이지는 누구와 어울리게 되면 자기보다 조금 더 나이가 많은 사람들하고 어울렸어요. 그런데 데이지에 대해 터무니없는 소문이 떠돌았죠. 어느 겨울날 밤, 데이지가 뉴욕으로 가서 외국으로 떠나는 한 군인에게 작별 인사를 하려고 짐을 싸고 있던 것을 어머니가 발견했다는 거예요. 어머니는 데이지를 못 가게 말렸죠. 데이지는 몇 주 동안 가족들과 말도 하지 않았대요. 그 일이 있은 후 데이지는 군인들과는 더 이상 어울리지 않았어요. 오직 군대에 갈 수 없는 몇몇 평발에 근시인 친구들하고만 다녔죠.

다음 해 가을쯤 데이지는 여느 때와 마찬가지로 다시 명랑해 보였어요. 휴전 후 그녀는 사교계에 데뷔했고, 2월에는 뉴올리언스 출신의 남자와 약혼을 했다고도 했어요. 6월에 데이지는 시카고에서 온 톰 뷰캐넌과 결혼했어요. 루이빌에서는 유례가 없을 정도로 화려하고 당당한 결혼식이었죠. 뷰캐넌은 자동차 네 대에 백여 명을 이끌고 내려와서 실바크 호텔 한 층 전체를 빌리고, 결혼식 전날에는 데이지에게 삼십오만 달러짜리 진주 목걸이를 선물했대요.

저는 신부의 들러리였죠. 결혼식 전날 피로연 삼십 분 전에 데이지의 방에 갔어요. 꽃무늬 드레스를 입고 침대 위에 누워 있던 데이지는 6월의 밤처럼 아름다웠지만……, 곤드레만드레 취해 있더군요. 한 손에는 백포도주 병을, 다른 손에는 편지 한 통을 들고 있었어요.

"나를 축하해 줘." 그녀가 술에 취해 중얼거렸어요. "술을 마셔 본 적은 없지만 정말 좋은 것 같아."

"무슨 일이야, 데이지?"

저는 정말 무서웠어요. 여자가 그렇게 취한 모습을 처음 봤거든요.

"저기 말이야." 데이지는 침대 위에 놓여 있던 쓰레기통 안을 더듬거리더니 진주 목걸이를 꺼냈어요. "이걸 아래층으로 가지고 가서 누가 됐든 주인에게 돌려줘 버려. 그리고 모든 사람들에게 다 말해 줘, 데이지의 마음이 변했다고. 그렇게 말해 줘. 데이지의 마음이 변했다고!"

데이지는 울기 시작했어요……. 울고 또 울었죠. 저는 밖으로 뛰쳐나와 데이지 어머니의 하녀를 찾았어요. 우리는 문을 잠그고 데이지를 찬물이 가득 찬 욕조 안으로 밀어 넣었죠. 데이지는 편지를 놓으려 하지 않았어요. 편지를 욕조 안까지 갖고 들어갔고, 손으로 너무 꽉 쥐어 젖은 공처럼 변했는데, 눈처럼 흩어져 버릴 것 같으니까 할 수 없이 저를 시켜 비누받침 위에 놓아두도록 했죠.

데이지는 한마디도 하지 않았어요. 우리는 데이지에게 암모니아 탄산수를 먹이고 이마 위에 얼음을 얹어 놓고, 간신히 일으켜 다시 드레스를 입혔죠. 그리고 반 시간쯤 지나 우리가 그 방에서 나왔을 때는 데이지의 목에 다시 목걸이가 걸려 있었고, 사건은 일단락되었죠. 다음 날 다섯 시에 데이지는 몸 한번 떨지 않고 톰 뷰캐넌과 결혼식을 올리고 남태평양으로 삼 개월 동안 신혼여행을 떠났어요.

신혼여행에서 돌아온 그들을 산타바바라*에서 만났는데, 그렇게 남편에게 빠져 있는 여자는 본 적이 없어요. 톰이 잠시 방을 비울라 치면 데이지는 불안하게 주위를 둘러보며 "톰이 어디 갔지?" 하고 묻고는 문간에 톰이 나타날 때까지 멍한 표정을 짓고 있었죠. 데이지는 무릎 위에 톰의 머리를 뉘이고 잴 수 없는 기쁨에 겨워 톰의 눈가를 손가락으로 쓰다듬으며 한두 시간씩 모래사장에 앉아 있었어요. 그들이 함께 있는 모습은 감동적이었죠……. 그 모습에 매혹되어 소리 죽여 웃지 않을 수 없었어요. 그때가 8월이었는데, 제가 산타바바라를 떠난 지 일주일 후 어느 날 밤 톰이 벤츄라 가도에서 자동차를 들이받는 바람에 차 앞바퀴가 떨어져 나가는 사고가 났어요. 톰과 함께 있던 여자도 신문에 났어요. 팔이 부러지는 바람에 그랬죠……. 그 여자는 산타바바라 호텔의 객실 담당 메이드였어요.

이듬해 4월 데이지는 딸을 낳았고 그들 부부는 프랑스로 가 일 년을 머물렀죠. 어느 해 봄에는 칸*에서, 그 후에는 도빌*에서 그들을 봤어요. 그리고 그들은 정착하기 위해 다시 시카고로 갔죠. 짐작하시겠지만 데이지는 시카고에서 인기가 좋았어요. 그들은 젊고 부유하고 방탕한 사람들과 어울렸는데, 데이지는 그래도 아주 완벽한 평판을 유지했어요. 아마 술을 마시지 않았기 때문이겠죠. 술고래들 사이에서 술을 마시지 않는 것은 아주 대단한 장점이죠. 말을 가려할 수도 있고, 더욱이 다른 사람들이 너무 취해서 보지도 못 하고 신경도 못 쓰니까 자신의 부정한 행위를 조절할 수도 있죠. 아마 데이지는 누구하고도 바람을 피워 본 적이 없을 거예요……. 데이지의 목소리에는 뭔가 있는 것 같기도 하고…….

어쨌든 육 주 전 데이지는 개츠비라는 이름을 몇 년 만에 처음으로 들었어요. 기억하시겠지만, 웨스트에그의 개츠비를 아느냐고 제가 물어봤을 때 말이에요……. 집으로 돌아가시고 나서 데이지가 방으로 와 저를 깨우더니 "개츠비가 누구야?" 하고 묻더군요. 잠이 덜 깬 상태에서 그 사람에 대해 제가 설명을 해 주었는데, 데이지는 정말 이상한 목소리로 자기가 알던 사람이 틀림없다고 그러더군요. 그래서 저도 비로소 개츠비라는 사람과 데이지의 흰색 차 안에 있던 장교를 연결시킬 수 있었죠.

조던 베이커가 모든 이야기를 마쳤을 때 우리는 이미 삼십 분 전에 플라자 호텔을 떠나 센트럴 파크에서 마차를 타고 있었다. 서쪽 50번가의 영화배우들이 사는 높은 아파트 빌딩 너머로 저녁 해는 이미 졌지만, 벌써 잔디밭 위에 모여 있던 소녀들의 귀뚜라미처럼 맑은 목소리가 더운 황혼 사이로 울려 퍼졌다.

나는 아라비아의 족장*
그대의 사랑은 나의 것이니
밤이 되어 그대 잠들면
그대의 천막으로 찾아가리라……

"희한한 우연이군요." 내가 말했다.
"그렇지만 전혀 우연이 아니에요."
"왜 그렇죠?"
"개츠비가 그 집을 산 것은 데이지가 바로 그 만 건너편에 살고 있기 때문이었죠." 그렇다면 그 6월의 밤에 개츠비가 동경했던 것은 별뿐이 아니었던 셈이다. 무의미해 보였던 화려함 속에서 그가 갑자기 태어나 살아 있는 존재로 내게 다가왔다.

"그가 바라는 것은," 조던이 말을 이었다. "아무 날이나 오후에 데이지를 초대한 후 자기도 건너올 수 있도록 해 주는 거예요."

그 겸손한 요청에 나는 마음이 크게 흔들렸다. 그는 오 년을 기다렸고, 거대한 저택을 사서는 우연히 날아드는 나방들에게 별빛을 뿌려 주었다. 어느 날 오후 모르는 사람의 정원으로 '건너오기' 위해서.

"그런 사소한 부탁을 받기 전에 제가 이 모든 것을 다 알아야만 했나요?"

"그는 두려워하고 있어요. 너무 오랫동안 기다렸거든요. 혹시 캐러웨이 씨의 마음이 상할지도 모른다고 생각한 거죠. 그래도 아시겠지만 그는 집착이 강한 사람이에요."

약간 걸리는 것이 있었다.

"왜 조던 씨에게 만남을 주선하도록 하지 않았던 거죠?"

"데이지가 자기 집을 보았으면 하는 거예요." 그녀가 설명했다. "캐러웨이 씨 집은 바로 옆집이잖아요."

"아!"

"어느 날 밤이든 어쩌다가 데이지가 자기의 파티에 참석하기를 반쯤은 기대했다고 생각해요." 조던이 말을 이었다. "그러나 데이지는 한 번도 오지 않았죠. 그러자 개츠비는 아무렇지도 않은 것처럼 사람들에게 데이지를 아느냐고 묻기 시작했죠. 그리고 저를 처음으로 발견한 거예요. 댄스파티에 오라고 사람을 보냈던 것이 그날 밤이었어요. 그가 얼마나 고심해서 그 일을 추진했는지 들었으면 좋았을 텐데요. 저는 물론 즉각적으로 뉴욕에서 점심을 먹자고 제안했죠. 그런데 저는 그가 미치는 것이 아닌가 걱정을 다 했어요.

'상식 밖의 일은 결코 하고 싶지 않습니다!' 계속 그렇게 말하는 거예요. '나는 바로 옆집에서 그녀를 만나고 싶습니다.'"

"캐러웨이 씨가 톰의 특별한 친구라고 말하자 그는 계획을 전부 포기하려고 했어요. 그는 톰에 대해서는 아는 것이 거의 없어요. 혹시 데이지의 이름이라도 볼 수 있을까 해서 시카고의 신문을 몇 년 동안 보았다고는 하지만요."

이제 완전히 어두워졌다. 어느 조그만 다리 아랫길로 내려갈 때 나는 조던의 금빛으로 탄 어깨에 팔을 두르고 그녀를 내 쪽으로 당기며 함께 저녁을 먹으러 가자고 제안했다. 갑자기 데이지와 개츠비에 대한 생각이 싹 사라져 버리고, 그 대신 단정하고 냉정하지만 좀 부족한 데도 있고 만사를 회의적으로만 보는 이 사람, 내 팔 안에서 명랑하게 몸을 뒤로 기대고 있는 여자의 생각만이 가득했다. 어지러울 정도로 흥분을 일으키는 어떤 말이 내 귀에서 울리기 시작했다. '오직 쫓기고, 쫓고, 바쁘고, 피곤한 자들만이 있을지어다.'

"데이지에게도 인생에 뭔가 소중한 것이 있어야 해요." 조던이 나에게 중얼거렸다.

"데이지가 개츠비를 보고 싶어 합니까?"

"데이지가 이 일을 알아서는 안 돼요. 개츠비는 데이지가 아는 것을 원하지 않아요. 그저 차 한 잔 하자고 데이지를 초대하면 되는 거예요."

우리가 검은 나무들이 줄지어 서 있는 길을 지나치자 섬세하고 은은한 불빛의 한 구획을 이루고 있는 59번가의 건물들이 공원 안으로 빛을 발하고 있었다. 개츠비나 톰 뷰캐넌과는 달리 나에게는 어두운 처마 밑이나 눈부신 간판들을 따라 떠다니는 형체 없는 얼굴의 여자가 없었다. 그래서 나는 팔에 힘을 주어 옆에 있는 여자를 끌어당겼다. 경멸하는 듯한 창백한 입가에 미소가 어렸다. 그래서 나는 그녀를 더욱 가까이 끌어당겼다. 이번에는 내 얼굴 쪽으로.

제5장

그날 밤 웨스트에그의 집으로 돌아왔을 때 나는 잠시 집에 불이 난 것이 아닌가 두려운 마음이 들었다. 새벽 두 시였는데 반도의 한구석 전체가 불이 난 것처럼 환하게 빛나고 있었다. 관목 숲 위를 비추는 불빛이 비현실적으로 보였고, 길가 전깃줄 위에서는 불빛이 가늘고 길게 반짝이고 있었다. 길모퉁이를 돌아서니 탑 끝에서 지하실까지 환하게 불을 켜 놓은 개츠비의 저택이 눈에 들어왔다.

처음에 나는 또 파티를 벌이는구나 생각했다. 떠들썩한 술판이 온 집안을 다 열어 놓은 채 벌이는 '술래잡기'나 아니면 '상자 안의 정어리'* 같은 게임으로 변해 버린 것 같았다. 그런데 소리가 들리지 않았다. 나무 사이로 불어오는 바람이 전깃줄을 흔들어 마치 저택이 어둠 속으로 눈짓을 하듯 불이 깜박이고 있었다. 내가 타고 온 택시가 소리를 내며 돌아갈 무렵 개츠비가 정원의 잔디밭을 가로질러 나에게 걸어왔다.

"집이 국제 박람회장 같은데요." 내가 말했다.

"그래요?" 개츠비는 무심한 눈길로 자신의 집을 쳐다보았다. "이 방 저 방 좀 살펴보고 있었습니다. 코니아일랜드*로 갑시다, 친구. 내 차로."

"너무 늦었어요."

"음, 그러면 수영장에나 한 번 뛰어들어 가죠. 여름 내내 수영장을 한 번도 안 썼어요."

"저는 자야 해요."

"알았습니다."

그는 조바심을 억누르고 나를 쳐다보며 기다렸다.

"미스 베이커하고 이야기를 나눴습니다." 내가 잠시 후 말했다. "내일 데이지에게 전화해 우리 집에서 차나 한 잔 하자고 초대할 작정입니다."

"아, 그거 잘됐군요." 그는 별로 신경 쓰지 않는 듯 말했다. "폐를 끼치고 싶진 않은데."

"언제가 좋겠습니까?"

"캐러웨이 씨는 어떤 날이 편하겠습니까?" 그가 즉시 내 말을 수정했다. "정말 폐를 끼치고 싶지는 않습니다."

"내일모레면 어떨까요?"

그는 잠시 내 말을 고려하는 듯했다. 그러더니 마지못해 말했다.

"잔디를 깎아야겠군요."

우리는 둘 다 잔디를 바라보았다. 손질을 하지 않은 나의 집 정원과 잘 가꿔 더 짙어 보이는 그의 넓은 정원이 시작되는 곳을 뚜렷하게 구별할 수 있었다. 그는 나의 집 잔디를 두고 말한 것 같았다.

"사소한 일이 한 가지 더 있습니다." 그가 확실치 않은 목소리로 주저하며 말했다.

"며칠 더 연기했으면 좋겠습니까?" 내가 물었다.

"아, 그게 아니고요. 적어도……." 그는 말을 어떻게 시작해야 할지 몰라 우물쭈물했다. "아, 내 생각에……. 음…… 이봐요, 친구. 별로 돈을 많이 벌지는 못하죠?"

"많이 벌지는 못합니다."

개츠비는 내 말에 좀 안심하는 것 같았다. 그는 좀 더 확신에 차서 말을 이었다.

"이렇게 말하면 실례되겠지만……, 그럴 것 같다고 생각했습니다. 알다시피 내가 일종의 부업 같은 일을 좀 하고 있습니다. 그런데 혹시 별로 많이 벌지 못한다면……. 친구, 채권을 팔고 있죠, 그렇죠?"

"노력하는 중입니다."

"음, 혹시 흥미를 느낄 지도 모르겠습니다. 별로 시간도 많이 안 들고, 돈도 꽤 벌 수 있을 겁니다. 좀 비밀스러운 일이긴 합니다만."

다른 상황이었다면 그 대화가 내 인생의 위기였을지도 모른다. 그러나 그 제안이 명백하고도 요령 없이 어떤 편의를 제공하겠다는 것이었기 때문에 나는 그의 말을 거기서 끊을 수밖에 없었다.

"일이 많아서 시간을 낼 수가 없습니다." 내가 말했다. "너무 감사하지만 더 이상의 일을 맡기는 힘듭니다."

"울프심하고 같이 하는 일은 절대로 아닙니다." 그는 점심 자리에서 말했던 '연줄' 때문에 내가 피하는 것이라고 생각하는 것 같았다. 그러나 나는 그런 것이 아니라고 그에게 분명하게 말했다. 그는 잠시 더 나의 말을 기다렸지만, 무슨 대답을 하기에는 내가 너무 생각에 빠져 있었기 때문에 그는 내키지 않은 채로 집으로 돌아갔다.

저녁때의 일로 몽롱하면서도 행복한 기분이 들었다. 집 현관에 들어서서는 바로 깊은 잠 속으로 빠져든 모양이다. 그래서 나는 개츠비가 코니아일랜드에 갔는지, 저택에 환하게 불을 켜놓고 몇 시간 동안이나 '이 방 저 방을 둘러보았는지' 알지 못한다. 다음 날 아침 사무실에서 데이지에게 전화를 걸어 차를 마시러 오라고 초대했다.

"톰은 데리고 오지 마." 내가 경고했다.

"뭐라고?"

"톰은 데리고 오지 말라고."

"'톰'이 누구야?" 그녀가 순진하게 물었다.

약속한 날에는 비가 퍼붓듯 왔다. 열한 시가 되자 비옷을 입은 사람이 잔디 깎는 기계를 끌고 와서 우리 집 현관문을 두드리더니 개츠비 씨가 잔디를 깎으러 보냈다고 말했다. 이 일 때문에 핀란드 인 아주머니에게 돌아오라는 말을 하는 것을 깜빡 잊은 것이 생각났다. 그래서 나는 차를 몰고 웨스트에그 마을로 갔다. 회칠한 집이 늘어서 있는 비에 젖은 골목길에 사는 아주머니를 찾고,

컵과 레몬과 꽃을 살 요량이었다.

꽃은 필요 없었다. 두 시가 되자 온실 하나를 채울 만큼의 꽃과 화병 등이 개츠비의 저택으로부터 도착했다. 그리고 한 시간 정도 지나서 초조하게 현관문이 열리더니 흰색 플란넬 정장과 은빛 셔츠를 입고 금빛 넥타이를 맨 개츠비가 서둘러 들어왔다. 그의 얼굴은 창백했고 눈가에는 잠을 이루지 못한 듯 검은 빛이 돌고 있었다.

"모든 일이 다 잘돼 가나요?" 그가 즉시 물었다.

"잔디를 말하는 거라면 아무 문제도 없습니다."

"잔디라니요?" 그가 멍한 표정으로 물었다. "아, 마당에 있는 잔디 말이군요." 그는 창밖으로 잔디를 내다보았지만, 얼굴 표정으로 볼 때 아무것도 보고 있지 않는 것 같았다.

"아주 좋군요." 그가 막연하게 말했다. "신문을 봤더니 네 시쯤 비가 그칠 것이라고 합니다. 『저널』이라는 신문이었어요. 차를 준비하는 데 필요한 것은 다 있습니까?"

나는 개츠비를 식료품 저장실로 데려갔다. 거기에서 그는 좀 못마땅하다는 듯 핀란드 인 아주머니를 쳐다보았다. 우리는 식료품점에서 사 온 열두 개의 레몬 케이크를 함께 살펴보았다.

"이거면 될까요?" 내가 물었다.

"물론, 물론이지요! 아주 좋아요!" 그리고 그가 공허하게 덧붙였다. "……친구."

비는 세 시 반이 지날 때쯤 축축한 안개로 변했고, 이따금씩 이슬처럼 작은 빗방울이 그 사이로 떠다니는 것 같았다. 개츠비는 멍한 눈길로 클레이의 『경제학』*을 들춰 보다가 부엌 바닥을 쿵쿵 울리는 핀란드 인 아주머니의 걸음걸이에 놀라기도 하고, 보이지는 않지만 놀라운 일이 밖에서 일어나고 있기라도 한 양 가끔 흐린 창 쪽을 응시했다. 마침내 그는 자리에서 일어나 말끝을 흐리며 집으로 가겠다고 나에게 알렸다.

"왜 그럽니까?"

"차를 마시러 올 것 같지 않군요. 너무 늦었습니다!" 마치 다른 곳에 급한 볼 일이 있는 것처럼 그는 시계를 보았다. "하루 종일 기다릴 수는 없습니다."

"그게 무슨 말이에요? 이제 겨우 네 시 이 분 전인데."

내가 밀기라도 한 것처럼 그는 비참하게 자리에 앉았는데, 거의 동시에 우리 집으로 이어지는 도로로 들어서는 자동차 소리가 들렸다. 우리는 둘 다 벌떡 일어섰다. 나는 약간 기분이 언짢은 채로 마당으로 나갔다.

물이 뚝뚝 떨어지는 앙상한 라일락 나무들 아래로 커다란 무개차 한 대가 집을 향해 다가오고 있었다. 차를 세우고 데이지가 열은 자줏빛 삼각 모자를 쓴 머리를 한쪽으로 약간 기울이며 기쁨에 겨운 환한 미소를 띤 얼굴로 나를 내다보았다.

"이곳이 정말 오빠가 사는 곳이야?"

잔물결 같은 데이지의 유쾌한 목소리는 빗속에서도 기운을 북돋우어 주는 것 같았다. 그녀의 입에서 나오는 말의 의미를 생각하기 전에 나는 우선 귀로만 오르락내리락하는 그 목소리를 좇았다. 젖은 머리칼이 뺨 위로 푸른색 페인트를 칠한 것 같았고, 차에서 내리는 것을 돕기 위해 잡은 그녀의 손이 반짝거리는 빗방울로 빛나고 있었다.

"나를 사랑하는 거야?" 데이지가 내 귀에 대고 낮게 속삭였다. "아니면 왜 혼자 오라고 했어?"

"그건 랙렌트 성*의 비밀이야. 운전사에게 어디 멀리 가서 한 시간 정도 있다 오라고 그래."

"퍼디, 한 시간 정도 있다 돌아와요." 그리고 데이지는 진지한 어조로 중얼거렸다. "기사의 이름이 퍼디야."

"기사 분은 휘발유 때문에 코가 어떻게 되지 않았어?"

"그런 일은 없는데." 그녀가 순진하게 말했다. "왜?"

우리는 안으로 들어갔다. 그런데 거실이 텅 비어 있어 나는 깜짝 놀랐다.

"이건 좀 이상한데." 내가 큰 소리로 말했다.

"뭐가 이상하다는 거야?"

현관에서 가벼우면서도 품위 있는 노크 소리가 들렸기 때문에 데이지가 고개를 돌렸다. 나는 얼른 현관으로 가 문을 열었다. 시체처럼 창백한 개츠비가 무거운 물건처럼 두 손을 코트 주머니에 푹 찔러 넣은 채 물웅덩이 한가운데 서서 비극적으로 눈을 부릅뜨고 나를 쳐다보고 있었다.

그는 두 손을 여전히 코트 주머니에 넣은 채로 나를 지나쳐 조용히 홀로 들어서더니 줄에 달린 인형처럼 갑자기 몸을 돌려 거실 안으로 사라졌다. 그런 모습이 전혀 우스워 보이지 않았다. 나는 나대로 심장이 거칠게 뛰는 것을 의식하며 점점 거세지는 빗줄기를 뒤로 하고 문을 닫았다.

삼십 초 정도 아무런 소리도 들리지 않았다. 그러다 거실에서 숨죽인 중얼거림과 멋쩍은 웃음소리가 들렸고, 데이지의 꾸민 듯한 맑은 목소리가 이어졌다.

"다시 보게 돼서 정말 기뻐요."

침묵. 끔찍한 침묵이 이어졌다. 홀에서 아무 할 일도 없었기 때문에 나는 거실로 들어갔다.

개츠비는 여전히 주머니에 손을 넣은 채 긴장했으면서도 아주 편안한 것처럼 심지어 지루한 것처럼 가장하며 벽난로에 기대어 서 있었다. 머리가 너무 뒤쪽으로 젖혀져 벽난로 장식 위에 있는 망가진 시계에 닿아 있었다. 개츠비는 그 자세에서 심란한 눈빛으로 데이지를 내려다보고 있었다. 데이지는 두려운 것 같으면서도 우아하게 딱딱한 의자 끝에 앉아 있었다.

"우리는 전에 만난 적이 있죠." 개츠비가 중얼거리듯 말했다. 그의 시선이 잠깐 나를 향했다. 그는 웃으려고 했지만 반쯤 벌어진 그의 입에서는 웃음이 나오지 않았다. 다행스럽게도 이 순간에 시계가 그의 머리에 눌려 위험스럽게 기우뚱거렸다. 그러자 그는 돌아서서 떨리는 손으로 시계를 잡아 제자리에 세워 놓고 뻣뻣하게 소파에 앉아 팔꿈치는 소파 팔걸이에 얹고 손으로 턱을 괴었다.

"미안합니다. 시계가 떨어질 뻔했습니다." 그가 말했다.

그러자 나의 얼굴은 적도 지역에서 탄 것처럼 붉어졌다. 머릿속에서 맴도는 수많은 말 중에서 단 한마디도 입 밖에 낼 수가 없었다.

"아주 낡은 시계에요." 천치처럼 내가 말했다.

순간 우리 모두 그 시계가 바닥에 떨어져 산산조각이 났다고 생각했던 것 같다.

"여러 해 동안 만나지 못했죠." 데이지가 말했다. 그녀의 목소리는 지극히 무미건조했다.

"내년 11월이면 오 년입니다."

기계적인 개츠비의 대답 때문에 우리는 적어도 한 일 분 동안 또 할 말을 잃고 앉아 있었다. 내가 부엌으로 차를 준비하러 간다고 하자 두 사람 다 절박하게 도와주겠다고 자리에서 일어섰는데 마침 그 순간 귀신같은 핀란드 인 아주머니가 쟁반에 차를 내왔다.

반갑고 부산스럽게 컵과 케이크를 놓는 와중에 약간 분위기가 진정되었다. 개츠비는 방 안에서도 좀 어둑어둑한 곳에 서서 불행하고 긴장한 눈빛으로 데이지와 내가 이야기를 나누는 동안 진지하게 우리를 번갈아 쳐다보았다. 그러나 조용히 있는 것 자체가 목적일 수는 없었으므로 얼른 기회를 틈타 양해를 구하며 나는 자리에서 일어섰다.

"어디 가는 겁니까?" 개츠비가 놀라 바로 나에게 물었다.

"돌아올게요."

"가기 전에 할 얘기가 있습니다."

그는 급하게 나를 따라 부엌으로 들어서더니 문을 닫고 비참하게 낮은 목소리로 말했다. "아, 하느님!"

"무슨 일이 있나요?"

"이건 끔찍한 실수입니다." 그는 고개를 절레절레 흔들며 말했다. "끔찍한, 아주 끔찍한 실수예요."

"그저 당황해서 그런 겁니다, 그게 다예요." 그나마 다행스럽게도 내가 말을 덧붙였다. "데이지도 당황하고 있습니다."

"데이지가 당황하고 있다고요?" 그는 믿을 수 없다는 듯 내 말을 따라 했다.

"당신과 똑같이 당황하고 있습니다."

"그렇게 큰 소리로 말하지 말아요."

"어린애처럼 굴지 마세요." 참을 수 없어 내가 불쑥 말했다. "그것뿐만 아니라 지금은 또 무례한 거죠. 안에 데이지 혼자 앉아 있잖아요."

개츠비는 손을 들어 나의 말을 제지하고, 잊을 수 없는 표정으로 힐난하듯 나를 쳐다보더니 조심스럽게 문을 열고 방 안으로 들어갔다.

반 시간 전 개츠비가 초조하게 집을 한 바퀴 돌았던 것처럼 나는 뒷길로 나와 마디가 울퉁불퉁한 거대한 검은 나무를 향해 뛰었다. 나무의 꽉 들어찬 잎사귀들이 비를 막아 주었다. 다시 비가 퍼붓기 시작했다. 개츠비의 정원사가 잘 손질해 놓은 불규칙한 모양의 우리 집 잔디밭에는 조그만 진흙 웅덩이와 선사 시대의 소택지가 여기저기 생겨 났다. 그 나무 아래에서 보이는 것이라고는 개츠비의 거대한 저택뿐이었기 때문에 나는 칸트가 교회의 첨탑을 바라보던 것처럼 반 시간 동안 그 저택을 바라보았다. 한 양조업자가 십여 년 전 '고풍스런 주택'에 대한 열풍이 불던 초기에 그

저택을 지었는데, 이웃 주민들이 집 지붕을 모두 초가지붕으로 바꾼다면 오 년 치의 세금을 대신 내주기로 했다는 이야기가 있었다. 아마 그들이 거부한 것 때문에 하나의 가문을 일으키려던 그의 계획에 맥이 빠졌던 모양이었다. 그 또한 급격하게 쇠약해졌다. 그의 자식들은 대문에 아직 검은 화환이 달려 있는 채로 그 집을 팔았다. 미국인들은 가끔 기꺼이 농노가 되겠다고 자처한 적도 있었지만 늘 소작농으로 남아 있기를 고집했다.

삼십 분 정도 지나서 다시 햇빛이 나기 시작했다. 식료품 가게의 배달 차가 하인들의 저녁거리를 싣고 개츠비의 저택 안 도로로 돌아 들어갔다. 개츠비는 틀림없이 한 숟가락도 먹지 않으리라는 생각이 들었다. 하녀 한 명이 그의 저택 이 층 창문들을 열기 시작했다. 각각의 창문에 잠시 모습을 나타내더니 거대한 중앙 내받이 창에 기대서서 생각에 잠겨 정원 쪽으로 침을 뱉었다. 이제 돌아갈 시간이었다. 그동안 빗소리는 그들의 대화처럼 낮게 이어지다 이따금씩 감정에 북받쳐 커지기도 했다. 그러나 비가 그쳐 조용해지자 집 안에서도 침묵이 흐를 것이라는 생각이 들었다.

거의 스토브를 쓰러뜨릴 정도로 부엌에서 온갖 쿵쾅거리는 소리를 낸 후 나는 안으로 들어갔다. 그러나 그들이 그 소리를 들었던 것 같지는 않다. 그들은 긴 의자의 양쪽 끝에 앉아 있었다. 방금 전 둘 중에 누가 어떤 질문을 했거나 아니면 질문을 기다리고 있는 것 같은 그런 분위기였다. 당황했던 흔적은 말끔히 사라졌다. 데이지의 얼굴은 눈물로 얼룩덜룩했다. 내가 들어서자 그녀는 벌떡 일어나 거울 앞에서 손수건으로 얼굴을 닦았다. 개츠비에게는 그저 어리둥절하다고 말할 수밖에 없는 어떤 변화가 있었다. 그는 말 그대로 빛이 났다. 기쁨의 말이나 몸짓 하나 없이 새로운 행복감이 그에게서 뿜어져 나와 작은 방을 가득 채웠다.

"아, 안녕하시오, 친구." 나를 몇 년 동안 못 봤던 것처럼 그가 반갑게 말했다. 그가 악수라도 하려 들지 않을까 하는 생각이 잠시 들 정도였다.

"비가 그쳤습니다."

"그래요?" 방 안에 종소리가 울리듯 햇살이 퍼져 있다는 내 말의 의미를 알아차리자 그는 어김없이 돌아오는 햇빛의 열렬한 후원자라도 된 양 일기예보를 전하는 아나운서처럼 미소를 짓더니, 데이지에게 그 소식을 전했다. "어떻게 생각해? 비가 그쳤다는데."

"기뻐요, 제이." 고통스럽고 슬픈 아름다움이 가득한 그녀의 목소리는 단지 예상치 못했던 그녀의 기쁨을 말할 뿐이었다.

"캐러웨이 씨, 데이지와 함께 내 집으로 갑시다." 그가 말했다. "데이지에게 집 구경을 시켜 주고 싶습니다."

"내가 함께 가는 것을 분명히 원하는 거죠?"

"물론입니다, 친구."

데이지는 얼굴을 씻기 위해 위층으로 갔다. 수건들 때문에 창피스러웠지만 이미 늦었다. 개츠비와 나는 잔디밭에서 기다렸다.

"내 집이 근사하죠?" 개츠비가 물었다. "앞면 전체에 햇빛이 비치는 것을 좀 보세요."

나는 훌륭하다고 동의해 주었다.

"그래요." 개츠비는 모든 아치형 문과 사각형 탑을 훑어보았다.

"저 집을 사는 데 필요한 돈을 벌기까지 겨우 삼 년 걸렸습니다."

"돈을 물려받았다고 생각했는데요."

"그랬습니다, 친구." 그가 기계적으로 대답했다. "그런데 그 돈의 대부분을 공황 속에서, 말하자면 전쟁의 공황 속에서 다 날려 버리고 말았죠."

그는 자기가 무슨 말을 하는지도 모르는 것 같았다. 내가 무슨 사업을 하느냐고 물었더니, "그건 내 일입니다" 하고 답변했다. 그는 그것이 적절한 답변이 아니라는 것을 깨닫고 말을 정정했다.

"아, 여러 가지 일을 했습니다. 의약품 사업을 하다가 석유 사업도 했습니다. 그러나 지금은 둘 다 하지 않고 있습니다." 그는 관심을 보이며 나를 쳐다보았다. "내가 지난밤에 말한 제안에 대해 생각하고 있다는 의미입니까?"

내가 미처 대답하기도 전에 데이지가 집에서 나왔다. 드레스에 달린 두 줄의 황동 단추가 햇빛 속에 빛났다.

"저기 저 큰 저택을 말하는 거예요?" 그녀가 손가락으로 가리키며 소리쳤다.

"맘에 들어?"

"정말 좋기는 한데, 어떻게 저런 곳에서 혼자 살 수가 있죠?"

"내 집에는 항상 관심을 끌 만한 사람들이 가득해, 밤낮으로. 관심을 끌 만한 일을 하는 사람들 말이야. 유명 인사들."

해변의 지름길 대신 우리는 도로를 따라 내려가다 큰 옆문을 통해 개츠비의 저택 안으로 들어갔다. 데이지는 하늘을 배경으로 드러나는 저택의 중세적인 윤곽, 정원에서 탄산수 거품처럼 유쾌한 기분을 자아내는 노랑수선화, 짙은 향기를 풍기는 산사나무와 자두나무 꽃, 엷은 금빛 향기를 내는 삼색제비꽃에 매혹적인 낮은 목소리로 감탄사를 연발했다. 그런데 이상한 점은 우리가 대리석 계단에 이르렀는데도 밝은색의 드레스를 입은 여자들이 부산하게 문을 들락거리는 모습이 보이지 않고, 나무에서 지저귀는 새소리 외에는 아무 소리도 들리지 않았다는 것이다.

저택 안으로 들어와 마리 앙투아네트 여왕의 음악실을 모방한 방들과 왕정복고* 시대 풍의 살롱들을 지나치면서 나는 손님들이 우리가 지나갈 때까지 숨도 쉬지 말고 조용히 있으라는 명령을 받고 의자나 탁자 뒤에 숨어 있는 것은 아닌가 하는 생각이 들었다. 개츠비가 옥스퍼드 대학 머튼 칼리지*의 도서관을 본떠 만든 서재의 문을 닫을 때는 맹세코 올빼미 눈을 한 남자가 유령 같은 웃음을 터뜨린 것 같았다.

우리는 이 층으로 올라가 장미와 엷은 자주색 실크로 덮여 있고, 새로 꺾어 장식한 꽃들이 생생한 고풍스런 침실들을 지나 침실 옆의 드레스룸과 당구실, 바닥보다 낮은 욕조가 설치되어 있는 욕실들을 둘러보았다. 욕실 하나는 옆방으로 돌출되어 있었는데, 그 방에서는 지저분해 보이는 남자가 파자마 바람으로 바닥에서 내장을 위한 운동을 하고 있었다. 그 남자는 '기숙생' 클립스프링어 씨였다. 나는 그날 아침 그가 허기진 것처럼 해변에서 어슬렁거리는 것을 보았다. 마침내 우리는 개츠비의 방에 이르렀다. 침실 하나와 욕실 하나, 애덤식 서재*가 있었는데, 그 서재에 앉아 우리는 개츠비가 벽장에서 꺼내 온 프랑스산 샤르트뢰즈*를 한 잔

마셨다.

개츠비는 단 한 번도 데이지에게서 눈을 떼지 않았다. 나는 그가 그녀의 사랑스런 눈에서 이끌어 내는 반응의 정도에 따라 자신의 집에 있는 모든 것의 가치를 다시 매겼다고 생각한다. 이따금씩 그는 또한 자신의 물건들을 멍하니 쳐다보았다. 놀랍게도 데이지가 실제로 거기 있기 때문에 다른 모든 것이 그에게는 비현실적으로 보이는 것 같았다. 한번은 계단에서 굴러떨어질 뻔하기도 했다.

그의 침실은 꾸밈없이 간소했다. 무딘 빛의 순금으로 만든 세면도구들로 장식된 경대만이 유일하게 눈길을 끌었다. 데이지는 기쁨에 겨워 머리빗을 잡고 부드럽게 머리를 다듬었다. 개츠비는 눈을 가리며 자리에 앉으면서 웃음을 터뜨렸다.

"정말 희한한 일입니다, 친구." 그가 들떠서 말했다. "뭘 하려고 해도 ······ 할 수가 없어요······."

그는 지금까지 눈에 띄게 두 단계를 통과했는데, 이제 세 번째 단계로 넘어가려는 참이었다. 당황스러움과 이유를 따지지 않는 기쁨 이후에 그는 데이지가 있다는 사실에 대한 놀라움으로 완전히 마음을 빼앗겼다. 그는 너무나 오랫동안 이 생각만 했던 것이고, 끝까지 그것을 꿈꾸었고, 말하자면 상상조차 할 수 없을 정도로 이를 악물고 기다렸던 것이다. 이제 데이지를 실제로 보고 나니 그는 태엽을 지나치게 감아 놓은 시계가 풀리듯 그렇게 풀려 버렸다.

잠시 후 정신을 차린 개츠비는 특허품인 거대한 장롱 두 개를 열었다. 그 안에는 그가 모아 놓은 양복과 실내에서 입는 긴 가운과 넥타이, 와이셔츠가 들어 있었는데, 와이셔츠는 열두 장씩 벽돌처럼 쌓여 있었다.

"영국에 옷을 사 보내는 사람이 있습니다. 봄가을이 시작될 때마다 이것저것 골라서 보내 줍니다."

그는 와이셔츠 더미를 꺼내더니 하나씩 우리 앞으로 던지기 시작했다. 얇은 리넨 와이셔츠와 두꺼운 실크 와이셔츠, 고급 플란넬 와이셔츠가 떨어질 때마다 접힌 부분이 펴지며 어지럽게 색색으로 테이블을 덮었다. 우리가 감탄하는 동안 그는 더 많은 와이셔츠를 가져왔고 화려하고 부드러운 옷이 더 높이 쌓였다. 줄무늬, 소용돌이무늬, 격자무늬 등의 산호색, 푸른 사과색, 옅은 자주색, 옅은 오렌지색 와이셔츠에는 청녹색으로 개츠비의 이니셜이 새겨져 있었다. 갑자기 목이 메는 소리를 내며 데이지가 와이셔츠 더미에 얼굴을 묻더니 펑펑 울기 시작했다.

"와이셔츠가 너무너무 아름다워요." 흐느낌 속에서 와이셔츠 더미에 막힌 그녀의 목소리가 새어나왔다. "슬퍼요. 이렇게, 이렇게 아름다운 와이셔츠는 본 적이 없어요."

집 안을 둘러보고 난 후 우리는 정원과 수영장, 수상 비행기와 한여름에 피어 있는 꽃들을 볼 예정이었다. 그러나 창밖으로 다시 비가 오는 것이 보여 우리는 나란히 서서 주름처럼 파도가 이는 바다를 바라보고 서 있었다.

"안개만 없으면 만 건너편에 있는 당신의 집을 볼 수 있을 텐데." 개츠비가 말했다. "당신은 늘 선착장 끝에 밤새 초록색 불을 켜 놓더군."

데이지는 갑자기 개츠비와 팔짱을 끼었다. 그러나 그는 방금 자신이 한 말에 심취해 있는 것 같았다. 아마도 그 불빛의 엄청난 의미가 이제 영원히 사라졌다는 생각을 했는지도 모른다. 그와 데이지를 갈라놓았던 먼 거리와 비교했을 때 그 불빛은 그녀에게 너무나 가까이, 거의 닿을 것처럼 가까이 있었다. 별과 그 별에 딸린 달처럼 가깝게 보였을 것이다. 이제 그것은 다시 선착장에 있는 초록색 불이 되었다. 마법에 걸린 것처럼 매혹적이었던 물건 하나가 줄어든 셈이었다.

나는 이런저런 물건들을 살펴보며 어슴푸레한 방 안을 돌아다니기 시작했다. 그의 책상 위 벽에 걸려 있는 요트 복장을 한 노인의 큰 사진이 관심을 끌었다.

"여기 이 사진에 있는 분이 누구신가요?"

"아, 그 분은 댄 코디 씨입니다, 친구."

그 이름이 희미하게나마 친숙하게 들렸다.

"지금은 돌아가셨습니다. 전에는 나의 가장 친한 친구였지요."

책상 위에는 요트 복장을 한 개츠비의 사진도 있었다. 한 열여덟 살 정도에 찍은 것 같은 그 사진에서 개츠비는 머리를 모두 뒤로 빗어 넘긴 도전적인 모습으로 서 있었다.

"정말 멋져요." 데이지가 소리쳤다. "머리를 다 뒤로 빗어 넘기다니! 저렇게 했다고 말한 적이 없잖아요. 또 요트에 대해서도요."

"이걸 봐요." 개츠비가 재빨리 말했다. "여기 신문, 잡지에서 오려 낸 것들이 많이 있어. 당신에 대한 거지."

그들은 나란히 서서 스크랩북을 살펴보았다. 내가 루비를 보고 싶다고 부탁하려는 순간 전화벨이 울렸다. 개츠비가 전화를 받았다.

"예……. 음, 지금은 얘기할 수 없습니다……. 지금은 얘기할 수가 없어요, 친구……. 나는 '작은' 도시라고 말했는데……. 그 친구는 작은 도시가 어떤 곳인지 좀 알아야 되겠군요……. 디트로이트가 그 친구가 생각하는 작은 도시라면 그 친구는 우리에게 아무 쓸모가 없습니다……."

개츠비가 전화를 끊었다.

"빨리 여기 와 봐요!" 데이지가 창가에서 외쳤다.

비는 여전히 내리고 있었지만, 서쪽 하늘에는 어둠이 걷히면서 바다 위로 핑크빛과 금빛 거품이 소용돌이치는 것 같은 구름이 보였다.

"저걸 좀 봐요." 그녀가 속삭이더니 잠시 후 말했다. "저 핑크빛 구름을 하나 구해서 당신을 그 안에 앉히고 이리저리 밀고 다니고 싶어요."

그때 나는 집으로 가려고 했지만, 그들은 막무가내로 내 말을 들으려 하지 않았다. 아마 내가 있기 때문에 그들은 더욱 만족스럽게 자기들만 있다고 느끼는 것 같았다.

"뭘 해야 할지 알겠군." 개츠비가 말했다. "클립스프링어에게 피아노 연주를 부탁해야겠어."

개츠비는 "유잉!" 하고 외치며 방에서 나갔다가 몇 분 후 당혹스런 빛이 역력한 약간 초췌한 젊은이와 함께 돌아왔다. 그는 뿔테 안경을 쓰고 있었고 금발이었지만 머리숱이 별로 없었는데, 아까와는 달리 목 언저리를 풀어 놓은 스포츠 셔츠와 흐릿한 색의 범포 바지를 입고 운동화를 신은 단정한 차림이었다.

"운동하시는 걸 우리가 방해했나요?" 데이지가 예의 바르게 물었다.

"저는 자고 있었습니다." 몹시 당황한 듯 클립스프링어 씨가 큰 소리로 말했다. "제 말은 아까 자고 있었고, 일어나서……."

"클립스프링어는 피아니스트입니다." 개츠비가 말을 자르며 말했다. "그렇지, 친구. 안 그래?"

"연주는 잘 못합니다. 잘 못해요……. 연주를 거의 안 합니다. 완전히 연습을……."

"아래층으로 갑시다." 개츠비가 끼어들어 말을 막고 스위치를 눌렀다. 집 안에 불이 환하게 들어오면서 어둑어둑했던 창문들이 보이지 않게 되었다.

개츠비는 음악실에서 피아노 옆에 서 있는 램프 하나만 켰다. 그리고 떨리는 손으로 성냥불을 켜 데이지에게 담뱃불을 붙여 주고는 방 안의 제일 먼 끝, 홀의 바닥에서 반사되어 들어오는 빛밖에 없는 곳으로 가서 데이지와 함께 긴 의자에 앉았다.

클립스프링어가 「사랑의 보금자리」*를 연주하고 의자에서 몸을 돌려 어둠 속에 있는 개츠비를 불안하게 찾았다.

"연습을 전혀 안 했어요. 연주할 수 없다고 했잖아요. 연습을 전혀 안……."

"그렇게 말을 많이 하지 말고, 친구." 개츠비가 명령했다. "연주를 해요!"

아침에,

저녁에,

우리 즐겁지 않은가요……

밖에서는 바람 소리가 시끄러웠고 천둥소리가 해협을 따라 흐릿하게 들려왔다. 웨스트에그에는 이제 불이 다 켜져 있었다. 사람들을 실은 전동차는 빗속을 뚫고 뉴욕에서 집을 향해 달렸다. 사람들이 변화하는 심오한 시간이었으며, 대기는 흥분으로 동요했다.

한 가지는 분명해요, 이보다 더 분명한 건 없죠.

부자에게는 더 많은 돈이 생기고,

가난뱅이에게는 더 많은 아이들이 생기죠.

그 동안에,

그 사이에……

작별 인사를 하려고 개츠비에게 다가갔을 때 나는 그의 얼굴에 다시 당황한 빛이 어려 있는 것을 보았다. 지금의 행복에 대해 희미하게나마 의심 같은 것이 든 모양이었다. 거의 오 년이었다! 그 날 오후조차 데이지가 그의 꿈에 미치지 못했던 순간이 틀림없이 있었을 것이다. 그녀의 잘못 때문이 아니라 그의 환상이 지나치게 생생한 것이기 때문이었다. 그 환상은 그녀를 넘어섰고, 모든 것을 넘어섰다. 그는 창조적인 열정을 갖고 환상 속으로 자신을 내

던졌으며, 자기에게 날아드는 온갖 아름다운 깃털로 장식하며 내내 환상을 키워 왔다. 그 어떤 정열이나 새로움도 한 인간이 자신의 유령과도 같은 마음속에 가득 품고 있는 것에 감히 도전할 수는 없는 것이다.

내가 쳐다보고 있는 동안 개츠비는 그나마 알아볼 수 있게 어느 정도 자신을 추슬렀다. 그는 데이지의 손을 잡고 있었는데, 데이지가 그의 귀에 뭐라고 낮게 속삭이자 감정에 북받쳐 그녀 쪽으로 몸을 돌렸다. 그 순간 그를 가장 사로잡았던 것은 열병과도 같은 온기를 간직한 채 오르내리는 그녀의 목소리였을 것이다. 그 목소리는 그 너머를 꿈꿀 수 없는, 죽음이 없는 노래였다.

그들은 나를 잊고 있었다. 데이지는 그나마 힐끗 위를 쳐다보고는 손을 내밀었지만, 개츠비는 전혀 나를 의식하지 못하고 있었다. 나는 다시 한 번 그들을 쳐다봤고, 그들은 격렬한 삶의 순간 속에 갇힌 듯 무심히 나를 마주보았다. 나는 그들을 그곳에 남겨 둔 채로 방에서 나와 대리석 계단을 지나 빗속으로 걸어 들어갔다.

제6장

이 무렵의 어느 날 아침 야심에 불타는 한 젊은 기자가 뉴욕에서 개츠비의 저택으로 찾아와 개츠비에게 무슨 할 말이 없느냐고 물었다.

"무슨 말을 하라는 것입니까?" 개츠비가 예의 바르게 되물었다.

"음……, 무슨 말이든 말입니다."

어리둥절해 하는 가운데 오 분 정도가 지난 후 그 기자가 어떤 연줄을 통해 사무실 주변에서 개츠비의 이름을 듣게 되었다는 것이 밝혀졌다. 그는 그 연줄을 밝히기를 거부했는데, 사실 제대로 알고 있는 것 같지도 않았다. 그날은 그 기자가 쉬는 날이어서 갸륵하게도 자발적으로 '알아보기 위해' 서둘러 개츠비를 찾았던 것이다.

그것은 우연히 찔러 본 것이었지만 그 기자의 본능적 감각이 옳았다. 개츠비의 환대를 받고, 그 때문에 그의 과거에 대한 전문가가 된 수백 명의 사람들이 퍼뜨린 개츠비의 악명은 여름 내내 계속 높아져 거의 뉴스거리가 될 지경이었다. 그에게는 '캐나다로 연결된 지하 수송관'*과 같은 당대의 전설이 따라붙었고, 그가 전혀 집에서 살지 않고 집처럼 보이는 배에서 살며 비밀리에 롱아일랜드 해변을 따라 오가고 있다는 이야기가 끈질기게 나돌았다. 노스다코타 출신의 제임스 개츠가 도대체 왜 이런 꾸며 낸 이야기에 만족을 느꼈는지는 쉽게 설명할 길이 없다.

개츠비의 본명은, 적어도 법적으로는 제임스 개츠였다. 그는 열일곱 되던 해, 그의 경력이 시작되었다고 할 수 있는 바로 그 순간, 즉 댄 코디가 슈피리어 호수의 가장 위험한 여울에 닻을 내리는 것을 보았을 때 자신의 이름을 바꿨다. 그날 오후 찢어진 초록색 저지 셔츠와 캔버스 천으로 된 바지를 입고 해변을 어슬렁거리고 있을 때의 그는 제임스 개츠였다. 그러나 보트를 빌려 투올로미 호로 노를 저어가 댄 코디에게 바람이 몰아쳐 반 시간 정도면 배가 두 동강이 날지도 모른다고 알려주었을 때의 그는 이미 제이 개츠비였다.

그때 이미 개츠비는 그 이름을 오랫동안 준비해 놓고 있었을 것이다. 그의 부모는 별 성공을 이루지 못한 주변 없는 농사꾼이었으며, 그의 상상력은 결코 그들을 진정한 부모로 인정한 적이 없었다. 진실을 말하자면 롱아일랜드, 웨스트에그에 사는 제이 개츠비는 자신에 대한 플라톤적 관념에서 솟아난 존재라는 것이다. 그는 신의 아들이었으며, 그 말이 무언가를 의미한다면 그것은 바로 그가 신의 아들이라는 것이었다. 그래서 그는 아버지의 사업, 즉 거대하고 통속적이고 천박한 아름다움에 봉사하는 일을 해야 했다. 그는 열일곱 나이의 아이가 만들어 내고 싶어 할 만한 제이 개츠비를 창조했으며, 끝까지 그 구상에 충실했다.

일 년 넘게 그는 슈피리어 호 남쪽 호숫가를 따라 대합을 따거나 연어를 잡으며 또는 먹을거리와 잠자리를 얻을 수 있으면 무슨 일이든 하며 어렵게 생활했다. 그 힘든 시절을 한편으로는 격렬하게, 한편으로는 게으르게 자연 속에서 살며 그의 몸은 갈색으로 단련되었다. 그는 여자를 일찍 알았지만 여자를 경멸했다. 웬만큼 나이 먹은 여자들은 그를 너무 떠받들어 주었고, 어린 처녀들은 무식했고, 또 다른 여자들은 그가 압도적인 자기도취 속에서 당연하게 여기는 것에 대해 신경질적으로 반응했기 때문이다.

그의 마음은 늘 격동하고 있었다. 밤의 잠자리에서는 지극히 기괴하고 환상적인 생각이 그를 떠나지 않았다. 시계가 세면대 위에서 똑딱거리고 달빛이 방바닥에 엉켜 있는 그의 옷을 흠뻑 적시는 동안, 말로 표현할 수 없을 정도로 번지르르하고 화려한 우주가 그의 머릿속에서 짜여 나왔다. 매일 밤 상상했던 생생한 장면을 졸음에 안겨 잊을 때까지 그는 더욱 다양한 방식으로 공상에 빠졌다. 잠시 이런 백일몽이 상상력의 배출구가 되었다. 그것은 현실의 비현실성을 만족스럽게 암시했고, 이 세계라는 거대한 바윗덩어리가 요정의 날개 위에 단단하게 세워져 있다고 약속하는 것 같았다.

댄 코디를 만나기 몇 개월 전 미래의 영광에 대한 본능적 감각에 이끌려 그는 남부 미네소타 주 세인트올라프에 있는 작은 루터교파의 대학에 입학했다. 그러나 자신의 운명과 운명 그 자체를 향해 울려 퍼지는 북소리에 대한 학교 측의 지독한 무관심에 실망하고 학비와 생활비를 벌기 위해 하던 관리인 일에 모멸감을 느껴 두 주 만에 학교를 그만두었다. 그는 다시 떠돌다 슈피리어 호수로 돌아왔고, 마침 댄 코디가 호숫가 얕은 곳에 요트의 닻을 내렸던 그날에도 무언가 할 일을 찾는 중이었다.

코디는 그때 오십 세였다. 그는 네바다 주의 은광과 캐나다 유콘 지역의 금광, 그리고 1875년 이래 모든 광물 러시를 통해 성공한 인물이었다. 몬태나 주에서 구리를 거래해 백만장자가 된 이후에는 육체적으로 여전히 원기 왕성했지만 마음은 좀 여려진 듯했다. 그것을 눈치채고 수없이 많은 여자들이 그에게서 돈을 뜯어내려고 애를 썼다. 신문기자였던 엘라 케이 역시 그런 약점을 이용해 맹트농 부인* 역할을 하며 그를 요트에 태워 바다로 내보냈는데, 그다지 유쾌하다고 할 수 없었던 그 사건의 전말은 1902년 당시 과장된 기사를 주로 쓰는 저급 언론의 단골 소재였다. 어쨌든 그는 오 년 동안 지나칠 정도의 환대를 받으며 해안을 따라 배를 타고 여행하다 리틀걸 만에서 제임스 개츠의 운명으로 등장했던 것이다.

노에 기대 난간을 친 갑판을 올려다보던 젊은 개츠에게 그 요트는 세계의 모든 아름다움과 화려함을 대표했다. 그는 아마 코디를 향해 미소 지었을 것이다. 그는 이미 미소를 지으면 사람들이 자신을 좋아한다는 사실을 알고 있었을 것이다. 어쨌든 코디는 그에게 몇 가지 질문을 했고(그 질문 중 하나 때문에 새 이름이 등장했다), 그가 기민하고 터무니없이 야심에 차 있다는 것을 알게 되었다. 며칠 후 코디는 그를 덜루스*로 데리고 가 푸른색 코트와 흰색 범포 바지* 여섯 벌과 요트 모자를 사 주었다. 그리고 투올로미 호가 서인도 제도와 바버리 해안*을 향해 떠날 때 개츠비도 함께 떠났다.

개츠비는 뚜렷하지 않은 개인적인 역할로 고용되었다. 코디와 함께 있는 동안 그는 번갈아서 사환, 친구, 선장, 비서, 심지어는 간수 역할까지 맡았다. 술에 취하지 않았을 때의 코디는 술에 취했을 때의 자신이 터무니없이 후한 호의를 베푼다는 사실을 잘 알고 있었고, 그래서 개츠비를 더욱 신뢰함으로써 그런 우발적 행동에 대비했다. 이런 상태에서 오 년이 흘렀다. 그 동안 코디의 요트는 미주 대륙을 세 번이나 돌았다. 어느 날 밤 보스톤에서 엘라 케이가 배에 탄 지 일주일 후 댄 코디가 별 축복도 받지 못하고 죽지만 않았더라면 그 여행은 무한정 계속되었을 것이다.

나는 개츠비의 침실 벽에 걸려 있던 댄 코디의 초상화를 기억한다. 그 초상화에서 그는 표정 없는 공허한 얼굴의 백발이 성성하고 혈색 좋은 사람으로 그려져 있었다. 실제의 그는 난봉꾼의 선구자로서 미국 역사의 한 단계에서 변경의 창녀촌과 살롱의 야만적 폭력을 동부 해안 지방으로 재도입한 인물이었다. 개츠비가 술을 거의 마시지 않는 것은 간접적으로 코디 때문이었다. 때때로 유쾌한 파티 도중 여자들이 개츠비의 머리에 샴페인을 붓는 경우도 있었지만, 그는 술을 마시지 않는 습관을 유지했다.

개츠비가 돈을 물려받은 것은 코디에게서였다. 그는 코디에게서 이만 오천 달러의 유산을 상속받았다. 그러나 그 돈을 실제로 손에 쥐지는 못 했다. 그는 자신을 상대로 사용된 법적 수단을 결코 이해하지 못 했고, 수백만 달러 중 거의 대부분이 온전히 엘라 케이에게로 갔다. 개츠비에게 남은 것은 독특하게 그에게 어울렸던 교육뿐이었다. 제이 개츠비의 흐릿했던 윤곽은 실질적인 성인 남성으로 확장되었다.

개츠비는 나중에 이 모든 이야기를 해 주었다. 그러나 지금 여기에서 이것을 말하는 것은 그의 조상들에 대한 애초에 터무니없는 소문이 허구임을 폭로하기 위한 것이다. 그 소문은 조금도 사실이 아니다. 더욱이 개츠비가 이 이야기를 해 주었던 것은 내가 그에 대해 모든 것을 다 믿으면서도 또한 아무것도 믿을 수 없던 그런 혼란에 빠졌을 때였다. 그래서 말하자면 나는 개츠비가 숨을 고르고 있는 동안의 짧은 휴지기를 이용해 이런 일련의 오해를 일소하려는 것이다.

그 기간은 또한 내가 개츠비의 일에 관련되는 데 있어서도 휴지기였다. 나는 몇 주 동안 그를 보지 못했고 전화로 그의 목소리를 듣는 일도 없었다. 나는 주로 뉴욕에 있으면서 조던과 함께 돌아다니거나 조던의 늙은 숙모의 마음에 들기 위해 노력했다. 그러다 결국 어느 일요일 오후 개츠비의 저택으로 건너갔다. 그런데 채 이 분도 안 돼 누가 술을 한 잔 하겠다며 톰 뷰캐넌을 데리고 들어왔다. 당연히 나는 깜짝 놀랐다. 그렇지만 더욱 놀라웠던 것은 지금까지 이런 일이 전혀 없었다는 사실이었다.

톰 일행은 세 사람이었는데 말을 타고 왔다. 톰과 슬로언이라는 남자, 갈색 승마복을 입은 귀엽게 생긴 여자였다. 그 여자는 전에 거기 온 적이 있었다.

"만나 뵙게 되어 기쁩니다." 현관에 서서 개츠비가 말했다. "이렇게 들러 줘서 정말 고맙습니다."

그렇지만 그들이 개츠비에게 무슨 관심이라도 있었겠는가!

"자, 앉으세요. 담배든 시가든 피우시고." 개츠비는 벨을 울리며 방 안을 빠르게 오갔다. "곧 마실 것을 준비하겠습니다."

톰이 거기 있다는 사실에 개츠비는 심각하게 영향을 받았다. 그들이 그저 마실 것을 찾아 거기 왔다는 것을 막연하게 느끼면서도, 그들에게 무엇인가를 내놓기 전까지는 어쨌든 불편한 심경을 떨칠 수 없는 것 같았다. 슬로언 씨는 아무것도 원하지 않았다. 레모네이드를 한 잔 하시겠습니까? 아니요, 괜찮습니다. 샴페인 좀 하실래요? 아무것도 필요 없습니다. 감사합니다……. 죄송합니다…….

"말을 타고 오는 데 아무 문제도 없었습니까?"

"주변 길이 아주 좋네요."

"제 생각에 자동차들이……."

"그렇습니다."

억제할 수 없는 충동에 이끌려 개츠비는 톰을 향해 몸을 돌렸다. 톰은 처음 보는 사람으로 소개를 받아들이고 있었다.

"전에 어디서 만났던 것 같습니다, 뷰캐넌 씨."

"아, 그렇죠." 퉁명스럽지만 예의를 지키며 톰이 말했다. 그러나 기억하지 못 하는 것이 분명했다. "그랬지요. 잘 기억합니다."

“한 이 주 전쯤이지요.”

“맞아요. 닉과 함께 있었죠.”

“귀하의 아내를 알고 있습니다.” 개츠비가 거의 공격적으로 말을 이었다.

“그래요?”

톰이 나에게 몸을 돌렸다.

“이 근처에 살아, 닉?”

“옆집이야.”

“그래?”

슬로언 씨는 오만하게 의자에 기대고 앉아 대화에 끼어들지 않았다. 여자도 아무 말이 없었다. 그러나 하이볼을 두 잔 마시자 예상 외로 마음이 풀어진 것 같았다.

“개츠비 씨, 우리 모두 다음번 파티에 올게요.” 그녀가 말했다. “어떻게 생각하세요?”

“물론 반갑게 맞이하겠습니다.”

“아주 친절하시군.” 감사하는 기색 없이 슬로언 씨가 말했다. “자, 집으로 가야 할 것 같은데.”

“서두르지 마세요.” 개츠비가 그들에게 권했다. 그는 이제 평정을 되찾았다. 그리고 톰을 더 보고 싶어 했다. “저녁때까지, 저녁때까지 머무르면 어떻겠습니까? 사람들이 뉴욕에서 들릴지도 모르니까요.”

“우리 집에서 같이 저녁 식사를 하면 어때요?” 여자가 열성적으로 말했다. “두 분 다요.”

나를 포함한다는 말이었다. 슬로언 씨가 일어섰다.

"갑시다." 그가 여자에게만 말했다.

"진심이에요." 그녀가 고집했다. "꼭 우리 집에 초대하고 싶어요. 방도 많고요."

개츠비가 살피듯이 나를 쳐다보았다. 그는 가고 싶어 했고, 슬로언 씨에게 그럴 마음이 없다는 것을 결코 깨닫지 못했다.

"저는 못 갈 것 같은데요." 내가 말했다.

"그러지 말고, 오세요." 개츠비에 집중하며 그녀가 재촉했다.

슬로언 씨가 그녀의 귓가에 대고 뭐라고 중얼거렸다.

"지금 출발하면 늦지 않을 거예요." 그녀가 큰 소리로 고집했다.

"저에게는 말이 없습니다." 개츠비가 말했다. "군에 있을 때는 말을 타기도 했지만, 말을 사지는 않았습니다. 차를 타고 따라가야 할 것 같은데요. 잠시만 기다려 주십시오."

우리는 걸어서 현관 밖으로 나왔다. 거기에서 슬로언과 부인은 흥분한 채 따로 대화를 시작했다.

"맙소사, 저 친구가 온다네." 톰이 말했다. "슬로언 부인이 원하지 않는다는 것을 모르는 거야?"

"원한다고 분명히 말했잖아."

"큰 만찬이 있을 예정인데, 저 친구는 한 명도 모를 거야." 톰이 이맛살을 찌푸렸다. "도대체 어디에서 데이지를 만났다는 거야. 내 생각이 지나치게 구식인지는 모르겠지만 내가 보기에 요새는 여자들이 너무 돌아다녀. 별별 인간들을 다 만나고 돌아다닌다고."

갑자기 슬로언 씨와 부인이 계단을 내려와 말에 올라탔다.

"갑시다." 슬로언 씨가 톰에게 말했다. "늦었어. 이제 출발해야 돼." 그리고 나에게는 기다릴 시간이 없다는 말을 전해 달라고 부탁했다.

톰과 나는 악수를 나누었다. 다른 사람들과는 간단히 목례만 교환했다. 그들은 빠른 속도로 도로를 따라 내려가 8월의 나뭇잎 아래로 사라졌다. 그때 모자와 가벼운 외투를 손에 쥐고 개츠비가 문을 나섰다.

데이지가 혼자 돌아다니는 것 때문에 톰은 틀림없이 불안을 느꼈던 것 같다. 다음 주 토요일 밤 개츠비의 파티에는 톰이 데이지와 함께 왔다. 그날 저녁 독특하게 억압적인 기분이 들었던 것은 톰이 있었기 때문인 것 같았다. 그해 여름 개츠비의 파티 중에서 그날 밤이 특히 기억 속에 두드러지게 남아 있다. 똑같은 사람들, 적어도 똑같은 종류의 사람들이 있었고, 똑같이 샴페인이 풍부했고, 똑같이 다양한 색조와 음조의 소란이 있었지만, 나는 어떤 불쾌함이, 이전에는 없었던 거친 분위기가 파티를 지배하는 것을 느꼈다. 아니면 내가 단지 거기에 익숙해져서 뒤진다는 의식 자체가 없기 때문에 그 어디에도 뒤지지 않는 자체의 기준과 자체의 뛰어난 인물들로 채워진 하나의 완전한 세계로서의 웨스트에그를 받아들였기 때문인지도 몰랐다. 나는 이제 데이지의 눈을 통해 그것을 다시 보고 있었다. 자신의 적응력을 소비했던 사물들을 새로운 눈으로 다시 보는 것은 언제나 슬픈 일이다.

그들은 해질 무렵 도착했다. 그리고 우리가 생기 넘치는 수백 명의 방문객들 사이를 산책하는 동안 데이지는 예의 그 속삭이는 듯한 목소리로 말을 이었다.

"정말 흥분돼." 데이지가 낮게 말했다. "오빠, 오늘 밤 언제라도 나하고 키스하고 싶으면 알려 줘. 기꺼이 내가 다 알아서 해 줄 테니까. 그냥 내 이름만 말하든가, 아니면 초록 카드를 내보이든가. 내가 초록 카드를 나눠 줄 테니까……."

"좀 둘러보세요." 개츠비가 제안했다.

"둘러보고 있어요. 저는 정말 놀라……."

"이름을 들어 본 사람들을 많이 볼 수 있을 겁니다."

톰이 거만한 눈으로 두리번거리며 사람들을 쳐다봤다.

"우리는 별로 돌아다니지 않아요." 그가 말했다. "사실 여기에는 아는 사람이 단 한 명도 없다는 생각을 하고 있었거든요."

"아마 저 여성 분은 알 겁니다." 개츠비는 흰 자두나무 아래 성장을 하고 앉아 있는, 사람이라기보다는 수선화처럼 화사한 여자를 가리켰다. 톰과 데이지는 영화 속에서만 존재하는 유명 배우를 알아보았을 때의 비현실적 느낌으로 응시했다.

"아름답네요." 데이지가 말했다.

"그녀에게 몸을 숙이고 있는 사람이 감독입니다."

개츠비는 의식을 치르듯 톰과 데이지를 이 사람 저 사람에게로 안내했다.

"뷰캐넌 부인입니다……. 그리고 뷰캐넌 씨입니다……." 한순간 망설이더니 그가 덧붙였다. "폴로 선수죠."

"아네요." 톰이 즉시 반박했다. "아닙니다."

그러나 개츠비는 폴로 선수라는 말이 꽤 마음에 든 모양이었다.

그날 밤 내내 톰은 '폴로 선수'가 되었다.

"이렇게 많은 유명 인사들을 만나 본 적이 없어요." 데이지가 감탄해서 소리를 질렀다. "저는 저 남자가 괜찮은데요. 이름이 뭐였죠? 코가 좀 파란 것 같은."

개츠비가 그를 보고 대단치 않은 연출자라고 설명해 주었다.

"어쨌든 저 사람이 괜찮았어요."

"나는 폴로 선수가 좀 아니었으면 좋겠는데." 톰이 유쾌하게 말했다. "이 모든 유명 인사들을 그냥 보기만 하면 좋겠어. 그리고 나는 잊어 줘."

데이지와 개츠비는 춤을 추었다. 개츠비의 조심스러우면서도 우아한 폭스트롯에 놀랐던 기억이 난다. 그때까지는 그가 춤을 추는 것을 본 적이 없었다. 그리고 그들은 산책이라도 하듯 내 집으로 건너와서 반 시간 정도 계단에 앉아 있었다. 그동안 나는 데이지의 부탁으로 정원에서 경계를 섰다. "화재나 홍수가 날 수도 있잖아." 그녀가 설명했다. "또는 하느님께서 무슨 일을 벌일 수도 있고."

우리가 저녁을 먹기 위해 함께 자리에 앉았을 때 '잊어 줬던' 톰이 다시 등장했다. "저쪽에 있는 사람들과 함께 식사를 해도 괜찮을까?" 그가 말했다. "한 친구가 웃긴 농담을 하는 것 같은데."

"가 봐요." 데이지가 싹싹하게 말했다. "혹시 누구라도 주소를 알고 싶으면 여기 내 금박 연필을 써요."……잠시 후 주위를 둘러보더니 여자가 '평범하지만 예쁘다'고 말했다. 내가 보기에 개츠비와 단 둘이 있었던 삼십 분을 제외하고는 데이지가 별로 재밌어하는 것 같지 않았다.

우리는 특히 술에 취한 사람들과 같은 식탁에 앉았다. 그것은 내 잘못이었다. 개츠비는 전화를 받으러 갔고, 나는 이 주 전에 이 사람들하고 함께 어울렸는데, 그때는 재밌었던 것이 이제는 썩은 내가 나는 것 같았다.

"괜찮으세요, 미스 베데커?"

질문을 받은 여자는 자꾸 내 어깨 위로 쓰러지듯 기대려 하고 있었다. 그녀는 똑바로 앉아 눈을 뜨더니 물었다.

"뭐라고요?"

데이지에게 내일 근처의 클럽에서 함께 골프를 치자고 조르던, 몸집이 크고 둔해 보이는 여자가 미스 베데커를 옹호했다.

"이제 괜찮아요. 칵테일을 대여섯 잔 정도 마시면 항상 저렇게 소리를 질러 대기 시작하죠. 술을 마시지 말라고 하는데도요."

"나는 정말 술에 손도 안 대고 있어요." 나무람을 받은 여자가 단언했지만 공허하게 들렸다.

"소리 지르는 것을 들었어요. 그래서 내가 여기 시벳 박사님께 말했죠. '박사님의 도움이 필요한 사람이 있네요' 하고."

"틀림없이 아주 감사할 거예요." 감사의 빛이 전혀 없이 또 한 친구가 말했다. "그렇지만 머리를 수영장에 처박는 바람에 재 드레스가 전부 젖었잖아요."

"나는 풀에 머리를 처박히는 것이 정말 싫어." 미스 베데커가 중얼거렸다. "한번은 뉴저지에서 물에 빠져 거의 죽을 뻔했다고."

"그러니 술에 손을 대지 말아야 해요." 시벳 박사가 반박했다.

"본인 앞가림이나 잘하세요!" 미스 베데커가 격렬하게 외쳤다. "손이 떨리시잖아요. 내가 박사님한테 수술받는 일은 없을 거예요!"

이런 상황이었다. 내가 기억하는 마지막은 데이지와 함께 서서 영화감독과 그의 자랑스러운 배우를 바라보던 것이었다. 그들은 여전히 흰색 자두나무 아래 있었고, 얼굴이 거의 붙어 있어 그 사이로 희미한 달빛만 가늘게 새어 나올 정도였다. 이렇게 가까이 다가가기 위해 감독은 저녁 내내 그녀 쪽으로 아주 서서히 몸을 기울이고 있었던 모양이었다. 내가 지켜보는 동안 그는 마지막으로 살짝 몸을 더 구부려 그녀의 뺨에 입을 맞추었다.

"저 여자가 맘에 들어." 데이지가 말했다. "아름답잖아."

그러나 나머지 사람들은 눈에 거슬려했다. 그것은 논쟁의 여지가 없었다. 데이지의 반응은 단순한 의사 표시가 아니라 감정을 드러낸 것이기 때문이었다. 그녀는 브로드웨이 때문에 롱아일랜드의 어촌 마을에 생겨난, 이 전례가 없는 '장소'인 웨스트에그에 질겁했다. 그리고 진부한 완곡어법의 이면에서 끓고 있는 것 같은 그곳의 거친 활기와 무에서 무로 이어지는 지름길을 따라 그곳 사람들을 무리 지어 몰아가는, 지나치게 강요하는 듯한 운명에 질겁했다. 그녀는 자신이 이해하지 못한 바로 그 단순함 속에서 무엇인가 끔찍한 것을 보았다.

그들이 자동차를 기다리는 동안 나는 함께 저택 앞 계단 위에 앉아 있었다. 저택 앞은 어두웠다. 부드러운 검은 새벽 속으로 오직 현관문을 통해서만 빛이 새어 나와 주변을 약간 비추고 있었다. 가끔 이 층 드레스룸 블라인드에 그림자가 어리는 것이 보였다. 그 그림자는 다시 다른 그림자에게 자리를 양보하며 끝없는 그림자의 행렬이 이어졌다. 내게는 보이지 않는 거울을 보며 립스틱을 칠하고 분을 바르는 것이었다.

"도대체 이 개츠비란 인간은 뭐야?" 갑자기 톰이 물었다. "꽤 대단한 밀주업자쯤 되나?"

"어디서 그런 말을 들었지?" 내가 물었다.

"듣지 않았어. 상상한 거라고. 이런 졸부들 대다수가 주류 밀매를 크게 해서 돈을 벌어."

"개츠비는 아니야." 내가 짧게 말했다.

톰은 잠시 침묵을 지켰다. 집안 도로 위의 자갈들이 그의 발밑에서 저벅저벅 소리를 냈다.

"이런 인간 동물원을 채우려고 틀림없이 꽤 애를 썼을 거야."

데이지가 두르고 있는 목도리의 회색 털이 미풍에 날렸다.

"적어도 우리가 아는 사람들보다는 더 재밌는 사람들이야." 그녀가 애써 말했다.

"그렇게 흥미를 느끼는 것같이 보이지 않던데."

"흥미를 느꼈어."

톰은 웃으면서 나에게로 몸을 돌렸다.

"어떤 여자가 데이지에게 찬물 샤워를 받게 해 달라고 할 때 데이지 얼굴을 봤어?"

데이지는 흘러나오는 음악에 따라 낮고 허스키한 목소리로 노래하기 시작했다. 그 노랫말 한마디 한마디에는 지금까지 결코 없었고 앞으로도 결코 없을 의미가 깃들어 있는 것 같았다. 멜로디가 높아지자 그녀의 목소리는 콘트랄토 목소리가 그러듯 멜로디를 좇아 달콤하게 끊어지듯 이어졌고, 그렇게 목소리가 변할 때마다 대기 중으로 그녀의 따뜻한 인간적 마술이 조금씩 퍼져 나가는 것 같았다.

"초대받지도 않은 사람들이 많이 왔어." 그녀가 갑자기 말했다. "그 여자는 초대를 받지 않았어. 억지로 들어온 건데 그가 너무 예의 바르기 때문에 뭐라고 하지 못하는 거야."

"저 친구가 누구고 뭘 하는지 알고 싶군." 톰이 고집스럽게 말했다. "반드시 알아내고야 말겠어."

"내가 바로 말해 줄게요." 그녀가 대답했다. "그는 잡화점을 갖고 있어요, 그것도 아주 많이. 그가 직접 그것들을 이룬 거예요."

리무진 한 대가 천천히 집 안 도로를 따라 올라왔다.

"잘 있어요, 오빠." 데이지가 말했다.

그녀의 시선은 나를 떠나 불빛과 더불어 그해에 유행했던 「새벽 세 시」*라는 산뜻하고도 슬픈 왈츠가 새어 나오는 계단 꼭대기를 향했다. 결국 아무런 격식도 없는 개츠비의 파티에는 그녀가 속한 세계에 완전히 결여되어 있는 어떤 낭만적 가능성이 있었다. 그 노래 안에 무엇이 있어 그녀를 다시 안으로 들어오라고 부르는 것일까? 어둑어둑하고 몇 시인지도 알 수 없는 지금 그 안에서는 무슨 일이 일어나고 있을까? 혹시 거짓말처럼 주변에서는 결코 찾아볼 수 없고 한없는 경탄을 불러일으키는 진정 빛나는 젊은 여자가 손님으로 찾아와 개츠비에게 보내는 생기 넘치는 눈길 하나로, 마술적인 한순간의 만남으로, 흔들림 없는 헌신을 지속했던 그 오

년의 세월을 지워 버릴지도 모를 일이었다.

그날 밤 나는 늦게까지 남아 있었다. 개츠비가 시간이 날 때까지 기다려 달라고 부탁했기 때문이다. 그래서 나는 매일 수영하는 무리가 추위에 떨면서도 흥에 겨워 검은 해변에서 뛰어 올라오고, 위층 손님용 방들의 불이 다 꺼질 때까지 정원에서 서성이고 있었다. 마침내 개츠비가 현관 계단에 모습을 드러냈을 때, 검게 그을린 그의 얼굴이 평상시와 다르게 긴장해 있었고, 그의 눈은 반짝거리면서도 피곤해 보였다.

"데이지의 마음에 들었던 것 같지 않습니다." 그가 바로 말했다.

"틀림없이 좋아했습니다."

"좋아하지 않았습니다." 그가 고집했다. "즐거운 시간을 보내지 못했어요." 그는 더 이상 말하지 않았다. 그는 말로 표현할 수 없을 만큼 우울해 보였다.

"그녀에게서 멀리 떨어져 있는 느낌입니다." 그가 말했다. "그녀를 이해시키는 것이 어렵습니다."

"춤춘 것을 말하는 겁니까?"

"춤이요?" 춤은 전혀 문제가 아니라는 듯 그가 손을 탁 튕겨 보였다. "친구, 춤은 중요하지 않습니다."

개츠비가 데이지에게서 바랐던 것은 톰에게 가 "당신을 사랑한 적이 없어"라고 말하는 것이었다. 그 말로 데이지가 지난 사 년을 지워 버리고 나면 그들은 좀 더 실질적으로 앞으로 할 일을 결정할 수 있을 것이다. 그녀가 자유롭게 되고 나면 루이빌로 돌아가 마치 오 년 전처럼 그녀의 집에서 결혼하는 것이 그중 하나였다.

"데이지는 이해를 못 합니다." 개츠비가 말했다. "전에는 이해했습니다. 우리는 몇 시간씩 앉아……."

개츠비는 말을 끊고 과일 껍질, 버려진 선물과 으깨진 꽃들이 널려 있는 황량한 길 위를 이리저리 배회했다.

"나 같으면 데이지에게 너무 많은 것을 요구하지 않을 겁니다." 내가 용기를 내어 말했다. "과거를 반복할 수는 없습니다."

"과거를 반복할 수 없다고요?" 믿을 수 없다는 듯 그가 외쳤다. "당연히 그럴 수 있지요!"

그는 거칠게 주변을 둘러보았다. 바로 이곳 자신의 집 그림자 안 어딘가에 그의 손이 닿지 않는 조금 떨어진 곳에 과거가 숨어 있다는 생각이라도 하는 모양이었다.

"모든 것을 옛날 그대로 되돌릴 겁니다." 결의에 차 고개를 끄덕이며 그가 말했다. "데이지도 알게 될 겁니다."

개츠비는 자신의 과거에 대해 많은 이야기를 했다. 나는 그가 데이지를 사랑하는 데 바친 어떤 것, 자신에 대한 어떤 관념 같은 것을 되찾고 싶어 한다고 추측했다. 그때 이후로 그의 삶은 혼란스럽고 무질서했지만, 출발점으로 다시 돌아가 모든 것을 아주 찬찬히 살펴본다면 그것이 무엇인지 찾을 수도 있을 것이다…….

……오 년 전 어느 가을날 밤, 그들은 나뭇잎이 지는 길을 따라 걷다가 나무가 한 그루도 없고 인도는 달빛으로 환한 어떤 곳에 이르렀다. 그들은 거기 멈춰 서로를 향했다. 일 년에 두 번 계절이 바뀔 때 찾아오는 신비스런 흥분이 가득한 선선한 밤이었다. 주변의 집들에서 불빛이 어둠 속으로 조용히 흘러나오고 있었고, 밤하

늘의 별들 사이에는 어떤 부산함이 있었다. 곁눈질로 개츠비는 인도의 블록이 진짜 사다리를 이루어 나무 위 어떤 비밀스런 곳으로 이어지는 것을 보았다. 혼자라면 거기까지 올라갈 수 있을 것 같았다. 그리고 일단 그곳에 이르면 삶의 젖꼭지를 물고 비교할 수 없는 경이로움의 젖을 빨아 마실 수 있을 것 같았다.

데이지의 하얀 얼굴이 자신의 얼굴을 향해 다가올수록 그의 심장은 더욱 더 빨리 뛰었다. 그는 이 소녀에게 입 맞추고, 말로 표현할 수 없는 자신의 꿈을 결국은 스러질 이 소녀의 숨결과 영원히 결합시키면, 그의 마음은 더 이상 신의 마음처럼 자유롭게 뛰놀 수 없다는 것을 알고 있었다. 그래서 그는 별에 부딪힌 소리굽쇠 소리에 잠시 더 귀 기울이며 기다렸다. 그리고 그는 그녀에게 입을 맞추었다. 그의 입술이 닿자 그녀는 그가 가꾸어 왔던 꿈의 현신으로서 꽃처럼 피어났다.

그가 이야기 하는 동안, 심지어는 그가 끔찍하게 감상적으로 보인 동안에도 나는 무엇인가를 떠올리고 있었다. 오래전에 어디에선가 들었지만 정확하게 기억나지 않는 어떤 박자나 잃어버린 말의 단편 같은 것이었다. 잠시 어떤 표현이 내 입에서 형상을 갖춰 흘러나오려 했고, 나의 입은 벙어리처럼 벌어져 있었다. 놀라서 튀어나오는 숨결보다 입을 벌리기 위해 더 많은 노력을 해야 했다. 그러나 결국 내 입에서는 아무런 소리도 나오지 않았고, 거의 기억이 날 뻔했던 그 말은 영원히 전달할 수 없었다.

제7장

개츠비에 대한 호기심이 절정에 이르렀을 무렵의 어느 토요일 밤 그의 집에 불이 켜지지 않았다. 그리고 은연중에 시작되었던 것처럼 그렇게 트리말키오*로서의 그의 경력은 끝이 났다. 기대에 차 그의 저택 안 도로로 들어서던 자동차들이 잠시 멈춰 섰다 뚱해서 돌아가는 것을 나는 아주 서서히 의식하게 되었다. 혹시 병이 났나 싶어 그의 집으로 건너갔더니 불량배 같은 인상의 낯선 집사가 문간에서 의심스럽다는 듯이 나를 곁눈질했다.

"개츠비 씨가 아픈가요?"

"아니요." 잠시 후 그는 천천히, 내키지 않은 듯 공대를 했다. "아닙니다, 선생님."

"근처에서 그를 보지 못했는데요. 좀 걱정이 됩니다. 캐러웨이라는 사람이 왔다고 전해 주시겠습니까?"

"누구라고요?" 그가 무례하게 물었다.

"캐러웨이요."

"캐러웨이 씨요. 알았습니다. 전해 드리죠."

갑자기 그가 문을 쾅 닫았다.

일주일 전에 개츠비가 집안의 모든 하인들을 해고시키고 여남은 명의 다른 사람들로 교체했는데, 그들은 웨스트에그 마을로 들어가서 상인들에게 뇌물을 받는 일 없이 전화로 필요한 양만을 주문한다고 우리 집에 있는 핀란드 인 아주머니가 알려 주었다. 식품점에서 일하는 아이에 따르면 부엌이 꼭 돼지우리 같고, 마을에서의 일반적 의견도 새로 온 사람들이 전혀 하인 같지 않다는 것이었다.

다음 날 개츠비가 나에게 전화를 걸었다.

"어디로 떠납니까?" 내가 물었다.

"아닙니다, 친구."

"하인들을 전부 해고했다고 들었는데요."

"허튼소리를 하지 않는 사람을 원해서 그런 겁니다. 데이지가 자주 들르거든요, 오후에 말이죠."

데이지의 눈에 못마땅해서 그 큰 여관이 카드로 만든 집처럼 무너져 내린 것이었다.

"그들은 울프심이 도와주려고 했던 사람들입니다. 모두 형제자매들이고, 전에 작은 호텔을 경영했습니다."

"알겠습니다."

그가 전화를 한 것은 데이지의 부탁 때문이었다. 내일 점심을 같이하기 위해 데이지의 집으로 오라는 것이었다. 미스 베이커도 올 예정이었다. 삼십 분 정도 지나 데이지가 직접 전화를 해 내가 간다는 것을 확인하고 안도하는 눈치였다. 무엇인가 있었다. 그러나 그들이 이 기회를 무슨 소동을 위해 고른 것이라고 믿을 수는 없었다. 특히 개츠비가 정원에서 대충 얘기했던 그 괴로운 소동을 위한 것일 리는 없었다.

다음 날은 타는 듯이 더웠다. 틀림없이 그해 여름 마지막으로 가장 더운 날이었다. 내가 탄 기차가 터널에서 햇빛 속으로 빠져나오자 오로지 내셔널 비스킷 회사*에서 울리는 뜨거운 경적 소리만이 정오의 끓는 침묵을 깼다. 객차 안 짚으로 된 자리는 거의 연소할 지경이었다. 옆자리의 여자는 한동안 흰 블라우스에 조금씩 땀을 흘리다 들고 있던 신문이 손가락 아래에서 축축해지자 절망적으로 외마디 소리를 내지르며 찌는 더위에 맥을 놓고 말았다. 그녀의 줄 없는 핸드백이 바닥에 툭 떨어졌다.

"이런!" 그녀가 놀라서 말했다.

나는 피곤하게 몸을 굽혀 핸드백을 집어 들고는 그 핸드백에 대해 아무런 의도도 없었다는 것을 보여 주기 위해 한쪽 끄트머리를 잡고 팔을 쭉 뻗어 그녀에게 건네주었다. 그러나 그 여자를 포함해서 근처에 있는 모든 사람들이 여전히 나를 의심했다.

"덥군요!" 차장이 낯익은 사람들을 향해 말했다. "대단한 날씹니다! ……더워! ……더워! ……더워! ……이 정도면 엄청 덥지요? 안 그래요? 이 날씨가……?"

나의 통근 회수권이 그의 손에서 검은 자국이 묻은 채로 돌아왔다. 이런 날씨라면 그가 어떤 흥분한 사람에게 입을 맞추든, 누가 그의 가슴에 머리를 묻어 상의를 축축하게 만들든 신경이나 쓰겠는가!

……나와 개츠비가 문간에서 기다리는 동안 뷰캐넌의 저택 안 홀에서 희미한 바람이 전화벨 소리를 싣고 불어왔다.

"주인님의 시신이라고요!" 집사가 송화기에 대고 소리를 질렀다. "죄송합니다, 부인. 드릴 수가 없습니다. 오늘 낮에는 너무 뜨거워 건드릴 수가 없습니다."

그러나 그가 실제로 한 말은 "예……. 예……. 알아보겠습니다"였다.

그는 수화기를 내려놓고 땀으로 번질거리며 우리에게 다가와 빳빳한 밀짚모자를 받아 들었다.

"부인께서는 살롱에서 기다리십니다!" 불필요하게 방향을 가리키며 그가 큰 소리로 말했다. 이런 더위 속에서는 모든 추가적 몸짓이 일상적 양식에 대한 모독이었다.

차양으로 그늘이 잘 지도록 되어 있는 그 방은 어둡고 선선했다. 데이지와 조던은 은으로 만든 우상처럼 거대한 긴 의자에 누워 있었고, 그들의 긴 드레스 끝이 선풍기 바람에 날리고 있었다.

"우리는 움직일 수 없어요." 그들이 함께 말했다.

갈색으로 탄 피부 위에 하얀 분을 바른 조던의 손이 잠시 내 손을 잡았다.

"위대한 운동선수인 토마스 뷰캐넌 씨는 어디 있나요?" 내가 물었다.

동시에 홀에서 전화를 하고 있는 톰의 낮고 퉁명스럽고 허스키한 목소리가 들렸다.

개츠비는 진홍색 카펫 한가운데 서서 매혹된 눈길로 주위를 둘러보았다. 데이지는 그를 쳐다보며 달콤하면서도 자극적인 웃음을 터뜨렸다. 그녀의 가슴으로부터 분가루가 공기 중으로 날렸다.

"소문에 의하면," 조던이 목소리를 낮춰 말했다. "전화 상대는 톰의 애인이에요."

우리는 침묵했다. 홀에서의 목소리가 귀찮다는 듯 높아졌다. "좋아요, 그렇다면 내 차를 팔지 않겠습니다……. 내가 그쪽에 무슨 의무를 지고 있는 것도 아니고……. 점심때 고작 이따위 일로 귀찮게 한 것에 대해서는 절대로 참을 수 없어요!"

"수화기를 내려놓고 저러는 거예요!" 데이지가 냉소적으로 말했다.

"그렇지 않을 거야." 내가 그녀를 안심시켰다. "진짜 거래를 하는 거야. 내가 우연히 알게 됐어."

톰이 문을 확 열어젖히고 잠시 그 육중한 몸으로 문을 막아서더니 서둘러 방 안으로 들어섰다.

"개츠비 씨!" 싫어하는 감정을 잘 감추고 그는 넓고 평평한 손을 내밀었다. "잘 왔어요……. 닉……."

"차가운 음료 좀 가져와요." 데이지가 큰 소리로 말했다.

톰이 다시 방에서 나가자 데이지는 일어나서 개츠비에게 다가가 얼굴을 아래로 당기고 입에다 키스했다.

"내가 사랑하는 것 알죠." 그녀가 중얼거렸다.

"여기에 숙녀가 한 사람 있다는 것을 잊은 모양이군." 조던이 말했다.

데이지는 의심스럽다는 듯 주위를 둘러보았다.

"닉 오빠한테 키스해."

"정말 천박한 여자로군!"

"나는 신경 안 써!" 데이지가 외치고 나서 벽난로 옆에서 나막신 춤을 추기 시작했다. 그러다 더위가 생각난 듯 겸연쩍게 긴 의자에 앉았는데, 그때 막 새로 세탁한 옷을 입은 유모가 어린 여자아이를 데리고 방 안으로 들어섰다.

"오, 내 소중한……." 데이지는 두 팔을 내밀며 낮은 소리로 웅얼거리듯 말했다. "엄마한테 오려무나. 엄마가 사랑하는 거 알지?"

유모의 손에서 벗어난 아이는 방을 가로질러 뛰어와 수줍게 엄마의 드레스 안으로 안겼다.

"오, 소중한 나의 딸! 엄마가 노란 머리 위에 분을 묻혔네? 자, 일어서서 '안녕하세요' 해 봐."

개츠비와 나는 번갈아 몸을 숙여 내키지 않아하는 그 조그만 손을 잡았다. 개츠비는 이후에도 계속 놀란 눈으로 그 아이를 쳐다보았다. 아이가 있다는 사실을 아마 몰랐던 모양이었다.

"점심 먹기 전에 옷을 입었어요." 아이가 서둘러 엄마 쪽으로 몸을 돌리며 말했다.

"그건 엄마가 너를 자랑하고 싶었기 때문이야." 데이지가 아이의 작고 하얀 목에 얼굴을 비볐다. "오, 나의 꿈. 진정 나의 귀여운 꿈이야."

"그래요." 아이가 조용히 인정했다. "조던 이모도 하얀 드레스를 입었어요." "엄마 친구들이 마음에 드니?" 데이지는 그녀를 돌려세워 개츠비를 마주보도록 했다. "친구들이 멋진 것 같아?"

"아빠는 어디 있어요?"

"이 아이는 아빠를 닮지 않았어요." 데이지가 설명했다. "나를 닮았어요. 머리나 얼굴 모습이 다 나를 닮았어요."

데이지가 의자 안쪽으로 깊숙이 앉았다. 유모가 한 발 앞으로 나와 손을 내밀었다.

"이리 와, 패미."

"안녕, 귀여운 것."

버릇이 잘 든 아이는 내키지 않은 듯 뒤를 돌아보며 유모의 손을 잡고 방에서 나갔다. 바로 그때 톰이 얼음 부딪치는 소리를 내며 넉 잔의 진리키*를 쟁반에 들고 들어왔다.

개츠비는 자기의 잔을 받았다.

"아주 시원해 보이는 군요." 눈에 띄게 긴장한 채로 그가 말했다.

우리는 게걸스럽게 칵테일을 들이켰다.

"어딘가에서 읽었는데 태양이 매년 더 뜨거워진다는군." 톰이 상냥하게 말했다. "이제 곧 지구가 태양 속으로 떨어지든가, 아니면 잠깐만, 정반대일 수도 있지. 매년 태양이 더 차가워지는 것일 수도 있어."

"밖으로 나갑시다." 톰이 개츠비에게 제안했다. "집 주위를 한 번 둘러봐요."

나는 그들과 함께 베란다로 나갔다. 열기 속에 고여 있는 초록빛 해협에서는 작은 범선이 먼 바다를 향해 서서히 나아가고 있었다. 개츠비의 시선은 잠시 그 배를 좇았다. 그는 손을 들고 만 건너편을 가리켰다.

"저는 저기, 바로 이 집 건너편에 삽니다."

"그렇군요."

우리는 눈을 들어 장미화단으로부터 뜨거운 잔디밭과 바닷가를 따라 쌓여 있는 삼복중의 해초 더미를 바라보았다. 범선의 흰 날개가 푸르고 선선한 바다와 하늘의 경계를 향해 서서히 움직이고 있었다. 앞에는 가리비 모양의 바다와 축복받은 수많은 섬들이 놓여 있었다.

"할 만한 운동인데요." 톰이 고개를 끄덕이며 말했다. "한 시간 정도 저 사람과 함께 저기 바다에 나가 있으면 좋겠군요."

우리는 더위 때문에 역시 좀 어둡게 꾸민 식당에서 점심을 먹고, 유쾌하면서도 긴장된 분위기 속에서 차가운 맥주를 마셨다.

"오늘 오후에는 뭘 하지?" 데이지가 외쳤다. "그리고 내일은, 그리고 앞으로 삼십 년 동안은?"

"병적으로 굴지 마." 조던이 말했다. "가을에 공기가 선선해지면 삶은 또 다시 시작되는 거야."

"그렇지만 너무 덥잖아." 눈물이라도 흘릴 것 같은 표정으로 데이지가 계속했다. "그리고 모든 것이 너무 혼란스러워. 우리 모두 시내로 나가요!"

더위 속에서 그녀의 목소리는 만질 수 없는 더위를 두들겨 구체적인 형상으로 만들어 내는 것 같았다.

"마구간을 차고로 만든다는 소리를 들은 적이 있는데요." 톰이 개츠비에게 말하고 있었다. "나는 차고를 마구간으로 만든 최초의 사람입니다."

"누가 시내로 나갈 거예요?" 데이지가 끈질기게 물었다. 개츠비의 시선이 천천히 그녀에게로 향했다. "아!" 그녀가 외쳤다. "당신은 정말 멋져요."

그들의 눈이 마주쳤고, 그들은 둘만 있는 것처럼 서로를 응시했다. 데이지는 애써 식탁으로 눈길을 돌렸다.

"당신은 늘 멋져요." 그녀가 반복했다.

데이지가 개츠비에게 사랑한다고 말한 셈이었는데, 톰 뷰캐넌이 그것을 보고 있었다. 톰은 깜짝 놀랐다. 그는 입을 조금 벌린 채 개츠비를 쳐다보더니, 오래전에 알았던 사람을 이제 막 다시 알아본 것처럼 데이지를 쳐다보았다.

"당신은 광고에 나오는 그 남자를 닮았어요." 데이지는 순진하게 말을 계속했다. "그 남자 광고 알지요……."

"좋아." 톰이 재빨리 끼어들었다. "나는 아주 기꺼이 시내로 가겠어. 자, 모두 시내로 나갑시다."

개츠비와 아내를 번갈아 보며 톰이 자리에서 일어섰지만 아무도 움직이지 않았다.

"자, 갑시다!" 그가 약간 성질을 냈다. "뭐가 문제야? 시내로 갈 거면 어서 출발하자고."

톰은 자제하려고 애를 쓰며 떨리는 손으로 잔을 들어 남아 있는 맥주를 비웠다. 데이지의 말에 따라 우리는 자리에서 일어나 타는 것 같이 뜨거운 자갈길로 나섰다.

"그냥 무작정 떠나겠다는 거야?" 그녀가 이의를 달았다. "이렇게? 담배라도 피우고 가야 하지 않아?"

"점심 먹는 동안 모두 담배를 피웠잖아."

"뭔가 재미있는 일을 해야지." 그녀가 톰에게 간청했다. "소란을 피우기에는 너무 더워."

그는 대답하지 않았다.

"마음대로 해." 그녀가 말했다. "조던, 가자."

데이지와 조던은 준비를 위해 위층으로 올라갔고, 우리 남자들 셋은 뜨거운 자갈을 발로 툭툭 치며 서 있었다. 서쪽 하늘에는 벌써 은빛 달이 떠 있었다. 개츠비가 말을 꺼내려다 마음을 바꿔 먹은 것 같았는데 톰이 몸을 돌려 무엇인가 기대하는 듯 그와 마주 섰다.

"마구간이 여기 있나요?" 개츠비가 애써 말했다.

"길을 따라 한 사백 미터 정도 가면 있습니다."

"아."

휴지.

"왜 시내로 가겠다는 건지 이해할 수가 없군." 톰이 갑자기 퉁명스럽게 말했다. "여자들이란 꼭 머릿속에 이런 생각을……."

"마실 것 좀 가지고 갈까요?" 이 층 창문에서 데이지가 물었다.

"위스키를 좀 가져가지." 톰이 대답하고 안으로 들어갔다.

개츠비가 뻣뻣하게 몸을 돌려 나를 향했다.

"이 친구 집에서는 아무 말도 못하겠습니다, 친구."

"데이지는 좀 분별없이 말을 하죠." 내가 말했다. "그 목소리는……." 나는 주저했다.

"그녀의 목소리는 돈으로 가득 차 있습니다." 개츠비가 갑자기 말했다.

바로 그것이었다. 나는 전에는 결코 이해하지 못했다. 그 목소리는 돈으로 가득 차 있었다. 그것이야말로 오르내리는 그 목소리의 다함없는 매력이었다. 돈이 짤랑거리는 소리, 돈을 두고 부르는 심벌즈의 노래……. 하얀 궁전 높은 곳에 있는 임금님의 딸, 금으로 치장한 공주…….

톰이 일 리터짜리 병을 수건에 싸서 나왔다. 그 뒤를 금속 질감의 천으로 된 꼭 끼는 작은 모자를 쓰고 팔에는 가벼운 케이프를 두른 데이지와 조던이 따라 나왔다.

"모두 제 차로 갈까요?" 개츠비가 제안했다. 그는 뜨거운 초록색 가죽 좌석을 손으로 만져 보았다. "차를 그늘 속에 둘 걸 그랬습니다."

"표준 변속 기어를 쓰나요?" 톰이 물었다.

"그렇습니다."

"그러면 그쪽은 내 쿠페를 타고 내가 그 차를 몰고 가죠."

개츠비는 그 제안이 탐탁지 않은 것 같았다.

"연료가 많지 않습니다." 개츠비가 반대했다.

"연료는 충분한데요." 톰이 거칠게 말하며 계기판을 바라보았다. "기름이 떨어지면 잡화점에 들르면 되죠. 요새는 잡화점에서 무엇이든 살 수 있으니까."

분명 적절하다고 할 수 없는 이 말에 모두 잠시 침묵을 지켰다. 데이지는 얼굴을 찡그리며 톰을 바라보았고, 누가 말로 설명하는 것만 들어 본 것 같은, 분명히 낯설지만 어렴풋이 알아볼 수는 있는 뭐라 규정할 수 없는 표정이 개츠비의 얼굴을 스쳐 지나갔다.

"이리 와, 데이지." 손으로 그녀를 개츠비의 차 쪽으로 밀며 톰이 말했다. "내가 이 서커스 왜건에 태워 줄 테니까."

톰이 차의 문을 열었다. 그러나 데이지는 그의 팔 안에서 몸을 뺐다.

"닉 오빠와 조던하고 같이 가요. 우리는 쿠페를 타고 따라갈 테니까."

데이지는 개츠비의 코트를 손으로 잡고 그의 곁에 바짝 붙어 걸어갔다. 조던과 톰과 나는 개츠비의 차 앞좌석에 앉았다. 톰은 조심스럽게 익숙하지 않은 기어를 밀었고, 우리는 개츠비와 데이지를 뒤에 남겨 둔 채 숨이 막힐 것 같은 열기 속으로 총알처럼 튀어나갔다.

"저거 봤지?" 톰이 물었다.

"뭘?"

그는 나를 날카롭게 쳐다보았다. 조던과 내가 내내 모든 것을 다 알고 있었다는 것을 깨달은 눈치였다.

"내가 아주 멍청하다고 생각하는 거지?" 그가 말했다. "그럴지도 모르지. 그러나 나에게는 거의⋯⋯ 예지력이라고 할 만한 것이 있어. 때때로 무엇을 어떻게 해야 하는지 나도 안다고. 믿지 않을지 모르지만 과학은⋯⋯."

그가 말을 멈추었다. 당장 일어날지도 모를 어떤 우발적 사건에 생각이 미쳤는지 그는 이론적 심연의 경계에서 다시 정신을 차렸다.

"이 친구에 대해 좀 알아봤어." 그가 계속했다. "좀 더 깊이 들어갈 수도 있었어, 만약 내가……."

"점쟁이한테라도 가 봤단 말이에요?" 조던이 농담처럼 물었다.

"뭐라고?" 우리가 웃는 동안 당황해서 그가 우리를 쳐다보았다. "점쟁이라고?"

"개츠비에 대해서 말이야."

"개츠비에 대해서! 아니, 아니야. 내 말은 그의 과거에 대해 좀 조사했다는 거야."

"그가 옥스퍼드 출신인 것을 알았겠군." 조던이 도움을 주려고 말했다.

"옥스퍼드 출신이라니!" 그는 믿지 않았다. "말도 안 되는 소리! 그 친구는 핑크색 양복을 입는다고."

"그래도 옥스퍼드 출신이야."

"뉴멕시코에 있는 옥스퍼드겠지." 톰은 경멸하듯 콧방귀를 뀌었다. "아니면 그 비슷한 거나."

"톰, 그렇게 속물적으로 행동하려면 왜 그를 점심 식사에 초대한 거야?" 조던이 쌀쌀맞게 물었다.

"데이지가 초대한 거야. 우리가 결혼하기 전에 그를 알고 있었다면서 말이지……. 도대체 어디에선지는 모르겠지만!"

맥주 기운이 떨어지면서 우리는 모두 흥분하기 쉬운 상태에 있었다. 그런 상황을 의식하고 우리는 잠시 아무 말도 하지 않았다. T. J. 에클버그 박사의 빛 바랜 눈이 길 아래편에 보이자 나는 기름이 모자랄지도 모른다는 개츠비의 경고가 생각났다.

"시내로 나갈 정도는 충분해." 톰이 말했다.

"그렇지만 바로 여기 정비소가 있어요." 조던이 반박했다. "이렇게 찌는 더위 속에서 혹여나 차가 멈추기라도 하면 어떡해요."

톰은 성급하게 두 개의 브레이크를 밟았다. 우리는 먼지를 내고 미끄러지며 윌슨네 간판 앞에 갑자기 섰다. 잠시 후 주인이 가게에서 나와 멍하니 차를 바라보았다.

"기름 좀 넣읍시다." 톰이 거칠게 말했다. "무엇 때문에 우리가 선 줄 아는 거요, 경치 감상이나 하려고?"

"몸이 안 좋아요." 윌슨이 움직이지 않고 말했다. "하루 종일 아팠어요."

"무슨 일 있어요?"

"지쳤습니다."

"그러면 내가 직접 넣어요?" 톰이 물었다. "전화할 때는 괜찮은 것 같았는데."

윌슨은 기대고 섰던 문간 그늘에서 힘들게 나와 숨을 거칠게 몰아쉬며 연료통 뚜껑을 열었다. 햇빛을 받은 그의 얼굴은 새파랗게 질려 있었다.

"점심을 방해할 의도는 아니었어요." 그가 말했다. "그런데 정말 돈이 필요해서 그 낡은 차를 어떻게 할 것인지 궁금했습니다."

"이 차는 어때요?" 톰이 물었다. "지난주에 샀는데."

"멋진 노란색 차군요." 핸들을 잡아당기며 윌슨이 말했다.

"사고 싶어요?"

"좋은 기회지만," 윌슨은 희미하게 웃었다. "아니요. 그렇지만 먼젓번 차로는 돈을 좀 벌 수 있을 것 같아요."

"갑자기 돈이 왜 필요한 거요?"

"여기에서 너무 오래 살았습니다. 떠나고 싶어요. 집사람하고 같이 서부로 떠나려고 합니다."

"아내도 동의했어요?" 톰이 놀라 큰 소리로 물었다.

"십 년 동안 그 얘기를 하고 있습니다." 윌슨은 손으로 눈을 가리고 잠시 펌프에 기대 쉬었다. "이제는 그 사람이 원하든 원하지 않든 갈 겁니다. 그 사람을 데리고 떠날 작정입니다."

쿠페가 먼지를 일으키며 우리 곁을 휙 지나치는데 순간적으로 데이지가 손을 흔드는 것이 보였다.

"얼마요?" 톰이 거칠게 물었다.

"지난 이틀 동안 희한한 일을 알게 됐어요." 윌슨이 말했다. "그래서 떠나려는 겁니다. 그래서 차 때문에 폐를 끼치게 된 거고요."

"얼마요?"

"일 달러 이십 센트입니다."

무자비하게 내리쬐는 햇볕 때문에 혼란스럽고 느낌도 좋지 않았지만 아직 그가 톰을 의심하는 것 같지는 않았다. 그는 머틀이 다른 세계에서 그와 별도의 삶을 꾸리고 있다는 것을 알게 되었고, 그 충격 때문에 실제로 몸이 아프게 된 것이었다. 나는 그를 보다가 톰을 보았다. 톰 역시 똑같은 발견을 한 지 채 한 시간도 지나지 않았다. 남자들 사이에는 지성이나 인종에 있어서의 차이보다 병든 사람과 건강한 사람 사이의 차이만큼 심각한 차이는 없다는 생각이 들었다. 윌슨은 너무 병색이 완연해서 가난한 소녀를 임신이라도 시킨 것만큼이나 용서받을 수 없는 죄를 지은 사람처럼 보였다.

"그 차를 당신에게 팔리다." 톰이 말했다. "내일 오후에 보낼게요."

그 지역에서는 언제나 막연하지만 불편한 느낌이 있었다. 심지어 오후에 햇볕이 환하게 내리비추고 있는데도 그랬다. 뒤에서 뭔가 경고를 하고 있는 것 같은 느낌이 들어 나는 고개를 돌렸다. 잿더미 위에서 T. J. 에클버그 박사의 거대한 눈이 경계를 서고 있었다. 그러나 잠시 후 나는 오 미터도 안 되는 곳에서 또 다른 눈이 특별한 관심을 갖고 우리를 응시하고 있다는 것을 느꼈다.

정비소 위층 창문의 커튼 하나가 한쪽으로 약간 비껴져 있었고, 머틀 윌슨이 차를 뚫어져라 내려다보고 있었다. 너무나 몰두해 있어서 그녀는 누군가 자신을 보고 있다는 것도 의식하지 못했고, 그녀의 얼굴은 천천히 현상되는 사진 속의 물체처럼 차례차례 변화하는 감정을 드러내고 있었다. 그녀의 표정은 특이하게도 낯이 익었다. 그것은 내가 여자들의 얼굴에서 종종 보았던 표정이었는데, 머틀의 얼굴에서는 그 표정이 목적도 없고 설명할 수도 없어 보였다. 그리고 마침내 나는 질투와 두려움으로 크게 뜬 그녀의 눈이 톰이 아니라 조던 베이커를 향해 고정되어 있다는 것을 깨달았다. 그녀를 톰의 아내로 착각했던 것이다.

단순한 마음의 혼란 같은 그런 혼란은 없다. 우리가 차를 타고 가는 동안 톰은 공포의 뜨거운 채찍질을 맛보는 중이었다. 한 시간 전까지만 해도 안전하고 침범할 수 없었던 아내와 애인이 돌연 그의 지배에서 미끄러져 벗어나고 있었다. 그는 본능적으로 데이지를 따라잡고 윌슨에게서 떠나려는 두 가지 목적으로 가속 페달을 밟았다. 우리는 시속 팔십 킬로미터로 아스토리아를 향해 달렸고, 고가 철도의 거미줄 같은 대들보 사이를 편하게 가고 있는 푸른색 쿠페를 볼 수 있었다.

"50번가 주변의 큰 영화관이 시원해요." 조던이 말했다. "저는 모든 사람이 떠난 여름날 오후의 뉴욕이 좋아요. 뭔가 아주 감각적인 것이 있어요. 온갖 희한한 과일들이 수중으로 떨어질 것처럼 농익었다고나 할까."

'감각적인' 이라는 말이 톰을 더욱 불안하게 했다. 그런데 그가 반박할 말을 생각하기도 전에 쿠페가 멈춰 섰고, 옆에 차를 세우라고 데이지가 우리에게 신호를 보냈다.

"어디로 갈 거야?" 그녀가 외쳤다.

"영화 어때?"

"너무 더워." 그녀가 불평했다. "당신들이나 가. 우리는 차를 타고 돌아다니다가 나중에 합류할 테니까." 그녀는 애써 조금 재치있게 말했다. "어디 길모퉁이에서 만나. 내가 담배 두 대를 한꺼번에 피우고 있을 테니까."

"여기서 이러쿵저러쿵 하고 있을 수 없어." 뒤에서 트럭이 욕하는 것처럼 경적을 울려 대자 톰이 못 참겠다는 듯 말했다. "센트럴 파크 남쪽 플라자 호텔 앞으로 따라 와."

톰은 몇 번이나 고개를 돌려 그들의 차를 찾았다. 차가 밀려 늦어지면 그들이 보일 때까지 속도를 늦췄다. 그들이 갑자기 옆길로 차를 몰아 자신의 삶에서 영원히 사라질까 봐 두려운 모양이었다.

그러나 그들은 그렇게 하지 않았고, 우리는 설명하기 힘든 단계를 밟아 플라자 호텔 스위트룸을 얻었다.

우리가 방 안으로 떼 지어 들어가게 되었던 그 길고 소란스런 논쟁은 기억나지 않지만, 그 과정에서 내 속옷이 축축한 뱀처럼 계속 다리 위로 올라왔다는 것과 이따금씩 등으로 땀방울이 축축하게 흘러내렸다는 것은 확실하게 기억이 난다. 방을 얻게 된 것은 애초에 데이지가 욕실 다섯 개를 빌려 냉수욕을 하자고 제안한 데서 비롯되었는데, '민트 줄렙*을 마실 수 있는 곳'이라는 좀 더 구체적인 모습을 띠게 되었다. 우리 모두 그것이 '말도 안 되는 짓'이라고 몇 번을 말했다. 그리고 당황한 호텔 직원에게 한꺼번에 말을 걸면서, 우리가 아주 재밌는 일을 하고 있다고 생각하거나 아니면 생각하는 척했다…….

방은 컸지만 답답했다. 이미 네 시였는데도 창문을 여니 공원의 관목 숲 냄새가 나는 뜨거운 공기가 밀려들어 올 뿐이었다. 데이지는 거울 앞으로 가 우리를 등지고 서서 머리를 매만졌다.

"굉장한 스위트룸이군." 조던이 경의를 표하듯 낮은 소리로 말하자 우리 모두 웃음을 터뜨렸다.

"창문을 다 열어요." 데이지가 몸을 돌리지도 않고 명령조로 말했다.

"더 이상 열 창문이 없어."

"그러면 전화를 해서 도끼를 가져오라고……."

"더위를 잊어야 해." 톰이 못 참겠다는 듯 말했다. "덥다고 불평을 해서 열 배는 더 덥게 만들잖아."

그는 수건에서 위스키 병을 꺼내 테이블 위에 놓았다.

"그녀를 가만 놔두는 편이 어떨까요, 친구?" 개츠비가 말했다. "시내로 나오자고 한 것은 바로 당신 아닙니까?"

잠시 침묵이 흘렀다. 전화번호부가 걸려 있던 못에서 미끄러져 바닥으로 철퍼덕 떨어졌다. 조던이 "죄송합니다" 하고 낮은 소리로 말했지만 이번에는 아무도 웃지 않았다.

"내가 주울게." 내가 말했다.

"내가 줍겠습니다." 개츠비는 갈라진 끈을 살펴보더니 "흠!" 하고 흥미롭다는 듯 중얼거리고 전화번호부를 의자 위로 던졌다.

"당신의 말투가 참 멋지군." 톰이 날카롭게 말했다.

"뭐가요?"

" '친구' 라고 하는 말 말이오. 어디서 그런 말을 배웠소?"

"이거 봐요, 톰." 거울에서 몸을 돌리며 데이지가 말했다. "인신공격이나 할 생각이라면 나는 여기 잠시도 있지 않을 거예요. 전화해서 민트 줄렙에 곁들일 얼음 좀 가져오라고 해요."

톰이 수화기를 들었을 때 압축되었던 열기가 폭발이라도 한 듯 아래층 연회장에서 엄숙하게 멘델스존의 「결혼행진곡」이 들려왔다.

"이 더위 속에서 결혼하는 것을 상상해 봐요!" 조던이 우울하게 외쳤다.

"하기야…… 나는 6월 중순에 결혼했어." 데이지가 회상했다.

"6월의 루이빌에서! 누군가 기절을 했지. 기절한 게 누구죠, 톰?"
"빌록시잖아." 톰이 짧게 대답했다.
"빌록시라는 사람이야. '블록스' 빌록시. 상자를 만드는 사람이었어……. 진짜야……. 그 사람은 미시시피 주 빌록시 출신이야."
"사람들이 그 사람을 우리 집으로 데려왔죠." 조던이 덧붙였다. "우리 집이 교회 옆의 옆집이었거든요. 아버지가 나가라고 할 때까지 우리 집에서 삼 주를 지냈어요. 그 사람이 떠난 다음 날 아버지가 돌아가셨죠." 불경스럽게 들렸을지도 모른다고 생각했는지 잠시 후 그녀가 덧붙였다. "관계가 있는 일은 아니었어요."
"멤피스 출신의 빌 빌록시라는 사람을 알았는데." 내가 말했다.
"그건 그 사람 사촌이에요. 그 사람이 떠나기 전 그 집안 역사에 대해 다 알게 되었거든요. 그 사람이 나에게 알루미늄 퍼터를 하나 줬는데 아직까지 쓰고 있어요."
결혼식이 시작되었는지 음악 소리는 가라앉았지만 긴 환호 소리와 뒤이어 "옳소!" 하는 간헐적인 외침, 그리고 춤판이 시작되면서 터질 듯한 재즈 소리가 창문으로 흘러들었다.
"우리도 늙어 가고 있어." 데이지가 말했다. "젊다면 일어서서 춤을 출 텐데."
"빌록시를 기억해." 조던이 그녀에게 경고했다. "어디서 그 사람을 알게 된 거예요, 톰?"
"빌록시?" 그는 애를 쓰며 집중했다. "나는 그 사람을 몰라. 데이지의 친구야."
"아니야." 데이지가 부인했다. "난 그 사람을 본 적이 없어. 그 사람은 자가용을 타고 왔다고."

"어쨌든 그 사람이 당신을 안다고 했어. 루이빌에서 자랐다면서 말이야. 에이서버드가 마지막 순간에 그를 데리고 와서 자리가 있느냐고 물어 봤어."

조던이 미소를 지었다.

"아마 그 사람은 빈둥빈둥 고향으로 가는 길이었는지도 모르죠. 예일에서 톰과 같은 반 회장이었다고 하던데."

톰과 나는 멍하게 서로 쳐다보았다.

"빌록시가?"

"우선 회장이라는 것이 없었고…… ."

개츠비가 초조한 듯 발로 짧게 두드리는 소리를 내자 갑자기 톰이 그에게로 시선을 돌렸다.

"그런데 개츠비 씨, 옥스퍼드 출신이라고 하던데요."

"꼭 그런 것만은 아닙니다."

"옥스퍼드에 다녔던 것으로 알고 있습니다."

"그래요……, 거기 있긴 했죠."

잠시 침묵이 흘렀다. 이어 못 믿겠다는 듯 모욕적인 톰의 목소리가 더해졌다.

"빌록시가 뉴헤이븐에 갔을 무렵 거기 갔겠군."

다시 침묵이 흘렀다. 웨이터가 노크를 하고 으깬 민트와 얼음을 들고 들어왔다. 그가 "감사합니다" 하고 말하고 조용히 문을 닫고 나갈 때까지도 침묵은 깨지지 않았다. 이 엄청난 일의 자세한 내막이 마침내 분명하게 드러날 판이었다.

"거기에 머문 적이 있다고 말했습니다." 개츠비가 말했다.

"그 말은 들었지만 언제였는지 알고 싶다는 거요."

"1919년도였습니다. 다섯 달밖에 머무르지 않았습니다. 그래서 내가 옥스퍼드 출신이라고 말하기를 꺼리는 겁니다."

톰이 주위를 둘러보았다. 우리가 불신을 공유하고 있는지 살펴보기 위해서였다. 그러나 우리는 모두 개츠비를 보고 있었다.

"그것은 정전 후 일부 장교들에게 준 기회였습니다." 그가 계속했다. "우리는 영국이나 프랑스에 있는 어느 대학이든 갈 수 있었습니다."

나는 자리에서 일어나 개츠비의 등을 한번 쳐 주고 싶었다. 전에 경험했던 것 같은 그에 대한 완벽한 신뢰가 다시 솟아났다.

데이지가 희미하게 웃으면서 자리에서 일어나 테이블로 갔다.

"위스키 병을 따요, 톰." 그녀가 명령했다. "민트 줄렙을 만들어 줄 테니까. 그러면 스스로도 그렇게 멍청하게 느끼지는 않을 거예요……. 민트 좀 줘 봐요!"

"잠깐 기다려." 톰이 쏘아붙였다. "개츠비 씨에게 하나 더 물어볼 것이 있어."

"물어보시죠." 개츠비가 예의바르게 말했다.

"도대체 우리 집에 무슨 분란을 일으키려는 거요?"

모든 일이 마침내 다 겉으로 드러났고, 개츠비는 만족했다.

"그 사람이 분란을 일으키는 것이 아니에요." 데이지가 절박하게 두 사람을 번갈아 쳐다보았다. "당신이 소동을 일으키고 있잖아요. 좀 자제해요."

"자제라니!" 믿을 수 없다는 듯 톰이 따라했다. "뒤로 물러나 앉아서 출신도 모르는 남자와 아내가 사랑에 빠지도록 내버려 두는 일은 결코 없을 거야. 그럴 생각이라면 나는 빼 줘……. 요즘 사람들은 가정생활과 가족 제도를 비판하는 것으로 시작해서 그 다음에는 모든 것을 다 팽개쳐 버리고 흑인과 백인이 결혼을 하려 한다고."

자신의 열띤 횡설수설에 상기된 톰은 스스로 문명을 지키는 마지막 장벽 위에 홀로 서 있다고 느끼는 것 같았다.

"우리 모두 다 백인이에요." 조던이 중얼거렸다.

"내가 별로 인기가 없다는 건 알아. 큰 파티를 자주 여는 것도 아니고. 당신은 친구를 사귀기 위해서 자기 집을 돼지우리로 만들어야 되겠어? 이런 현대 사회에서?"

우리 모두 그랬던 것처럼 나도 화가 났지만 톰이 입을 열 때마다 나는 웃고 싶은 충동을 느꼈다. 난봉꾼에서 도덕군자로의 변화가 너무나 완벽했던 것이다.

"할 말이 있습니다, 친구……." 개츠비가 시작했다. 데이지는 바로 그 의도를 추측했다.

"제발 그러지 말아요!" 그녀가 어쩔 줄 몰라하며 끼어들었다. "우리 모두 집으로 돌아가요. 다들 집으로 가는 게 어때요?"

"좋은 생각이야." 내가 일어섰다. "자, 톰. 아무도 뭘 마실 생각이 없는 것 같아."

"개츠비 씨의 할 말이 무엇인지 알아야겠어."

"당신의 아내는 당신을 사랑하지 않습니다." 개츠비가 말했다.

"그녀는 당신을 사랑한 적이 없어요. 그녀는 나를 사랑합니다."
"당신 미쳤군!" 톰이 거의 반사적으로 소리쳤다.
개츠비가 벌떡 일어섰다. 흥분한 기색이 역력했다.
"데이지는 당신을 사랑한 적이 없습니다. 내 말 알겠습니까?" 그가 외쳤다. "데이지가 당신과 결혼한 것은 내가 가난했고 나를 기다리는 데 지쳤기 때문이었습니다. 그것은 끔찍한 실수였지만, 데이지는 나 이외에 누구도 진심으로 사랑한 적이 없습니다!"
이쯤에서 나는 조던과 집으로 가려고 했다. 그러나 톰과 개츠비는 서로 경쟁하듯 단호하게 우리가 남아 있기를 고집했다. 두 사람 다 더 이상 감출 것이 없으며, 자기들의 감정에 함께 참여하는 것이 특권이라도 된다고 생각하는 모양이었다.
"앉아, 데이지." 너그럽게 들리도록 애를 쓰며 톰이 말했다. "도대체 무슨 일이 벌어지고 있는 거야? 나는 모든 이야기를 들어야겠어."
"무슨 일이 일어나고 있는지는 내가 말했습니다." 개츠비가 말했다. "오 년 동안 계속되던 일인데, 당신이 몰랐던 것입니다."
톰이 날카롭게 몸을 돌려 데이지를 향했다.
"오 년 동안 이 친구를 만났단 말이야?"
"만났다는 말이 아닙니다." 개츠비가 말했다. "아뇨, 우리는 만날 수 없었습니다. 그러나 그 시간 동안 우리는 서로 사랑했습니다, 친구. 당신은 몰랐겠지만 때때로 나는 혼자 웃었습니다." 그러나 그의 눈에는 웃음이 없었다. "당신이 모른다는 생각에."
"그래, 그게 다요?" 톰은 목사처럼 굵은 손가락들을 마주치며 위자 뒤로 기대어 앉았다.

"당신은 미쳤어." 그가 폭발했다. "오 년 전에 무슨 일이 있었는지 나는 말할 수가 없지. 그때는 데이지를 몰랐으니까. 당신이야말로 뒷문으로 채소 배달했던 것이 아니면 무슨 수로 데이지 근처에나 가 봤겠어. 나머지는 모두 터무니없는 거짓말이야. 나와 결혼할 때 데이지는 나를 사랑했고 지금도 나를 사랑하고 있어."

"아니요." 고개를 저으며 개츠비가 말했다.

"그녀는 날 사랑해. 때때로 어리석은 생각을 하면서 자기가 무슨 짓을 하고 있는지 모른다는 것이 문제지." 톰은 현자처럼 고개를 끄덕였다. "더군다나 나 역시 데이지를 사랑한다고. 가끔 떠들고 마시며 바보짓도 하지만 나는 늘 다시 돌아왔어. 마음속으로는 변함없이 그녀를 사랑했어."

"당신은 역겨워." 데이지가 말했다. 그녀는 내게로 몸을 돌리며 한 옥타브 정도 낮은 목소리로 소름끼치는 경멸을 드러내며 말했다. "우리가 왜 시카고를 떠났는지 알아, 오빠? 사람들이 그 사소하게 떠들고 마셨다는 것이 뭔지 얘기를 안 해 줬다는 것이 놀라워."

개츠비가 걸어가 그녀 곁에 섰다.

"데이지, 이제 그런 것은 다 끝났어." 그가 열렬히 말했다. "그런 것은 더 이상 중요하지 않아. 저 사람에게 다만 진실을 말해 줘……. 사랑한 적이 없었다고. 그러면 모든 것이 다 깨끗하게 영원히 지워지는 거야."

데이지는 멍하니 개츠비를 바라보았다. "왜, 어떻게 내가 그를 사랑할 수 있었지?"

"당신은 그를 사랑한 적이 없었어."

데이지는 주저했다. 마침내 자기가 무슨 짓을 하고 있는지 깨달았다는 듯, 내내 아무런 일도 저지를 의사가 전혀 없었다는 듯 그녀의 눈길이 어떤 호소를 담고 조던과 나를 향했다. 그러나 이제는 일이 터져 버렸다. 너무 늦었던 것이다.

"나는 그를 사랑한 적이 없었어." 데이지는 눈에 띄게 마지못해서 말했다.

"카피올라니*에서도 사랑하지 않았어?" 톰이 갑자기 물었다.

"응."

아래층 연회장에서 뜨거운 공기의 파도를 타고 억누른 것같이 숨 막히는 음악 소리가 흘러들어 왔다.

"신발을 적시지 않으려고 펀치볼*에서 당신을 안고 내려왔던 그날도?" 그의 말투에는 허스키한 부드러움이 있었다……. "데이지?"

"제발 그러지 마." 데이지의 목소리는 차가웠지만, 증오는 사라지고 없었다. 그녀는 개츠비를 바라보았다. "저기요, 제이." 그녀가 말했다. 담뱃불을 붙이려는 그녀의 손이 떨리고 있었다. 갑자기 그녀는 담배와 불붙은 성냥을 카펫 위로 내던졌다.

"아, 당신은 너무나 많은 것을 원해요!" 데이지가 개츠비에게 소리쳤다. "나는 지금 당신을 사랑해요. 그러면 충분하지 않아요? 지나간 일은 어쩔 수 없어요." 그녀는 어쩔 줄 몰라 울기 시작했다. "나는 한때 톰을 사랑했어요. 그러나 당신도 사랑했어요."

개츠비가 눈을 크게 떴다 감았다.

"나도 사랑했다고?" 그가 반복했다.

"그것조차 거짓말이야." 톰이 잔인하게 말했다. "데이지는 당신이 살아 있는지도 몰랐어. 데이지와 나 사이에는 당신이 결코 알 수 없는 일이 있어. 우리 둘 중 어느 누구도 결코 잊을 수 없는 일이."

그 말이 실제로 개츠비의 몸을 파고드는 것 같았다.

"데이지와 따로 이야기하고 싶습니다." 그가 고집했다. "데이지는 지금 너무 흥분했어요."

"단 둘이 있어도 톰을 사랑한 적이 없다고는 말할 수 없어요." 데이지가 처량한 목소리로 인정했다. "그것은 사실이 아니니까."

"물론 사실이 아니지." 톰이 동의했다.

데이지가 남편에게로 몸을 돌렸다.

"그것이 당신에게 중요하기라도 한 것 같군요." 그녀가 말했다.

"물론 중요하지. 이제부터는 당신을 더 잘 돌보도록 노력할 거야."

"당신은 이해를 못 하는군요." 약간 당황한 기색으로 개츠비가 말했다. "당신은 이제 더 이상 데이지에게 신경 쓸 일이 없습니다."

"신경 쓸 일이 없다니?" 톰이 눈을 크게 뜨고 웃었다. 그는 이제 자신을 통제할 수 있었다. "왜 그런 거요?"

"데이지는 당신을 떠날 겁니다."

"말도 안 되는 소리."

"그럴 거예요." 데이지가 눈에 띄게 힘들어하며 말했다.

"데이지는 결코 나를 떠나지 않아!" 톰의 말이 갑자기 사납게 개츠비를 향했다. "손가락에 끼워 준 반지를 도둑질하려는 사기꾼 따위를 위해서는 절대 아니지."

"더 이상 참을 수가 없어요." 데이지가 외쳤다. "제발 우리 나가요."

"도대체 당신은 뭐 하는 사람이지?" 톰이 불쑥 말했다. "마이어 울프심 주변에서 어슬렁거리는 인간들 중 하나라는 정도는 나도 알아. 당신이 하는 일에 대해 조금 조사를 해 봤거든. 앞으로 더 조사할 것이고."

"그 문제는 마음대로 해요, 친구." 개츠비가 흔들림 없이 말했다.

"당신의 그 '잡화점'이 뭐 하는 곳인지 알아냈지." 톰은 우리를 향해 몸을 돌리더니 빠르게 말을 이었다. "저 친구와 울프심이라는 사람이 이곳과 시카고의 골목길에 있는 잡화점을 잔뜩 사들여서 처방전도 없이 에틸알코올을 팔았어. 그것이 저 친구의 여러 재주 중 하나야. 처음 보자마자 저 친구가 밀주업자라는 것을 알아봤지. 내가 그렇게 잘못 본 것은 아니었어."

"그래서 어떻다는 거요?" 개츠비가 예의 바르게 말했다. "월터 체이스라는 당신 친구가 그 일을 같이했다고 퍽 자랑스러워하겠군요."

"당신은 곤경에 빠진 그 친구를 도와주지도 않았지? 당신은 그가 한 달 동안 뉴저지에서 감옥살이하는 것을 방치했어. 이런! 월터가 당신을 두고 무슨 말을 하는지 들어 보면 좋을 텐데."

"우리를 찾아왔을 때 그는 완전히 무일푼이었습니다. 돈을 좀 벌게 돼서 아주 좋아했습니다, 친구."

"나를 '친구'라고 부르지 마!" 톰이 소리 질렀다. 개츠비는 아무 말도 하지 않았다. "월터는 당신들을 도박법으로 고소할 수도 있었지만, 울프심이 겁을 줘 입을 다물게 만든 거야."

익숙하지는 않지만 알아볼 수 있는 그 표정이 다시 개츠비의 얼굴에 어렸다.

"잡화점 사업은 그저 푼돈에 지나지 않아." 톰이 천천히 계속했다. "월터는 두려워하며 당신이 요새 벌이려 하는 짓을 나한테 말해 주지 않더라고."

나는 흘끗 데이지를 보았다. 그녀는 개츠비와 남편 사이에서 겁에 질려 조던을 쳐다보고 있었고, 조던은 보이지 않는 흥미로운 물체를 턱 끝 위에 올려놓고 균형을 잡고 있었다. 나는 다시 개츠비를 향해 몸을 돌렸다. 그리고 그의 표정을 보고 깜짝 놀랐다. 그의 정원에서 사람들이 떠들어 대던 그에 대한 중상을 완전히 무시하더라도, 그는 '사람을 죽인 적'이 있는 것처럼 보였다. 비록 순간이었지만 그의 얼굴은 그렇게 환상적인 방식 외에는 설명할 길이 없어 보였다.

그 표정이 사라지고 개츠비는 흥분해서 데이지에게 말하기 시작했다. 그는 모든 것을 부인했고, 실제 있지도 않았던 비난에 대해서도 자신을 방어했다. 그러나 그가 말을 하면 할수록 그녀는 점점 더 자신 속으로 깊이 들어갔다. 그래서 그는 설득을 포기했고, 오후 시간이 지나가는 동안 오직 죽은 꿈만이 더 이상 잡을 수 없는 것을 잡으려고 시도하며, 맞은편의 대답 없는 목소리를 향해 불행하지만 절망하지 않으며 기를 쓰고 싸움을 계속했다.

그 목소리는 집으로 다시 가자고 간청했다.

"제발, 톰! 더 이상 견딜 수 없어요."

두려움으로 가득 찬 그녀의 눈은 그녀에게 있었던 어떤 의도나 용기도 확실히 사라졌다고 말하고 있었다.

"데이지, 저 사람하고 둘이서 집으로 출발해." 톰이 말했다. "개츠비 씨의 차로."

데이지는 이제 불안한 마음으로 톰을 바라보았다. 톰은 경멸을 내비치면서도 관대하게 고집했다.

"그렇게 해. 당신을 괴롭히지는 않을 거야. 주제넘은 연애질이 이제 끝났다는 것을 깨달았을 테니까."

그들은 한마디 말도 없이 소리 나게 문을 닫으며 갑자기 나가 버렸고, 유령처럼 우연한 존재가 되어 우리의 연민조차 받을 수 없는 처지가 되었다.

잠시 후 톰이 일어서서 따지 않은 위스키 병을 수건에 싸기 시작했다.

"좀 마실래, 조던? ……닉?"

나는 대답하지 않았다.

"닉?" 그는 다시 물었다.

"왜?"

"한 잔 할래?"

"아니……. 오늘이 내 생일이라는 것이 막 생각났어."

나는 서른이 되었다. 내 앞에는 불길하고 위협적인 또 다른 십 년의 길이 펼쳐져 있었다.

우리가 톰과 함께 쿠페를 타고 롱아일랜드로 출발했을 때는 일곱 시였다. 그는 의기양양하게 웃으며 끊임없이 이야기했다. 그러나 그의 목소리는 인도에서 시끄럽게 들리는 낯선 외침소리나 머리 위 고가 철도의 소음만큼이나 조던이나 나에게 멀게만 들렸다. 인간의 공감에는 한계가 있는 법이다. 우리는 그들의 모든 비극적 말다툼이 떠나온 도시의 불빛과 더불어 희미해지도록 기꺼이 내버려 두었다. 서른, 그것은 이후 십 년은 외로울 것이고, 알고 지내는 독신자들의 수가 줄어들 것이며, 열정이 담긴 가방은 얄팍해지고, 머리카락도 빠질 것이라는 약속이었다. 그러나 내 곁에는 조던이 있었다. 그녀는 데이지처럼 나이를 먹으면서도 이미 잊힌 꿈을 계속 간직하기에는 너무 현명했다. 우리가 어둑어둑한 다리 위를 건널 때 그녀는 창백한 얼굴을 한가하게 내 코트 어깨 위에 기댔다. 그리고 그녀가 힘주어 내 손을 잡았을 때 서른이라는 나이가 주는 무시하기 힘든 충격은 사라졌다.

그래서 우리는 차를 타고 서늘한 황혼을 뚫고 죽음을 향해 달려갔다.

재의 계곡 옆에서 허름한 커피 가게를 운영하고 있는 미카엘리스라는 그리스 청년이 사건 심리 과정에서 가장 중요한 증인이었다. 그는 몹시 더웠던 그날 오후 내내 잠을 자다 다섯 시가 넘어 잠에서 깨 윌슨의 정비소로 어슬렁어슬렁 걸어갔는데, 조지 윌슨이 사무실 안에서 앓고 있는 것을 보았다. 자신의 흰 머리칼만큼이나 창백해진 윌슨은 온몸을 부들부들 떨며 심하게 앓고 있었다. 미카엘리스는 그에게 침대에서 좀 자라고 충고했지만, 윌슨은 그러면 일거리를 많이 놓치게 될 것이라며 말을 듣지 않았다. 미카엘리스가 그를 설득하려고 애쓰는 동안 위층에서 큰 소란이 일어났다.

"마누라를 저 위에 가둬 놨어." 윌슨이 조용히 설명했다. "내일 모레까지 저기 가둬 두었다가 떠날 거야."

미카엘리스는 깜짝 놀랐다. 그들은 사 년 동안 이웃으로 지냈지만, 윌슨은 조금도 그런 짓을 할 사람으로 보이지 않았기 때문이다. 그는 주변에서 흔히 보이는 삶에 지친 사람이었다. 그는 일이 없으면 문간 의자에 앉아 지나가는 사람과 자동차를 바라볼 뿐이었다. 누가 그에게 말이라도 붙일라 치면 늘 특별한 감흥 없이 보기 좋게 웃기만 했다. 그는 아내의 뜻에 순종하는 남자였으며, 결코 독립적인 인간이 아니었다.

미카엘리스는 당연히 무슨 일이 있었는지 알아보려고 했지만, 윌슨은 한마디도 하지 않았다. 오히려 그는 미카엘리스에게 궁금하고 미심쩍은 듯한 시선을 흘끔흘끔 던지며 어느 날 어느 때에 무슨 일을 하고 있었는지 묻기 시작했다. 그것을 좀 불편하게 느낀 미카엘리스는 마침 노동자 몇이 정비소 문을 지나 자기 식당으로 향하는 것을 기회로 자리에서 일어섰다. 나중에 다시 들를 작정이었지만 그는 그러지 않았다. 잊어버렸다는 것이다. 일곱 시가 조금 넘어 다시 밖으로 나왔을 때, 정비소 아래층에서 큰소리로 욕을 해 대는 윌슨 부인의 목소리가 들렸기 때문에 그는 윌슨과 나눈 대화를 떠올렸다.

"때려 봐요!" 그는 그녀가 외치는 소리를 들었다. "쓰러뜨리고 때리라고, 이 더러운 겁쟁이야!"

잠시 후 윌슨 부인은 손사래를 치고 소리를 지르며 어둠 속으로 뛰쳐나왔다. 그리고 미카엘리스가 가게 문 앞에서 채 발을 떼기도 전에 모든 일은 끝나 버렸다.

신문 기사에 따르면 '죽음의 차'는 질주를 멈추지 않았다. 그 차는 점점 짙어 가는 어둠 속에서 튀어나와 잠시 비극적으로 흔들렸다 다음번 커브를 돌아 사라져 버렸다. 미카엘리스는 그 차의 색깔조차 제대로 기억해 내지 못했다. 그는 처음 현장에 도착한 경찰관에게 그 차가 연녹색이라고 말했다. 뉴욕 쪽으로 가던 다른 차가 한 백 미터 정도 지나쳐 가다 섰다. 그 운전자는 머틀 윌슨이 길 가운데 무릎을 꿇고 있는 사고 현장으로 돌아왔다. 그녀는 이미 사고로 목숨이 끊어진 상태였고, 검붉은 피가 흙과 섞이고 있었다.

미카엘리스와 이 운전자가 머틀 윌슨에게로 가장 먼저 도착했다. 그들이 아직 땀으로 젖어 있는 그녀의 블라우스를 찢어 내자 왼쪽 가슴이 축 늘어져 흔들렸다. 그 아래 심장 소리는 들을 필요도 없었다. 그토록 오랫동안 간직했던 어마어마한 생명력을 한꺼번에 토해 내면서 약간 숨이 막혔던 것처럼 입은 크게 벌어져 양 끝이 찢어져 있었다.

우리가 사건 현장에서 아직 좀 떨어져 있을 때 서너 대의 자동차와 사람들이 몰려 있는 것이 보였다.

"사고로군!" 톰이 말했다. "잘됐네. 윌슨에게 마침내 일거리가 좀 생겼겠어."

그는 속도를 늦췄지만 차를 세우려던 것은 결코 아니었다. 그러나 더 가까이 다가가 정비소 문 앞에 모여 있는 사람들의 숨죽인 채 긴장한 얼굴들이 보이자 그는 반사적으로 브레이크를 밟았다.

"무슨 일인가 좀 보고 갈까." 혹시 무슨 일이라도 생겼나 싶어 그가 말했다. "잠깐만 들여다보자고."

정비소에서는 맥없이 울부짖는 소리가 끊임없이 흘러나왔다. 우리가 쿠페에서 내려 문간으로 다가가자 그 소리는 "오, 하느님!"이라는 말이 되어 헐떡이는 신음 속에서 계속 이어졌다.

"안 좋은 일이 생겼나 본데." 톰이 흥분해서 말했다.

그는 까치발로 서서 둥그렇게 원을 그리고 모여 있는 사람들 머리 위로 정비소 안을 들여다보았다. 정비소 안의 조명이라고는 철사 줄을 엮어 만든 흔들리는 바구니 같은 것 안의 노란 전등이 전부였다. 잠시 후 그는 목 안쪽에서부터 거친 소리를 내더니 억센 팔로 사람들을 거칠게 밀치며 안으로 들어갔다.

사람들이 투덜거리며 다시 원을 그리고 막아섰고, 나에게는 아직 아무것도 보이지 않았다. 그런데 새로 도착한 사람들 때문에 틈이 생겨 조던과 내가 갑자기 안쪽으로 떠밀렸다.

더운 날 밤, 오한으로 앓고 있기라도 한 것처럼 두 겹 담요로 싸여 있는 머틀 윌슨의 시체가 벽 옆의 작업대 위에 눕혀져 있었다. 톰은 아무런 움직임 없이 그 위로 몸을 구부리고 있었다. 그의 곁에는 모터사이클을 타고 온 경찰관이 땀을 뻘뻘 흘리며 수첩에 이름을 받아 적었다가 고치며 서 있었다. 나는 처음에 빈 정비소 안에서 시끄럽게 울리는 신음 섞인 말이 어디에서 나오는지 알 수가 없었다. 그런데 윌슨이 사무실 문지방 위에 서서 몸을 앞뒤로 흔들며 두 손으로 문설주를 잡고 있는 것이 보였다. 한 남자가 낮은 목소리로 말을 걸며 때때로 그의 어깨 위에 손을 얹으려고 했다. 그러나 윌슨은 듣지도 보지도 못했다. 그의 시선은 흔들리는 전등으로부터 천천히 시체가 놓여 있는 작업대로 내려오다 급히 다시 전등을 향했다. 그러면서 그는 쉬지 않고 끔찍한 목소리로 외쳐 대고 있었다.

"오, 하느님! 오, 하느님! 오, 하느님! 오, 하느님!"

톰이 갑자기 고개를 들고 흐릿한 눈으로 정비소 안을 둘러보더니 두서없이 중얼거리며 경찰관에게 말을 건넸다.

"엠, 에이, 브이……." 경찰관이 이름을 받아쓰고 있었다. "오……."

"아뇨, 알……." 남자가 수정을 했다. "엠, 에이, 브이, 알, 오……."

"내 말 좀 들어 봐요!" 톰이 사납게 말했다.

"알." 경찰관이 말했다. "오……."

"지……."

"지……." 톰이 갑자기 넓적한 손으로 어깨를 잡자 경찰관은 고개를 들었다. "왜 그러시죠?"

"어떻게 된 일입니까? 그걸 좀 알아야겠습니다."

"차에 치었어요. 즉사했습니다."

"즉사했다고요." 톰이 응시하며 반복했다.

"길 판복판으로 뛰어들었는데, 어느 못된 놈이 차를 세우지 않았어요."

"차가 두 대 있었습니다." 미카엘리스가 말했다. "하나는 오고 있었고, 하나는 가고 있었죠. 무슨 말인지 알죠?"

"어디로 향하고 있었소?" 경찰관이 날카롭게 물었다.

"각각 따로 가고 있었죠. 그런데 윌슨 부인이," 그는 손을 들어 담요 쪽을 가리키려다 도중에 멈추더니 그냥 손을 내렸다. "윌슨 부인이 밖으로 뛰쳐나갔는데 뉴욕에서 오던 차가 정통으로 들이받았어요. 시속 오륙십 킬로미터 정도 됐을 겁니다."

"이곳 지명이 뭡니까?" 경찰관이 물었다.

"지명이요? 그런 거 없습니다."

핏기 없는 얼굴에 옷을 잘 차려입은 흑인 한 사람이 가까이 다가왔다.

"노란색 차였어요." 그가 말했다. "큰 노란색 차였는데, 새 차였어요."

"사고를 봤어요?" 경찰관이 물었다.

"아뇨. 근데 그 차가 저를 지나쳐 달려갔습니다. 시속 육십 킬로미터 이상이었어요. 시속 팔십에서 백 킬로미터 정도 되었습니다."

"이리 와 봐요. 이름이 어떻게 되죠? 조심해요, 이 사람 이름을 좀 알아야겠어요."

사무실 문간에서 몸을 앞뒤로 흔들고 있던 윌슨이 이 대화를 들은 모양이었다. 헐떡거리는 그의 외침에 갑자기 새로운 단어가 등장했다.

"그 차가 어떤 차인지 나한테 말할 필요 없어! 어떤 차인지 이미 알고 있으니까!"

톰의 어깨 근육이 코트 안에서 긴장하는 것이 보였다. 그는 재빨리 윌슨에게 다가가 마주보고 서더니 두 팔의 윗부분을 꽉 잡았다.

"진정해요." 톰은 위로하기 위해 오히려 퉁명스럽게 말했다.

윌슨의 시선이 톰을 향했다. 그는 발끝으로 일어서려 했지만, 톰이 똑바로 잡아 주지 않았더라면 무릎을 꿇고 주저앉을 뻔했다.

"내 말 들어요." 윌슨의 몸을 약간 흔들며 톰이 말했다. "나는 뉴욕에서 지금 막 도착했어요. 우리가 그동안 얘기했던 그 쿠페를 가지고 오는 길입니다. 오늘 오후에 내가 몰았던 노란색 차는 내 차가 아네요. 내 말 듣고 있어요? 오후 내내 나는 그 차를 보지 못했어요."

그 흑인과 나만이 그의 말을 들을 수 있을 만큼 가까이 있었다. 그러나 경찰관은 그 어조에서 뭔가 수상한 점을 눈치채고 사나운 눈길로 살펴보았다.

"그게 무슨 소리요?" 그가 물었다.

"저는 이 사람 친굽니다." 톰이 윌슨의 몸을 굳게 잡은 채로 고개를 돌렸다. "사고를 저지른 차를 안다는군요……. 노란색 차였답니다."

어떤 희미한 충동으로 인해 경찰관은 톰을 수상하게 바라보았다.

"당신 차는 무슨 색입니까?"

"푸른색 쿠페입니다."

"우리는 뉴욕에서 바로 도착한 참입니다." 내가 말했다.

우리보다 조금 뒤에서 운전하며 따라오던 누군가가 이 말을 확인해 주었다. 그러자 경찰관은 돌아섰다.

"나에게 그 이름을 다시 알려 주려면 수정을……."

톰은 윌슨을 인형처럼 번쩍 들더니 사무실로 옮겨 의자에 앉히고 나서 돌아왔다.

"누구 이리 와서 저 사람과 함께 있어 줬으면 하는데요." 톰이 위압적으로 말을 뱉고, 가장 가까이 서 있던 두 사람이 서로 곁눈질하다 내키지 않은 듯 방 안으로 들어가는 것을 지켜보았다. 그리고 방문을 닫고 바닥에 내려섰다. 그의 시선은 의식적으로 작업대를 피하고 있었다. 내 곁을 지나가며 그가 "나가자"고 낮게 말했다.

톰의 위압적인 팔이 길을 열었고, 우리는 자의식을 느끼며 아직도 모여들고 있는 사람들 사이를 밀치며 나왔다. 반 시간 전쯤 터무니없는 희망으로 불렀던 의사가 왕진 가방을 들고 서둘러 우리 곁을 지나갔다.

톰은 천천히 차를 몰다가 길이 구부러지는 곳을 지나자 거세게 가속 페달을 밟았다. 쿠페는 밤길을 질주했다. 그리고 잠시 후 나는 숨죽인 울음소리를 들었다. 톰의 얼굴 위로 눈물이 흘러내리는 것이 보였다.

"빌어먹을 겁쟁이 녀석!" 그가 울먹이며 말했다. "차를 세우지도 않았다니."

나뭇가지들이 흔들려 우수수 소리를 내는 검은 나무들 사이로 갑자기 뷰캐넌의 집이 나타났다. 톰은 현관 옆에 차를 세우고 이층을 올려다보았다. 창문 두 개가 담쟁이덩굴 사이에서 환하게 빛나고 있었다.

"데이지는 집에 있군." 톰이 말했다. 우리가 차에서 내리자 그는 나를 흘끗 보더니 살짝 얼굴을 찡그렸다.

"닉, 웨스트에그에 내려 주어야 했는데 오늘 밤에는 어쩔 수가 없었어."

톰에게 어떤 변화가 일어났다. 그는 진지하고 단호하게 말했다. 달빛이 비치는 자갈을 밟으며 현관으로 걸어가면서 몇 마디 말로 상황을 정리했다.

"전화로 택시를 불러 줄게. 배가 고프면 기다리는 동안 조던하고 부엌으로 가서 뭘 좀 달라고 해." 그는 문을 열었다. "들어와."

"아니, 괜찮아. 택시를 불러 주면 고맙지. 밖에서 기다릴게."

조던이 내 팔을 잡았다.

"안 들어갈 거예요, 닉?"

"아니, 괜찮아요."

나는 속이 좀 안 좋아 혼자 있고 싶었다. 조던은 잠시 근처에서 어슬렁거렸다.

"이제 겨우 아홉 시 반이에요." 그녀가 말했다.

안으로 들어가면 지옥에라도 떨어질 것 같았다. 단 하루 동안에 나는 그들 모두를 충분히 경험했다. 갑자기 거기에는 조던도 포함되었다. 그녀는 나의 표정 속에서 무언가를 본 모양이었다. 갑자기 몸을 돌리더니 현관 계단을 뛰어올라 안으로 들어갔다. 나는 잠시 두 손으로 머리를 감싸고 앉아 있었다. 안에서 집사가 전화로 택시를 부르는 소리가 들렸다. 나는 정문에서 기다릴 작정으로 천천히 집 안 도로를 따라 걸어 나왔다.

이십 미터도 걸어가지 않았는데 누군가 내 이름을 부르는 소리가 들렸고, 개츠비가 관목 숲 사이에서 걸어 나왔다. 그때 나는 꽤나 섬뜩한 느낌이 들었던 것 같다. 달빛 아래 빛나는 개츠비의 핑크빛 양복 이외에는 아무런 생각도 할 수 없었기 때문이다.

"뭐 하고 있는 겁니까?" 내가 물었다.

"그저 여기 서 있는 겁니다, 친구."

왜 그런 생각을 했는지는 모르지만 그것은 좀 비열한 일인 것 같았다. 그는 곧 그 집을 털기라도 할 것 같았다. 개츠비의 뒤에 있는 관목 숲에서 '울프심의 사람들'과 같은 사악한 사람들의 얼굴이 보인다고 해도 별로 놀라지도 않았을 것이다.

"길에서 난 사고를 봤습니까?" 개츠비가 잠시 후 물었다.

"봤습니다."

개츠비가 망설였다.

"그 여자는 죽었나요?"

"그렇습니다." "그럴 거라 생각했습니다. 그럴 것이라고 데이지에게 말했습니다. 차라리 충격을 한꺼번에 받는 것이 더 낫죠. 데이지는 아주 잘 견뎌 냈습니다."

개츠비는 마치 데이지의 반응만이 유일하게 중요하다는 투로 말했다.

"나는 샛길로 왔습니다." 그가 계속했다. "차는 내 차고에 넣어 두었고요. 누가 보았을 것 같진 않지만 물론 확신할 수는 없습니다."

이때쯤 되어서는 그가 너무 못마땅해서 지금 잘못을 저지르고 있다고 말할 필요조차 느끼지 못했다.

"그 여자는 누굽니까?" 개츠비가 물었다.

"그 여자의 이름은 윌슨입니다. 남편이 정비소 주인이고요. 도대체 어떻게 해서 생긴 일입니까?"

"내가 운전대를 돌리려고 했는데……." 그가 불쑥 말했다. 갑자기 진상을 알 수 있었다.

"데이지가 운전했나요?"

"예." 잠시 후 개츠비가 말했다. "그러나 물론 내가 했다고 말할 겁니다. 알다시피 데이지는 뉴욕을 떠날 때 아주 불안한 상태였고, 운전을 하면 좀 진정이 될 거라고 생각했던 겁니다. 우리가 반대편에서 오던 차를 막 지나치려는 순간에 그 여자가 우리에게로 뛰어들었습니다. 모든 일이 순식간에 일어났는데, 그 여자가 우리에게 말을 걸고 싶어 하는 것 같았습니다. 우리를 아는 사람이 아닌가 하는 생각이 들었습니다. 처음에는 데이지가 그 여자를 피해 반대편 차 쪽으로 차를 돌렸는데, 냉정을 잃고 다시 그녀 쪽으로 차를 돌린 겁니다. 내 손이 운전대에 닿았을 때 충격을 느꼈습니다. 아마 그 여자는 즉사했을 것입니다."

"몸이 완전히……."

"그만해요, 친구." 개츠비가 움찔했다. "어쨌든…… 데이지가 그 여자를 들이받았습니다. 내가 차를 세우려고 했지만 데이지는 그렇게 할 수가 없었죠. 그래서 내가 비상 브레이크를 당겼습니다. 데이지가 내 무릎 위로 쓰러져서 내가 운전을 계속했습니다."

"데이지는 내일이면 괜찮을 겁니다." 개츠비가 곧 말을 이었다. "나는 단지 여기서 기다리며 오늘 오후에 있었던 불쾌한 일 때문에 그 친구가 혹시 그녀를 귀찮게 하는지 지켜보려는 겁니다. 데이지는 지금 방문을 잠그고 자기 방에 있는데 그 남편이라는 작자가 혹시라도 험한 짓을 하려고 하면 불을 껐다 켰다 할 겁니다."

"톰이 데이지를 건드리는 일은 없을 겁니다." 내가 말했다. "데이지에 대해선 생각도 하고 있지 않아요."

"나는 그 친구를 믿지 않습니다, 친구."

"얼마나 기다릴 작정입니까?"

"필요하다면 밤새도록 기다릴 겁니다. 어쨌든 그들이 모두 잠자리에 들 때까지는 있겠죠."

어떤 새로운 생각이 나의 머릿속에 떠올랐다. 데이지가 운전하고 있었다는 것을 톰이 안다면, 거기에 어떤 연관 관계가 있다고 생각할지도 모를 일이다. 어쨌든 무슨 생각이든 할 것이다. 나는 데이지의 집을 바라보았다. 아래층에 불 켜진 창문이 두세 개 보였고, 이 층의 데이지 방에는 핑크색 불빛이 켜져 있었다.

"여기서 기다려요." 내가 말했다. "혹시 무슨 소란이라도 있나 보고 오겠습니다."

나는 잔디밭 경계를 따라 다시 걸어 돌아가 살금살금 자갈이 깔린 마당을 가로질러 발끝으로 베란다 계단을 올라갔다. 응접실 커튼은 열려 있었고, 안에는 아무도 없었다. 석 달 전 6월의 어느 날 저녁에 함께 식사했던 베란다를 지나 불빛이 보이는 조그만 직사각형 창문에 이르렀다. 식료품 저장실 창문인 것 같았다. 블라인드가 내려져 있었지만 창턱에 조그만 틈이 있었다.

데이지와 톰은 부엌 식탁에 차가운 닭튀김과 맥주 두 병을 사이에 두고 앉아 있었다. 그는 식탁 맞은편에 있는 그녀에게 뭐라고 열심히 이야기하고 있었는데, 진지함을 증명이라도 하듯 그의 손이 그녀의 손을 감싸고 있었다. 가끔 그녀는 그를 쳐다보며 동의의 뜻으로 고개를 끄덕였다.

그들은 행복하지 않았다. 둘 중 어느 누구도 닭이나 맥주를 건드리지 않았다. 그러나 그들은 불행한 것도 아니었다. 그 광경에는 의심할 수 없는 친숙한 분위기가 감돌고 있었으며, 그 장면을 목격한 사람이라면 누구라도 당연히 그들이 함께 음모를 꾸미고 있다고 말했을 것이다.

베란다에서 살금살금 걸어 내려오는데 택시가 어두운 길을 따라 집으로 다가오는 소리가 들렸다. 개츠비는 나와 헤어진 곳에서 기다리고 있었다.

"안은 조용합니까?" 그가 초조하게 물었다.

"예, 조용합니다." 나는 망설였다. "집에 가서 좀 자는 편이 좋겠습니다."

개츠비는 고개를 저었다.

"데이지가 자러 들어갈 때까지 여기서 기다리겠습니다. 잘 가요, 친구."

그는 코트 주머니에 손을 넣고 서둘러 돌아서서 다시 집을 살피기 시작했다. 내가 거기 있는 것이 신성한 불침번을 방해라도 한다고 여기는 모양이었다. 그래서 나는 그를 달빛 속에 세워 두고 돌아왔다. 사실 그가 살필 것은 아무것도 없었지만.

제8장

나는 밤새 잠을 이룰 수 없었다. 해협에서는 안개 경보음이 쉬지 않고 신음 소리를 냈고, 나는 반쯤 앓는 상태에서 괴기스런 현실과 야만적이고도 무시무시한 꿈 사이를 뒤척였다. 새벽 무렵 택시 한 대가 개츠비의 저택 안 도로를 따라 올라가는 소리가 들렸다. 나는 즉시 침대에서 일어나 옷을 입기 시작했다. 나는 그에게 무엇인가 말해 줘야 한다고, 경고를 해 줘야 한다고 느꼈다. 아침이 되면 이미 너무 늦을 것 같았다.

개츠비의 잔디밭을 걸어가며 보니 아직 저택 문이 열려 있었고, 그는 낙담에 빠졌는지 잠에 취했는지 홀 안 테이블에 몸을 기대고 앉아 있었다.

"아무 일도 없었습니다." 그가 힘없이 말했다. "줄곧 기다렸는데, 네 시쯤 돼서 데이지가 창가로 와 잠시 서 있더니 불을 껐습니다."

우리는 담배를 찾아 큰 방들을 뒤졌는데 그때처럼 개츠비의 저택이 거대하게 보였던 적은 없었다. 우리는 대형 천막 같은 커튼을 젖히기도 했고, 전기 스위치를 찾아 한없이 긴 벽을 어둠 속에서 더듬기도 했다. 한번은 흐릿하게 보이는 피아노 건반 위로 철퍼덕 넘어지기도 했다. 어디에나 설명할 수 없을 만큼 많은 먼지가 쌓여 있었고, 며칠 동안 환기를 안 했는지 방에서는 곰팡내가 났다. 나는 낯설어 보이는 테이블 위에서 담배 상자를 발견했다. 그 안에는 오래되어 바짝 말라 버린 담배가 두 개비 들어 있었다. 우리는 응접실의 넓은 창을 열어젖히고 앉아서 어둠 속으로 담배 연기를 뿜어 댔다.

"어디로 피신하는 것이 좋을 것 같은데요." 내가 말했다. "당연히 차를 추적해서 찾아낼 겁니다."

"당장 떠나란 말입니까, 친구?"

"애틀랜틱 시로 일주일 정도 가 있거나 몬트리올로 가 있으면 어떨까요?"

개츠비는 몸을 피하는 것을 고려하지 않았다. 데이지가 어떻게 할지 알 때까지는 차마 그녀를 떠날 수 없었다. 그는 마지막 희망을 붙들고 있었고, 나는 차마 그 희망을 저버리게 할 수가 없었다.

개츠비가 나에게 댄 코디와 보냈던 젊은 시절의 특이한 이야기를 들려 준 것이 이날 밤이었다. '제이 개츠비'가 톰의 억척스런 앙심에 유리처럼 부서졌고, 그 길고도 비밀스러웠던 화려한 쇼가 끝나 가고 있었기 때문에 나에게 털어놓았던 것이다. 그때 그는 주저하지 않고 무엇이든 다 확인해 주었겠지만, 무엇보다도 데이지에 대해 이야기하고 싶어 했다.

데이지는 그가 알았던 최초의 '멋진' 여자였다. 여러 가지 드러나지 않은 자격으로 그는 그런 사람들과 접하게 되었지만, 사이에는 언제나 잘 보이지 않는 가시 철망이 있었다. 그에게 데이지는 흥분을 불러일으킬 정도로 소망스런 존재였다. 그는 처음에는 캠프 테일러의 다른 장교들과 함께였지만 나중에는 홀로 데이지의 집을 방문했다. 그는 데이지의 집을 보고 깜짝 놀랐다. 그토록 아름다운 집에 들어가 본 적이 없었던 것이다. 그러나 그 집이 그토록 숨 막히는 긴장감을 불러일으킨 것은 데이지가 거기 살기 때문이었다. 자신에게 부대 막사가 그랬던 것처럼 데이지는 그 집을 아무렇지도 않게 생각했지만, 그 집에는 무르익은 신비가 존재했다. 다른 침실보다 더 아름답고 멋진 침실이 이 층에 있을 것 같고, 복도에서는 즐겁고 찬란한 일이 일어나고 있는 것 같고, 라벤더 속에 깊숙이 넣어 둔 곰팡내가 아닌 신선하게 살아 숨 쉬고 반짝반짝하는 새 차의 냄새가 나는 로맨스가 벌어질 것도 같고, 아름다움이 시들지 않는 꽃 같은 아가씨들이 춤추는 댄스파티가 열릴 것 같기도 했다. 많은 남자들이 이미 데이지를 사랑하고 있다는 점도 그를 자극했다. 그래서 그의 눈에 데이지는 더욱 값진 존재였다. 그는 집 안 곳곳에서 그들의 존재를 느꼈으며, 설레는 감정의 음영과 반향이 아직도 집 안 공기 중에 감돌고 있는 것 같았다.

개츠비는 데이지의 집을 방문하게 된 것이 엄청난 우연 때문이라는 사실을 알고 있었다. 제이 개츠비로서의 그의 미래가 아무리 영광스러울지 몰라도 현재 그는 이력도 없는 무일푼의 젊은이에 지나지 않았으며, 언제 제복이라는 보이지 않는 망토가 그의 어깨에서 미끄러져 내릴지 모를 일이었다. 그래서 그는 최대한 자신의 시간을 활용했다. 그는 탐욕스럽게 양심의 가책도 없이 취할 수 있는 모든 것을 취했다. 그리고 결국 어느 고요한 10월의 밤에 데이지를 취했다. 그녀의 손을 잡을 진정한 권리가 없었기 때문에 그렇게 한 것이었다.

거짓으로 자신을 꾸며 그녀를 취했기 때문에 개츠비는 자신을 경멸할 수도 있었다. 그가 수백만 달러가 있다는 식으로 거짓말을 했다는 의미는 아니다. 그러나 그는 의도적으로 데이지가 안정감을 느끼게끔 만들었다. 그는 자신이 비슷한 사회 계층 출신이며 데이지를 충분히 돌볼 능력을 갖추고 있다고 데이지가 믿도록 했다. 물론 현실적으로는 그렇게 해 줄 능력도 재산도 없었다. 뒤를 받쳐 줄 부유한 가족이 있는 것도 아니었고, 개인 사정을 고려하지 않는 정부의 임의적 결정에 따라 세상 어디로든 떠나야 하는 상황이었다.

그러나 개츠비는 자신을 경멸하지도 않았고, 그가 상상했던 것처럼 일이 진행되지도 않았다. 그는 아마도 취할 수 있는 만큼 취한 뒤 떠날 작정이었겠지만, 이제 그는 성배를 찾는 일에 자신을 바치게 되었다. 그는 데이지가 평범하지 않다는 것을 알고 있었지만, '멋진' 여자가 얼마나 특별할 수 있는지는 몰랐다. 데이지는 자신의 부유한 집 안으로, 부유하고 충만한 자신의 삶 속으로 사라져 버렸고, 개츠비에게 남은 것은 아무것도 없었다. 그는 데이지와 결혼했다고 느꼈지만, 그것이 전부였다.

이틀 후 그들이 다시 만났을 때 숨 가빠했던 사람은, 말하자면 배신을 당했다고 볼 수 있는 사람은 개츠비였다. 데이지 집 베란다는 별처럼 빛나는 사치스런 물건들로 번쩍거렸다. 데이지가 개츠비를 향해 몸을 돌려 그가 그녀의 신기하고도 사랑스런 입에 키스할 때 고리버들을 엮어 만든 긴 의자에서 나는 삐걱거리는 소리조차 멋이 있었다. 감기에 걸렸기 때문에 더욱 허스키해진 데이지의 목소리는 그 어느 때보다도 매혹적이었다. 개츠비는 부(富)가 감추고 보존하고 있는 젊음과 신비, 신선한 냄새가 나는 많은 옷들, 가난한 자들의 열띤 투쟁 위에서 안전하고 자부심에 차 은처럼 빛나는 데이지를 압도적으로 의식하고 있었다.

"데이지를 사랑한다는 것을 알았을 때 내가 얼마나 놀랐는지 설명할 길이 없네요, 친구. 나는 심지어 데이지가 나를 차 버렸으면 하고 잠시나마 바라기까지 했습니다. 그러나 데이지는 그러지 않았죠. 역시 나를 사랑했으니까. 데이지는 내가 많은 것을 알고 있다고 생각했습니다. 내가 그녀와는 다른 것들을 알고 있었기 때문이죠……. 말하자면 나는 그런 상태에 있었던 겁니다. 나의 야심에서 멀어진 채로, 매 순간 더욱 사랑에 빠지면서. 그러다 갑자기 더 이상 신경을 쓰지 않기로 했습니다. 데이지에게 내가 앞으로 할 일을 이야기해 주면서 더 좋은 시간을 보낼 수 있다면 위대한 일을 하는 것이 무슨 소용이 있겠습니까?"

외국으로 떠나기 전 마지막 날 오후에 개츠비는 데이지를 안고 오랫동안 말없이 앉아 있었다. 그날은 서늘한 가을날이었다. 방 안에는 난로가 켜져 있었고, 그녀의 뺨은 붉게 상기되어 있었다. 가끔 그녀는 몸을 뒤척였고 그때마다 그는 팔의 위치를 조금씩 바꾸어 주었다. 그리고 한 번 그녀의 빛나는 검은 머리칼에 입을 맞추었다. 그날 오후에 그들은 잠시 평온한 상태에 있었다. 그것은 마치 다음 날 있을 긴 이별을 위해 깊은 추억을 더하기 위한 것 같았다. 서로 사랑에 빠져 있던 한 달 동안 그녀가 말없이 그의 코트 어깨에 입술을 부비거나 그녀가 잠들어 있기라도 한 것처럼 그가 그녀의 손가락 끝을 부드럽게 건드리던 그때보다 그들이 서로 더 가깝게 느끼고, 더 깊게 소통했던 적은 없었다.

전쟁에서 개츠비는 대단한 활약을 펼쳤다. 전선으로 떠나기 전 그는 대위였다. 아르곤 전투가 끝나자 그는 소령으로 진급했고, 사단 기관총 부대를 지휘하게 되었다. 휴전 이후 그는 필사적으로 고국에 돌아가기 위해 노력했지만, 일이 꼬였는지 오해가 있었는지 옥스퍼드로 향하게 되었다. 그는 이제 걱정이 되었다. 데이지의 편지에는 절망 어린 초조함이 보였다. 왜 그가 올 수 없는지 그녀는 이해할 수 없었다. 그녀는 외부 세계의 압력을 느끼고 있었고, 그를 보고, 그녀 옆에 그의 존재를 느끼고, 결국 그녀가 올바른 일을 하고 있다는 확신을 얻고 싶어 했다.

데이지는 어렸고, 그녀의 인위적인 세계에서는 난초와 즐겁고 유쾌한 속물근성과 새로운 곡조로 삶의 슬픔과 암시를 요약하며 한 해의 리듬을 결정하는 오케스트라의 냄새가 났기 때문이다. 밤새 색소폰은 「빌 스트릿 블루스」*의 절망적인 넋두리를 절묘하게 연주했고, 수백 켤레의 금빛, 은빛 무도화가 바닥에 미끄러지며 반짝거리는 먼지를 날렸다. 차를 마실 무렵 어스레한 시간에는 으레 낮고 달콤한 열정으로 끊임없이 고동치는 방이 있었고, 슬픈 호른 소리에 날리는 장미 꽃잎처럼 새로운 얼굴들이 플로어 이곳 저곳으로 떠돌아 다녔다.

이 여명의 우주 안에서 데이지는 다시 사교계의 시즌에 따라 움직이기 시작했다. 그녀는 또다시 대여섯 명의 남자와 하루에 대여섯 번 데이트를 했고, 구슬과 레이스가 달린 이브닝드레스를 침대 옆에서 죽어 가는 난초들 사이로 마구 벗어 던져 놓고 새벽녘에 졸다 잠이 들었다. 그러는 내내 그녀 안의 무엇인가가 결정을 요구하며 소리치고 있었다. 그녀는 이제 자신의 삶이 구체적인 모습을 갖추길 원했으며, 그것도 당장 그렇게 되기를 원했다. 그리고 그 결정은 가까이 있어 손쉽게 이용할 수 있는 사랑이나 돈 같은 의심의 여지없이 실용적인 힘에 의해 이루어져야 했다.

봄이 한창일 때 톰 뷰캐넌이 도착함으로써 그 힘이 구체적 형상을 띠게 되었다. 톰 뷰캐넌이라는 사람과 그의 위치에는 건강한 부피감이 있었고, 데이지는 우쭐한 기분이 들었다. 틀림없이 어느 정도의 갈등과 안도감이 교차했을 것이다. 데이지로부터 편지를 받은 것은 개츠비가 아직 옥스퍼드에 있을 때였다.

이제 롱아일랜드는 새벽이었다. 우리는 돌아다니며 아래층에 있는 나머지 창문들을 열어젖혔다. 잿빛과 금빛으로 변해 가는 햇빛이 저택 안으로 밀려들어 왔다. 이슬 맺힌 잔디밭 위로 갑자기 나무 그림자가 어렸고, 푸른 나뭇잎 사이에서 보이지 않는 새들이 노래하기 시작했다. 바람은 거의 없었지만 대기 중에는 느릿느릿하고 상쾌한 움직임이 있어 선선하고 화창한 날을 약속하고 있었다.

"데이지가 그를 사랑했던 적이 있을 리가 없습니다." 개츠비가 창가에서 몸을 돌리며 도전하듯 나를 쳐다보았다. "알다시피 어제 오후 데이지는 몹시 흥분했습니다. 그 남편이라는 친구는 데이지에게 무서운 마음이 들도록 그런 일을 얘기했던 겁니다. 내가 무슨 싸구려 사기꾼처럼 보이게 만든 거죠. 결과적으로 데이지는 도대체 자기가 무슨 말을 하는지도 몰랐던 겁니다."

개츠비는 우울한 모습으로 의자에 앉았다.

"물론 그들이 처음 결혼했을 때 데이지가 잠깐 동안이나마 그를 사랑했을 수도 있습니다. 그러나 그때조차도 나를 더 사랑했습니다, 알겠습니까?"

그가 갑자기 이상한 말을 했다.

"어쨌든," 그가 말했다. "그것은 단지 개인적인 문제였습니다."

데이지와 관련된 일에 대한 그의 생각에는 헤아릴 수 없는 어떤 종류의 열렬함이 있다고 의심하는 것 이외에 그의 말을 어떻게 이해할 수 있겠는가?

개츠비가 프랑스에서 돌아왔을 때 톰과 데이지는 아직 신혼여행을 하고 있었다. 그는 군대에서 받은 마지막 돈을 갖고 비참하지만 어쩔 수 없이 루이빌로 여행을 했다. 그는 그곳에서 일주일 동안 머물렀다. 11월의 어느 날 밤에 발자국 소리를 울리며 데이지와 함께 걸었던 거리를 거닐기도 하고, 데이지의 흰색 차를 타고 함께 갔던 외딴 곳을 다시 찾았다. 데이지의 집이 언제나 다른 집들보다 더 신비하고 밝게 보였던 것처럼, 비록 데이지는 떠나고 없어도 그 도시 자체에 대한 그의 관념에는 우울한 아름다움이 배어 있었다.

더 열심히 찾았더라면 데이지를 찾을 수도 있었을 것이라고, 그래서 자기가 데이지를 남겨 두고 떠난다는 느낌으로 개츠비는 루이빌을 떠났다. 기차의 일반 객실 안은 몹시 더웠고, 그에게는 이제 한 푼도 남아 있지 않았다. 그는 객차 사이의 연결 칸으로 가서 접이식 의자 위에 앉았다. 기차역이 서서히 미끄러져 지나가고 낯선 건물들의 뒷면이 그를 지나쳐 갔다. 그리고 기차는 봄날의 벌판으로 들어섰고, 노란색 전차가 잠시 기차와 경주를 벌였다. 그 전차 안에는 우연히 거리에서 데이지의 얼굴이 부리는 창백한 마술을 보았던 사람이 타고 있을지도 모를 일이었다.

철로가 휘어지면서 이제 기차는 태양을 등지고 달렸다. 태양은 점점 더 낮게 가라앉으며 데이지가 숨 쉬었던 도시, 멀어져 가는 도시 위로 축복을 내리는 것처럼 넓게 퍼졌다. 데이지로 인해 그토록 사랑스러웠던 도시의 한 조각이라도 간직하고 싶은 마음에 공기 한 줌이라도 잡으려는 듯 그는 필사적으로 손을 뻗었다. 그러나 눈물로 흐려진 그의 눈에는 모든 것이 너무 빠르게 지나가고 있었고, 그는 자신의 삶에서 가장 새롭고 좋았던 그곳이 영원히 사라지고 말았다는 것을 깨달았다.

우리가 아침 식사를 끝내고 현관으로 나섰을 때는 아홉 시였다. 밤새 날씨가 급격하게 변해 이제 대기 중에는 가을의 기운이 느껴졌다. 과거 개츠비의 하인들 중 마지막으로 남아 있는 정원사가 계단 밑으로 다가왔다.

"개츠비 씨, 오늘 수영장의 물을 빼려고 합니다. 곧 낙엽이 지기 시작할 것 같은데 그러면 배수관에 늘 문제가 생겨서요."

"오늘은 하지 말아요." 개츠비가 대답하고는 해명하듯 내 쪽으로 몸을 돌렸다. "내가 여름 내내 저 수영장을 사용한 적이 없어서 그럽니다, 친구."

나는 시계를 보고 자리에서 일어섰다.

"기차 시간까지 십이 분밖에 없네요."

나는 뉴욕으로 가고 싶지 않았다. 제대로 된 일을 할 자격이 없다는 기분이 들었지만, 그것보다도 개츠비를 떠나고 싶지 않았다. 나는 처음 기차를 놓치고 또 한 대를 그냥 보내고 나서야 개츠비의 집을 나섰다.

"전화할게요." 내가 마침내 말했다.

"그래요, 친구."

"열두시쯤 전화하겠습니다."

우리는 천천히 계단을 내려왔다.

"데이지도 전화를 하겠지요?" 그는 확인해 주기를 바라는 마음으로 초조하게 나를 쳐다보았다.

"그럴 겁니다."

"그럼, 안녕히 가세요."

나는 악수를 나누고 출발했다. 그러나 울타리에 이르기 직전 어떤 생각이 떠올라 뒤돌아섰다.

"그들은 썩은 인간들입니다." 나는 잔디밭을 가로질러 소리 질렀다. "그 인간들을 다 합쳐 놔도 개츠비 씨가 더 가치 있는 사람입니다."

그때 그 말을 했던 것이 늘 기뻤다. 그것은 내가 개츠비에게 건넨 유일한 칭찬이었다. 나는 처음부터 끝까지 그를 인정하지 않았다. 처음에 그는 그저 예의 바르게 고개를 끄덕였다. 그러나 이어 그의 얼굴에는 마치 그 사실에 대해 우리가 늘 기쁨에 겨운 한패였다는 듯이, 찬란하고 모든 것을 이해하는 것 같은 그 환한 미소가 번졌다. 그의 화려한 핑크빛 양복이 흰 계단을 배경으로 아름답게 빛났다. 석 달 전 처음으로 그의 고풍스런 저택을 찾았던 날 밤이 생각났다. 잔디밭과 집 안 도로는 그가 부패한 인간일 거라 추측해 대던 사람들의 얼굴로 붐비고 있었다. 그는 부패할 수 없는 자신의 꿈을 감춘 채 그들에게 작별 인사를 하며 저 계단 위에 서 있었다.

나는 그의 환대에 감사했다. 나도 다른 사람들도 모두 늘 그의 환대에 감사했다.

"잘 있어요." 내가 외쳤다. "아침 식사 즐거웠습니다, 개츠비 씨."

뉴욕으로 올라와서 나는 잠시 한없이 많은 주식들의 시가를 명부에 올리는 일을 하다 회전의자에서 잠이 들었다. 정오 직전 전화벨 소리에 눈을 떴다. 나는 너무나 놀라 이마에 식은땀을 흘리며 자리에서 일어섰다. 전화를 건 사람은 조던 베이커였다. 그녀는 종종 이 시간에 전화를 걸었다. 그녀가 호텔에서 클럽으로 또 개인 집으로 불확실하게 옮겨 다녀서 달리 방도가 없었기 때문이다. 푸른 골프장에서 골프채에 뜯긴 잔디 조각이 사무실 창문으로 날아들어 오는 것처럼 보통 그녀의 목소리는 신선하고 듣기 좋게 전화선을 따라 전해졌다. 하지만 그날 아침에는 그 목소리가 거칠고 메마르게 들렸다.

"데이지의 집에서 나왔어요." 그녀가 말했다. "지금 햄스테드* 에 있는데, 오후에 사우샘프턴*으로 내려갈 예정이에요."

아마 데이지의 집을 떠나는 것이 요령 있는 처신이었을 것이다. 그러나 나는 그녀의 그런 행동에 화가 났고, 그녀의 다음 말에는 몸이 딱딱하게 굳는 것 같았다.

"지난밤에는 저에게 별로 잘해 주지 않았어요."

"어제 같은 상황에서 그것이 중요한 일이었을까요?"

잠시 침묵이 흘렀다.

"어쨌든…… 보고 싶어요."

"나도 보고 싶습니다."

"제가 사우샘프턴으로 가지 않고 오후에 뉴욕으로 가면 어때요?"

"아니, 오늘 오후에는 안 돼요."

"알았어요."

"오늘 오후에는 불가능해요. 여러 가지……."

우리는 이런 식으로 잠시 이야기했다. 그리고 갑자기 대화가 끊겼다. 누가 먼저 딸깍 소리를 내며 전화를 끊었는지 모르겠다. 그러나 아무래도 상관없었다. 다시는 이 세상에서 그녀와 이야기를 나눌 수 없게 된다 하더라도 그날은 탁자를 사이에 두고 차를 마시며 그녀와 앉아 있을 수는 없었다.

몇 분 후 개츠비의 집으로 전화를 걸었지만 통화 중이었다. 나는 세 번 더 전화를 걸었는데, 마침내 화가 난 전화 교환수가 개츠비의 전화선이 디트로이트에서 오는 장거리 전화를 기다리며 열려 있다고 알려 주었다. 나는 기차 시간표를 꺼내 세 시 오십 분 기차에 동그라미를 쳤다. 그리고 의자 깊숙이 몸을 기대며 생각을 해 보려고 시도했다. 그때가 막 정오였다.

그날 아침 기차를 타고 재의 계곡 근처를 지날 때 나는 의도적으로 반대편에 앉았다. 호기심에 찬 사람들이 하루 종일 그 근처에 모여 있을 것이고, 어린아이들은 흙 속에서 검은 핏자국을 찾고, 말 많은 남자는 무슨 일이 일어났는지 계속 지껄이다가 자기 이야기가 자신에게조차 별로 현실적이지 않게 들려 결국 입을 다물 것이고, 머틀 윌슨의 비극적 종말은 잊힐 것이라고 생각했다. 나는 이제 약간 뒤로 돌아가서 전날 밤 우리가 정비소를 떠나고 나서 무슨 일이 있었는지 이야기하고자 한다.

사람들은 동생인 캐서린을 찾는 데 애를 먹었다. 그날 밤 그녀는 술을 마시지 않는다는 자신의 규칙을 어겼던 모양이다. 그녀는 술에 취해 멍한 상태로 도착해서 구급차가 이미 플러싱*으로 떠났다는 말조차 알아듣지 못했다. 사람들로부터 그 사실을 전해 듣자 그것이 사건의 가장 참을 수 없는 부분이었는지 바로 기절해 버렸다. 친절 때문이었는지 호기심 때문이었는지 누가 그녀를 자기 차에 태워 언니의 시신을 옮긴 곳으로 데려다 주었다.

자정이 한참 지날 때까지 사람들이 바뀌며 계속 정비소 앞으로 모여들었다. 그동안 조지 윌슨은 사무실 안에서 몸을 앞뒤로 흔들며 의자에 앉아 있었다. 한동안 문이 열려 있었기 때문에 정비소를 찾은 사람은 다 그 안을 흘끗흘끗 들여다보았다. 마침내 누군가가 창피한 일이라며 사무실 문을 닫았다. 미카엘리스와 몇몇 다른 남자들이 윌슨과 함께 있었는데, 처음에는 너댓 명이던 것이 나중에는 두세 명으로 줄었다. 더 나중에는 미카엘리스가 마지막 낯선 방문객에게 십오 분만 더 있어 달라고 부탁하고 자기 집으로 가서 커피를 좀 끓여 왔다. 그 후 그는 윌슨과 단 둘이서 새벽을 지냈다.

세 시쯤 되었을 때 두서없는 윌슨의 중얼거림이 조금 바뀌었다. 말수가 잦아들더니 노란색 차에 대해 말하기 시작했다. 그는 그 노란색 차가 누구 것인지 아는 방법이 다 있다면서 불쑥 두세 달 전에 아내가 얼굴에 상처를 입고 코가 부은 채로 뉴욕에서 돌아왔다고 투덜거렸다.

그러다 자신이 하는 말에 스스로 움찔하더니 다시 신음하는 목소리로 "오, 하느님!" 하고 외치기 시작했다. 미카엘리스는 서투른 대로 그의 기분을 돌리기 위해 애를 썼다.

"결혼한 지 얼마나 됐어요, 아저씨? 저기요, 잠시 조용히 앉아 대답을 좀 해 보세요. 결혼한 지 얼마나 됐어요?"

"십이 년 됐어."

"애는 없었어요? 아저씨, 좀 가만히 앉아 계세요. 제가 묻고 있잖아요. 애는 없었어요?"

딱딱한 갈색 딱정벌레들이 흐릿한 전등을 계속 들이받고 있었다. 밖에서 자동차가 질주하는 소리가 들릴 때마다 미카엘리스에게는 그것이 몇 시간 전 멈추지 않고 달렸던 그 차의 소리처럼 들렸다. 시체가 놓여 있던 작업대에 아직 핏자국이 묻어 있었기 때문에 그는 작업실 안으로 들어가고 싶지 않았다. 그래서 그는 불편한 대로 사무실 안을 어슬렁거리고 있었다. 아침이 되기도 전에 그는 사무실 안에 무슨 물건들이 있는지 모두 알게 되었다. 그리고 때때로 윌슨 곁에 앉아 그를 진정시키려고 노력했다.

"아저씨, 가끔 나가시는 교회는 없나요? 혹시 오랫동안 찾지 않았더라도 말이죠. 제가 교회에 전화해 목사님이라도 부를까요? 목사님과 얘기를 나눌 수도 있잖아요?"

"다니는 교회가 없어."

"이런 때를 대비해서 꼭 교회를 알아 둬야 해요, 아저씨. 그래도 한 번은 교회에 가셨겠죠. 교회에서 결혼하시지 않았나요? 아저씨, 제 말 좀 들어 보세요. 교회에서 결혼하시지 않았어요?"

"그건 오래전 일이야."

답변을 하느라고 신경을 쓰는 바람에 몸을 흔들던 윌슨의 리듬이 흐트러졌다. 그는 잠시 말없이 앉아 있었다. 그러고는 그의 흐릿한 눈에 다시 어렴풋이 뭘 알 것 같으면서도 혼란스러워하는 기색이 돌아왔다.

"저 서랍 좀 열어 봐." 책상을 가리키며 그가 말했다.

"어느 서랍이요?"

"저기, 저 서랍."

미카엘리스는 손에서 가장 가까운 서랍을 열었다. 그 안에는 가

죽과 은실을 꼬아 놓은 것 같은 비싸 보이는 작은 개줄이 들어 있었다. 틀림없이 새것인 것 같았다.

"이거요?" 그 줄을 집어 들며 미카엘리스가 물었다.

윌슨은 응시하며 고개를 끄덕였다.

"어제 오후 그걸 발견했어. 여편네가 설명하려 했지만, 틀림없이 웃기는 일이지."

"아주머니가 이걸 사셨단 말인가요?"

"그걸 종이에 싸서 침실 농 안에 두었더라고."

미카엘리스는 하등의 문제점을 발견할 수 없었다. 그는 윌슨에게 부인이 그 개줄을 샀을지도 모르는 여러 가지 이유를 댔다. 그러나 윌슨은 머틀로부터 이미 그 비슷한 설명을 들었던 모양이었다. 그는 다시 낮은 목소리로 "오, 하느님" 하고 중얼거리기 시작했고 미카엘리스가 그를 위로하기 위해 늘어놓았던 설명은 소용없는 일이 되어 버렸다.

"그가 머틀을 죽인 거야." 윌슨의 입이 갑자기 열렸다.

"누가 그랬다고요?"

"다 알아내는 수가 있어."

"너무 병적으로 그러지 마세요, 아저씨." 미카엘리스가 말했다. "큰 충격을 받으셨겠지만, 지금 무슨 말을 하고 계신지 아저씨 자신도 모르시는 거예요. 아침까지 그냥 조용히 앉아 계시는 편이 좋겠어요."

"그가 머틀을 죽인 거야."

"사고였어요, 아저씨."

윌슨은 고개를 저었다. 그는 눈을 가늘게 뜨고 입을 약간 벌리며 상대방은 아무것도 모른다는 듯 희미하게 "흠!" 소리를 냈다.

"내가 알아." 그가 분명하게 말했다. "나는 사람을 잘 믿는 사람이야. 누구한테 해코지할 생각도 없고. 그렇지만 뭘 알아내고자 하면 알아내고야 마는 사람이야. 그 차 안에 있던 그놈이야. 마누라가 그놈한테 말을 걸려고 뛰어나갔던 건데, 그놈이 차를 세우지 않았던 거지."

미카엘리스도 그 장면을 보았다. 그러나 거기에 특별한 의미가 있다고는 생각하지 않았다. 그는 윌슨 부인이 차를 세우려고 했다기보다는 남편으로부터 뛰어 도망치고 있었다고 믿고 있었다.

"어떻게 그렇게 된 거죠?"

"그 사람은 속을 알 수 없는 사람이야." 그것이 답변이기라도 한 것처럼 윌슨이 말했다. "아……, 아……."

그는 다시 몸을 흔들기 시작했고, 미카엘리스는 손으로 개줄을 꼬며 서 있었다.

"혹시 제가 전화를 해 줄 친구는 없어요, 아저씨?"

그것은 물론 가망 없는 일이었다. 미카엘리스는 윌슨에게 친구가 전혀 없다고 확신하고 있었다. 윌슨은 아내만 상대하기에도 버거워하는 사람이었다. 잠시 후 방 안에서 약간의 변화를 느끼고 미카엘리스는 기분이 나아졌다. 창가에 푸른빛이 어렸고, 새벽이 멀지 않은 것 같았다. 다섯 시 정도가 되자 불을 꺼도 될 정도로 창밖이 푸른색으로 변했다.

윌슨의 생기 없는 눈이 밖의 잿더미를 향했다. 작은 회색 구름들이 기묘한 모양으로 약한 새벽바람 속에 이리저리 날리고 있었다.

"마누라에게 말했어." 아무 말 없이 오랫동안 앉아 있다가 그가 중얼거렸다. "나를 속일 수 있을지는 몰라도 하느님을 속일 수는 없다고. 내가 마누라를 창가로 데리고 갔어." 그는 힘들게 일어서서 뒤쪽 창문으로 걸어가더니 창문에 얼굴을 기대고 섰다. "…… 내가 말했어. '하느님은 당신이 무슨 짓을 했는지, 당신이 했던 모든 일을 다 알고 계셔. 나를 속일 수는 있지만, 하느님을 속일 수는 없어!' "

뒤에 있던 미카엘리스는 윌슨이 스러지는 어둠 속에서 흐릿하고 거대한 모습을 막 드러낸 T. J. 에클버그 박사의 눈을 쳐다보고 있는 것을 확인하고 깜짝 놀랐다.

"하느님은 모든 것을 보고 계셔." 윌슨이 반복했다.

"저건 광고예요." 미카엘리스가 윌슨에게 분명하게 말했다. 왜 그랬는지는 모르지만 미카엘리스는 창문에서 몸을 돌려 방 안을 둘러보았다. 그러나 윌슨은 유리창에 얼굴을 바짝 갖다 대고 창밖의 여명을 향해 고개를 끄덕이며 오랫동안 서 있었다.

여섯 시쯤 되자 미카엘리스는 지쳤다. 밖에서 차가 멈추는 소리가 나자 감사 인사라도 하고 싶은 마음이었다. 전날 밤 늦게까지 남았다가 다시 돌아오겠다고 약속했던 사람 중 하나였다. 그래서 그는 세 사람을 위한 아침 식사를 준비했지만, 그와 새로 온 사람만이 아침을 먹었다. 윌슨이 이제 좀 진정이 된 것 같아서 미카엘리스는 집으로 가 잠을 청했다. 네 시간 후 그가 잠에서 깨어 서둘러 정비소로 돌아왔을 때 윌슨은 거기 없었다.

나중에 윌슨은 걸어서 포트 루스벨트로 갔다가 다시 개즈힐*로 간 것으로 추적이 되었다. 개즈힐에서 그는 샌드위치를 하나 샀지만 먹지는 않았고, 커피만 한 잔 마셨다. 정오가 되어서야 개즈힐에 도착했던 것을 보면 그는 너무 피곤해서 천천히 걸었던 모양이다. 거기까지는 그의 행적을 설명하는 데 어려움이 없었다. '약간 미친 것처럼 행동하는' 사람을 보았다는 아이들도 있었고, 길가에서 자기들을 이상하게 쳐다보았다고 하는 운전자들도 있었다. 그런데 그 이후 세 시간 동안 그를 보았다는 사람이 아무도 없었다. 미카엘리스에게 "다 아는 방법이 있다"고 했다는 말에 따라 경찰은 그가 노란색 차에 대해 물으며 근처의 정비소들을 돌아다니는 데 시간을 썼을 것이라고 추정했다. 그렇지만 그를 보았다는 정비소 직원은 나타나지 않았다. 아마 그에게는 알고 싶은 것을 알아낼 더 쉽고 확실한 방법이 있었던 것인지도 몰랐다. 두 시 반쯤 되었을 때 그는 웨스트에그에 있었다. 거기에서 그는 누군가에게 개츠비의 저택으로 가는 길을 물었다. 그때쯤 그는 이미 개츠비의 이름을 알고 있었다.

두 시에 개츠비는 수영복을 입고 집사에게 혹시 전화가 오면 수영장으로 전하러 오라고 일러두었다. 그는 여름 동안 손님들을 즐겁게 해 주었던 공기 매트리스를 가지러 잠시 차고에 들렀고, 운전사가 그를 도와 매트리스에 바람을 넣었다. 그리고 그는 운전사에게 어떤 상황에서도 무개차를 꺼내 놓아서는 안 된다고 지시했다. 오른쪽 앞 흙받기를 수리해야 하는 상황이었기 때문에 그것은 좀 이상한 일이었다.

개츠비는 매트리스를 어깨에 메고 수영장으로 향했다. 잠시 멈춰서 매트리스를 약간 고쳐 메는 모습을 보고, 운전사가 도움이 필요하냐고 묻자 그는 고개를 젓고는 이내 노란색으로 변해 가는 나무들 사이로 사라졌다.

전화는 오지 않았지만 집사는 잠을 자지 않고 네 시까지 전화를 기다렸다. 그러나 설령 전화가 왔다고 해도 이미 한참 전부터 그 전갈을 받을 사람은 이 세상에 없었다. 개츠비 자신이 전화가 오리라 믿지도 않았고, 더 이상 신경 쓰지 않았을 것이라고 나는 생각한다. 만약 그것이 사실이라면 그는 틀림없이 익숙했던 따뜻한 세상은 사라졌으며, 단 하나의 꿈을 갖고 너무 오래 살았기 때문에 비싼 대가를 치렀다고 느꼈을 것이다. 그는 두려운 나뭇잎들 사이로 낯선 하늘을 올려다보고, 장미가 얼마나 기괴한 것인지, 아직 자라지 않은 잔디를 비추는 햇빛이 얼마나 생경한지 깨닫고 몸을 떨었을 것이다. 그는 현실감은 없지만 형상은 갖추고 있고, 불쌍한 유령들이 공기처럼 꿈을 호흡하며 우연에 이끌려 여기저기 떠돌아 다니는 그런 새로운 세상 안에 있다고 느꼈을 것이다……. 그리고 형체 없는 나무들 사이로 환상 속에서 튀어나온 것 같은 핏기 없는 인물이 그에게 미끄러지듯 다가왔다.

울프심의 부하 중 하나였던 운전사가 총성을 들었다. 나중에 그는 그 총성에 대해 별 생각이 없었다고 말했을 뿐이었다. 나는 역에서 곧장 개츠비의 저택으로 차를 몰았다. 내가 초조하게 현관

앞 계단을 뛰어올라갔기 때문에 혹시 누가 처음으로 무슨 일이 생겼나 놀랐을지도 모르겠다. 그러나 그때는 이미 그들도 다 알고 있었다고 나는 확신한다. 운전사, 집사, 정원사, 나 이렇게 넷이 거의 말 한마디 나누지 않고 서둘러 수영장으로 달려갔다.

한쪽 끝에서 반대편 배수로로 새롭게 밀려가면서 거의 알아볼 수 없을 정도로 희미하게 물이 흐르고 있었다. 물결의 그림자라고도 하기 힘든 잔물결이 이는 가운데, 개츠비의 몸이 얹혀 있는 매트리스는 수영장 안을 불규칙하게 움직이고 있었다. 물 위에 아무런 흔적도 남기지 않을 정도로 살짝 부는 바람에도 우연한 짐을 싣고 있는 매트리스의 지향 없는 행로가 바뀌었다. 낙엽 더미에 닿자 매트리스는 서서히 돌며 컴퍼스의 다리처럼 물 위에 가늘고 붉은 원을 그렸다.

우리가 개츠비를 저택으로 옮기기 위해 떠난 직후, 정원사는 조금 떨어진 풀밭에서 윌슨의 시체를 발견했다. 이렇게 해서 참극은 완벽하게 종결되었다.

제9장

이 년이 지난 지금도 개츠비가 살해당하던 날 오후와 밤 그리고 그 다음 날까지 끝없는 훈련을 하듯 경찰관과 사진사, 기자들이 개츠비의 저택 현관을 드나들었던 기억이 난다. 저택 안으로 통하는 문에는 출입 통제를 위한 줄이 처져 있었고, 그 옆에서 경찰관 한 명이 호기심 많은 사람들의 접근을 막고 있었지만, 아이들은 곧 우리 집 마당을 통해 개츠비의 저택으로 들어갈 수 있다는 사실을 발견했고, 수영장 근처에는 언제나 아이들 몇 명이 입을 벌린 채 모여 있었다. 아마 형사였을 어떤 자신만만한 태도의 남자가 그날 오후 몸을 구부리고 윌슨의 시체를 살펴보다 '미친 사람'이라는 표현을 썼는데, 그의 목소리가 우연히 권위 있게 들리면서 그 표현이 다음 날 아침 신문 보도의 기조가 되었다.

대부분의 보도는 악몽이었다. 기사들은 기괴하거나 정황적이거나 무엇인가 파고들어 드러내려는 것 같았지만 사실과 달랐다. 심리 과정에서 미카엘리스가 한 증언 때문에 아내에 대한 윌슨의 의심이 드러났을 때 나는 사건 전체가 곧 음란한 풍자의 대상이 될 것이라고 예상했다. 그러나 무슨 말이든 할 수 있는 입장에 있었던 캐서린은 한마디도 하지 않는 놀라운 품격을 보여 주었다. 그녀의 눈썹은 여전히 그린 것이었지만, 두 눈은 단호하게 검시관을 향해 고정되어 있었고, 언니가 결코 개츠비를 만난 적이 없으며, 남편과 완전히 행복한 생활을 하고 있었고, 결코 어떠한 나쁜 짓도 한 적이 없었다고 맹세했다. 그녀는 스스로 그렇게 믿었으며, 언니에 대해 어떤 부도덕한 행실을 암시하는 것조차 참을 수 없다는 듯 손수건으로 눈물을 닦으며 울음을 터뜨렸다. 그래서 윌슨의 행위는 '슬픔으로 넋이 나간' 사람의 행위로 축소되었고, 사건은 가장 단순한 형태로 남게 되었다.

그러나 이 모든 것은 사건의 본질과 별로 관련이 없는 부분이다. 개츠비 편에 서 있던 사람은 나 하나였다. 내가 웨스트에그에 재난 소식을 전화로 알린 순간부터 그에 대한 모든 추측과 실질적인 질문이 다 나에게로 향했다. 처음에는 놀랍고 혼란스러웠다. 그러나 개츠비가 움직이지도 않고, 숨을 쉬지도 않고, 말을 하지도 않고 자신의 저택에 누워 있는 상황에서 점점 시간이 흐를수록 나에게도 책임이 있다는 생각이 들었다. 아무도 그에게 관심을 보이지 않았기 때문이다. 누구나 최후에는 막연하게라도 그 권리를 주장할 수 있는 지극한 개인적 관심을 아무도 보이지 않았다는 말이다.

개츠비의 시체를 발견한 지 반 시간 정도 지나서 나는 본능적으로 아무 망설임 없이 데이지에게 전화를 걸었다. 그러나 데이지와 톰은 그날 오후 일찍 짐을 싸 집을 떠난 상태였다.
"주소는 남기지 않았나요?"
"아뇨."
"언제 온다는 말도 없었나요?"
"없었습니다."
"그들이 어디 있는지 혹시 아시나요? 어떻게 연락할 방법이 없을까요?"
"모릅니다. 말할 수 없어요."
나는 개츠비를 위해 누군가 부르고 싶었다. 나는 그가 누워 있는 방 안으로 들어가 그를 안심시키고 싶었다. "개츠비, 내가 누군가 불러 줄 테니 걱정하지 말아요. 나를 믿어요. 내가 누군가 불러 줄 테니."
전화번호부에는 마이어 울프심의 이름이 없었다. 집사가 나에게 브로드웨이에 있는 그의 사무실 주소를 알려 주어서 안내계에 전화를 걸었다. 그러나 내가 전화번호를 받았을 때는 이미 다섯 시가 한참 지나 있었고, 사무실에서는 아무도 전화를 받지 않았다.
"다시 전화할 수 있을까요?"
"이미 세 번 전화했습니다."
"아주 중요한 일입니다."
"죄송합니다. 그곳에는 아무도 없는 것 같습니다."
나는 다시 거실로 돌아왔다. 그리고 이 방을 갑자기 채우고 있는 사람들이 모두 공무 때문에 우연히 방문한 사람들에 지나지 않는다는 생각이 한순간 들었다. 그들이 개츠비를 덮고 있는 시트를 벗기고 태연한 눈으로 그를 바라보는 동안 나의 머릿속에서는 계속 그의 항의가 이어졌다.

"이거 봐요, 친구. 나를 위해 누군가 불러 와야지. 열심히 노력해 봐요. 나 혼자 이 일을 겪을 수는 없잖소."

누군가가 나에게 질문을 하기 시작했지만, 나는 뿌리치고 자리를 떠나 위층으로 올라가서 자물쇠를 채우지 않은 그의 책상을 급히 뒤져 보았다. 그가 분명하게 부모님이 돌아가셨다고 말한 적은 없었다. 그러나 아무것도 없었다. 사람들의 기억에서 사라진 폭력의 상징으로서 오로지 댄 코디의 초상화만이 벽에서 내려다보고 있을 뿐이었다.

다음 날 아침 나는 개츠비의 신상 정보를 요청하고 다음 기차로 바로 내려오라고 촉구하는 내용의 편지를 들려 뉴욕의 울프심에게 집사를 보냈다. 그 편지를 쓸 때는 그런 부탁을 할 필요도 없을 것 같았다. 나는 정오가 되기 전 데이지에게서 전보가 올 것이라고 확신했던 것만큼이나 나는 그가 신문을 보면 바로 출발할 것이라고 확신했다. 그러나 전보도 울프심도 오지 않았다. 경찰과 사진사, 기자들이 더 모여든 것을 제외하고는 아무도 오지 않았다. 집사가 울프심의 답장을 가지고 돌아왔을 때 나는 이런 상황을 인정할 수 없다는 도전적인 느낌과 더불어 그들을 함께 경멸하고 그들에게 함께 대항한다는 연대감으로 개츠비와 결속되어 있는 듯한 느낌이 들었다.

캐러웨이 씨에게.

이번 일은 제 인생에서 가장 충격적인 사건이었습니다. 도대체 이것이 사실인지조차 믿을 수조차 없습니다. 그 사람이 저지른 짓과 같은 미친 행위는 우리 모두를 생각하게 만듭니다. 저는 지금 아주 중요한 사업에 매여 있고 지금 이 일에 얽힐 수 없는 처지라 바로 내려갈 수가 없습니다. 나중에라도 제가 할 수 있는 일이 있다면 에드가를 통해 편지로 알려 주기 바랍니다. 사건 소식을 들었을 때 저는 제가 어디 있는지조차 제대로 알 수 없을 지경이었고 완전히 충격에 빠져 지친 상태입니다.

당신의 친구, 마이어 울프심

그 밑에는 서둘러 쓴 추신이 붙어 있었다.

장례식 일정 등에 대해 알려 주시고, 그의 가족에 대해서는 아무것도 모릅니다.

그날 오후 전화벨이 울리고 장거리 전화 교환수가 시카고에서 전화가 왔다고 알렸을 때 마침내 데이지가 전화를 한 것이라고 생각했다. 그러나 전화가 연결되고 나니 가늘고 멀게 느껴지는 남자의 목소리가 들렸다.

"슬레이글입니다."

"예?" 이름이 낯설었다.

"정말 좋지 않은 소식이었죠? 전보 받았습니까?"

"전보는 없었습니다."

"파크 녀석에게 문제가 생겼어요." 그가 급하게 말했다. "증권을 판매장에서 넘겼는데 그게 걸렸어요. 오 분 전에 뉴욕에서 회람이 와서 번호를 알려 주었는데, 혹시 아는 것 좀 없습니까? 촌동네에서는 뭘 알 수가 없어서……."

"여보세요." 내가 숨을 헐떡이며 말을 끊었다. "여보세요, 저는 개츠비 씨가 아닙니다. 개츠비 씨는 죽었습니다."

전화선 저쪽에서 긴 침묵이 흐렀다……. 놀라움의 탄성과 함께 전화 연결이 끊어지면서 짧은 기계음이 이어졌다.

사흘째 되던 날 헨리 C. 개츠라고 서명이 된 전보가 미네소타의 어느 작은 도시에서 왔던 것 같다. 전보에는 당장 출발하니 도착할 때까지 장례식을 연기해 달라는 내용뿐이었다.

전보를 보낸 사람은 개츠비의 아버지였다. 그는 근엄하게 보이는 노인이었는데, 낙담해서 어쩔 줄 몰라하고 있었다. 따뜻한 9월 날이었는데도 긴 싸구려 얼스터 외투를 입고 있었고, 흥분을 가누지 못한 채 계속 눈물을 흘렸다. 내가 가방과 우산을 받아 들자, 그는 희고 성긴 수염을 쉬지 않고 쥐어뜯기 시작해서 코트를 벗기는 데 애를 먹었다. 그는 거의 쓰러질 지경이었다. 그래서 나는 그를 음악실로 데리고 가 의자에 앉히고 먹을 것을 좀 가져오라고 사람을 보냈다. 그러나 그는 아무것도 먹으려 하지 않았고, 손이 떨려 잔에서 우유가 흘러넘쳤다.

"시카고 신문에서 봤어요." 그가 말했다. "시카고 신문에 기사가 다 났어요. 나는 바로 출발했소."

"어떻게 연락을 해야 할지 몰랐습니다."

아무것도 보이지 않았겠지만, 그는 쉬지 않고 방 안을 둘러보았다.

"미친놈이죠." 그가 말했다. "그놈은 틀림없이 미친놈이오."

"커피 좀 하시겠습니까?" 내가 권했다.

"아무것도 필요 없어요. 이젠 괜찮아요. 그런데 이름이……."

"캐러웨이입니다."

"나는 이제 괜찮아요. 지미는 어디 있소?"

그를 아들이 누워 있는 거실로 안내하고 방을 나왔다. 어린아이들 몇이 계단을 올라와 홀을 들여다보고 있었다. 누가 도착했는지 내가 말해 주자 아이들은 내키지는 않았지만 돌아갈 수밖에 없었다.

잠시 후 개츠 씨가 약간 상기된 얼굴로 문을 열고 밖으로 나왔다. 그의 입은 조금 벌어져 있었고, 눈에서는 간헐적으로 눈물이 흘러나왔다. 그의 나이가 되면 죽음이 더 이상 소름끼치도록 놀라운 일은 아닌 것이다. 그제서야 처음으로 주변을 둘러보며 화려하고 높은 천장과 홀에서 시작되어 다른 방들로 이어지는 큰 공간을 보게 되자 그는 슬픈 와중에도 경탄과 자부를 금할 수 없었다. 나는 그를 도와 이 층 침실로 갔다. 그리고 나는 그가 코트와 조끼를 벗는 동안 그가 올 때까지 모든 준비를 연기했다고 말해 주었다.

"어떻게 하길 원하실지 몰랐기 때문입니다, 개츠비 씨."

"내 이름은 개츠요."

"개츠 씨. 혹시 시신을 서부로 옮겨 가고 싶어 하실지도 모른다고 생각했습니다."

그는 고개를 저었다.

"지미는 늘 동부를 좋아했어요. 동부에서 자기 위치까지 일어선 거고. 우리 애 친구인가요?"

"우리는 가까운 친구였습니다."

"알다시피 아들은 앞으로 크게 될 사람이었어요. 나이는 비록 젊었지만 여기에 대단한 능력이 있어요."

그가 자기 머리를 건드리는 모습이 인상적이었다. 나는 동의하는 뜻에서 고개를 끄덕였다.

"그 아이가 죽지 않았더라면 대단한 사람이 되었을 거요. 제임스 J. 힐* 같은 사람 말이오. 나라 발전에 한몫했을 텐데."

"그렇습니다." 조금 불편한 기분이 들었지만 나는 그렇게 대답했다.

그는 자수를 놓은 침대보를 더듬어 끌어내리려 하다 뻣뻣하게 침대 위에 눕더니 이내 잠이 들었다.

그날 밤 겁에 질린 것 같은 사람이 전화를 하고는 자기 이름을 말하기 전에 먼저 내 이름을 밝힐 것을 요구했다.

"저는 캐러웨이입니다." 내가 말했다.

"아!" 그는 안도하는 것 같았다. "저는 클립스프링어입니다."

개츠비의 묘지에 올 친구가 하나 더 늘었다는 생각에 나 역시 안도감을 느꼈다. 나는 신문을 통해 장례식을 알려서 구경꾼들이 모여드는 것을 원하지 않았다. 그래서 몇몇 사람들에게 내가 직접 전화를 돌리고 있었는데, 그들을 찾아내기란 쉬운 일이 아니었다.

"장례식은 내일입니다." 내가 말했다. "세 시에, 여기 그의 저택에서요. 혹시 관심이 있을 것 같은 사람이 있으면 알려 주시기 바랍니다."

"아, 그러죠." 그가 서둘러 대답했다. "물론 누가 있을지는 모르겠습니다만, 있으면 그렇게 하죠."

그의 어조가 의심스럽게 들렸다.

"물론 장례식에 오실 테죠."

"예, 틀림없이 노력은 하겠습니다. 그런데 제가 전화를 한 까닭은……."

"잠깐만요." 내가 말을 끊었다. "오실 건가요?"

"음, 사실은…… 사실은 제가 이곳 그리니치*에서 어떤 사람들과 함께 있는데, 내일 나와 같이 있기를 바라고 있습니다. 사실은 야유회 같은 뭐 그런 일이 있어서요. 물론 갈 수 있도록 최선을 다하겠습니다."

나는 거리낌 없이 "흥!" 소리를 냈고 상대방도 그 소리를 들었던 모양이었다. 그는 초조하게 말을 이었다.

"제가 전화를 한 이유는 거기에 신발을 한 켤레 남겨 두고 왔기 때문입니다. 너무나 폐를 끼치는 일인지 모르겠습니다만 집사를 통해 그 신발을 보내 주셨으면 합니다. 테니스 신발입니다. 그 신발이 없으면 곤란해서요. 제 주소는 제가 어떤 분 댁에……."

전화를 끊어 버렸기 때문에 나는 그가 누구 집에 머물고 있는지 듣지 못했다.

그 후 나는 개츠비에게 좀 미안한 느낌마저 들었다. 내가 전화를 했던 한 신사 양반이 인과응보라는 투로 말을 했다. 그러나 그것은 내 잘못이었다. 그 사람은 개츠비의 술을 얻어 마시고는 그 술의 힘을 빌려 가장 신랄하게 개츠비를 비웃던 사람이었기 때문이다. 나는 신중하게 그에게 전화를 하지 말았어야 했다.

장례식 날 아침에 나는 마이어 울프심을 만나기 위해 뉴욕으로 갔다. 달리 그를 만날 방도가 없었다. 엘리베이터 소년의 말에 따라 내가 찾아간 사무실 문에는 '스와스티카 지주 회사'라는 상호명이 붙어 있었다. 문을 열고 들어서자 처음에는 안에 아무도 없는 것 같았다. 그러나 내가 "누구 없습니까?" 하고 몇 번 외치자, 칸막이 뒤에서 잠시 말다툼하는 소리가 들렸고, 곧 아름다운 유대인 여자가 안쪽 문에서 나타나 냉담한 검은 눈으로 나를 살펴보았다.

"아무도 없어요." 그녀가 말했다. "울프심 씨는 시카고로 갔습니다."

그 여자가 한 말의 앞부분은 명백하게 사실이 아니었다. 안에서 누군가 곡조에 맞지 않게 「묵주」라는 노래를 휘파람으로 부는 소리가 들렸기 때문이다.

"캐러웨이라고 하는 사람이 만나 뵙고 싶어 한다고 전해 주세요."

"시카고에서 데려올 수는 없지 않겠어요, 안 그래요?"

순간 문 뒤편에서 누가 "스텔라!" 하고 불렀다. 울프심의 목소리가 틀림없었다.

"이름을 써서 책상 위에 올려놓으세요." 그녀가 재빨리 말했다.

"돌아오면 전해 주겠어요."

"그렇지만 안에 계시다는 것을 알고 있습니다."

그녀는 내 쪽으로 한 발짝 다가오더니 화가 난 듯 두 손을 양 허리에 대고 씨근덕거렸다.

"당신 같은 젊은이들은 언제라도 억지로 들어올 수 있다고 생각하죠." 그녀가 꾸짖듯 말했다. "정말 지긋지긋해요. 내가 시카고에 있다고 했으면 시카고에 있는 거예요."

내가 개츠비의 이름을 언급했다.

"아아!" 그녀가 나를 다시 훑어보았다. "잠깐만, 이름이 뭐라고 했죠?"

그녀가 사라지고 곧 마이어 울프심이 두 손을 앞으로 내밀며 심각한 표정으로 문간에 나타났다. 그는 나를 사무실로 안내하더니 정중한 목소리로 우리 모두에게 슬픈 때라고 말하며 시가를 한 대 권했다.

"그 친구를 처음 만났을 때가 기억나는군요." 그가 말했다. "막 군대에서 제대한 젊은 소령이었죠. 전쟁에서 받은 훈장으로 군복이 덮여 있었어요. 너무 돈이 없어서 계속 군복을 입고 있었던 거죠. 제대로 된 옷을 살 수가 없던 거죠. 43번가에 있는 와인브레너의 당구장에 들어와서 일자리를 묻고 있을 때 처음 보았습니다. 한 이틀 아무것도 먹지를 못한 모양입디다. 그래서 '가서 점심이나 함께합시다' 하고 내가 말했지요. 그 친구는 반 시간 만에 사 달러어치 이상을 먹어 치웠어요."

"그가 사업을 시작하도록 도와주셨나요?" 내가 물었다.

"시작하도록 도와주었냐고요! 그를 만든 것이 바로 나요."

"아."

"무일푼의 상태에 있는 그를 내가 일으켜 준 거요. 시궁창에서 꺼내 일으켜 세워 준 거지. 척 보기에도 잘생겼고, 신사 같은 젊은이였으니까. 오그스퍼드 출신이라기에 제대로 써먹을 데가 있겠구나 생각한 거요. 내가 그 친구를 미국 재향군인회에 가입시켰는데, 그 친구는 거기서 꽤 높은 직위까지 올라갔지. 그 친구는 바로 올버니에 있는 내 고객을 위해 어떤 일을 해 줬어요. 우리는 그렇게 모든 일에서 아주 잘 통했소." 그는 울퉁불퉁한 손가락 두 개를 세워 보였다. "항상 함께했지."

나는 이런 협력 관계에 1919년의 월드 시리즈 거래도 포함되었나 궁금했다.

"이제 그는 죽었습니다." 조금 있다 내가 말했다. "울프심 씨는 그의 가장 가까운 친구셨습니다. 그래서 오늘 오후 장례식에 오실 거라 믿고 있습니다."

"가고는 싶지요."

"그러면 오십시오."

그의 코털이 약간 떨렸다. 고개를 가로저을 때는 눈에 눈물이 고였다.

"갈 수가 없어요. 거기 얽힐 수가 없어요." 그가 말했다.

"얽힐 것이 아무것도 없습니다. 이제 다 끝났습니다."

"사람이 살해를 당하면 나는 어떤 식으로든 거기 얽히고 싶지 않소. 나는 한발 물러나 있어요. 젊었을 때는 달랐죠. 친구가 죽으면 어찌 되었든 간에 끝까지 함께했습니다. 감상적이라고 생각할 지 모르겠지만 진심이오. 끝이 어찌 되든 끝까지 같이 가는 거요."

무슨 이유로 인해 그는 안 가기로 결심한 것 같았다. 나는 자리에서 일어섰다.

"캐러웨이 씨도 대학을 졸업했겠지요?" 그가 갑자기 물었다.

순간 나는 그가 '연줄'을 암시하는 것이라고 생각했다. 그러나 그는 단지 고개를 끄덕이고는 악수를 청했다.

"살아 있을 때만 우정을 보이고, 죽고 나면 그렇게 하지 않는 법을 배웁시다." 그가 말했다. "죽고 나면 모든 것을 그냥 내버려 두자는 것이 나의 법칙이오."

사무실을 나서자 하늘이 어두워졌다. 나는 가랑비를 맞으며 웨스트에그로 돌아왔다. 옷을 갈아입고 개츠비의 집으로 갔더니 개츠 씨가 흥분해서 홀 안을 왔다 갔다 하는 것이 보였다. 아들과 아들의 재산에 대한 자부심이 계속 늘어나 그는 이제 나에게 무엇인가 보여 주고 싶어 했다.

"지미가 내게 보낸 사진이오." 그는 떨리는 손으로 지갑을 꺼냈다. "여기 좀 봐요."

그것은 이 사람 저 사람 하도 많이 만져서 더러워지고 모서리가 쪼개진 개츠비의 저택 사진이었다. 그는 열심히 나에게 이곳저곳을 가리켰다. "여기를 좀 봐요!" 그는 내 눈을 쳐다보았다. 나도 감탄하고 있는지 확인하고 싶은 모양이었다. 그 사진을 사람들에게 너무 자주 보여 주어 그에게는 저택 자체보다도 그 사진이 더 현실적으로 보이는 것 같았다.

"지미가 나에게 보낸 거요. 아주 근사한 사진이지요. 잘 나왔지요?"

"예, 아주 잘 나왔습니다. 최근에 아드님을 보신 적이 있으신가요?"

"두 해 전에 나를 보러 와서 지금 내가 사는 집을 사 주었어요. 물론 그 애가 집에서 도망쳐서 우리 사이가 틀어지게 되었지만, 이제 보니 거기에 다 이유가 있었던 거죠. 그 아이는 자기 앞에 위대한 미래가 있다는 것을 알았던 거요. 성공한 이후로는 나를 아주 후하게 대해 줬어요."

개츠 씨는 사진을 치우고 싶지 않은 듯 그 사진을 내 눈앞에서 일 분 정도 더 들고 있었다. 그리고 지갑에 집어넣더니 주머니에서 낡고 오래된 『호펄롱 캐시디』*라는 책을 꺼냈다.

"이것 좀 보시오. 이건 어렸을 때 그 아이가 갖고 있던 책입니다. 이걸 보면 그 아이가 어떤 애였는지 금방 알게 됩니다."

그는 책 뒤표지를 펼치더니, 책을 돌려 내가 볼 수 있도록 해 주었다. 뒤표지 안쪽 백지에는 '계획표' 라는 말과 1906년 9월 12일이라는 날짜가 적혀 있었다.

기상…………………………………………… 오전 6:00
아령 운동과 벽면 오르기………………………… "6:15~6:30
전기와 기타 공부…………………………………… "7:15~8:15
일……………………………………………… "8:30~오후 4:30
야구와 운동……………………………… 오후 4:30~5:00

웅변 연습, 바른 자세 갖추기………………………… 〃5:00~6:00
발명 공부………………………………………………… 〃7:00~9:00

결심

새프터스나 (알아볼 수 없는 이름)에서 시간 낭비하지 않기
담배를 피거나 씹지 않기
이틀마다 목욕하기
한 주에 유익한 책이나 잡지 한 권 읽기
한 주에 오 달러 (지움) 삼 달러 저축하기
부모님께 더욱 효도하기

"우연히 이 책을 발견했어요." 노인이 말했다. "이걸 보면 알 수 있죠, 안 그래요?"

"그렇습니다."

"지미는 출세할 수밖에 없었어요. 걔는 항상 이런 식으로 어떤 결심을 했으니까. 정신을 발전시키는 그 아이의 능력을 알겠죠? 그 아이가 그런 일은 아주 잘했어요. 한번은 나에게 돼지처럼 먹는다고 해서 내가 때려 줬지요."

그는 책을 덮고 싶지 않아했다. 다시 각 항목을 큰 소리로 읽고 나서 나를 열심히 쳐다보았다. 내가 그 목록을 베껴 사용하기를 기대하는 것 같았다.

세 시가 조금 못 되어 루터파 교회 목사가 플러싱에서 도착했다. 나도 모르게 다른 차들이 오나 창밖을 보았다. 개츠비의 아버지도 마찬가지였다. 시간이 흐르고, 집안 일꾼들이 들어와 홀 안에 서서 기다리자 그는 초초하게 눈을 깜빡이며 걱정스럽고 모호하게 비가 오는 것에 대해 말했다. 목사는 여러 번 시계를 쳐다보았다. 그래서 나는 그를 따로 불러 반 시간만 기다려 달라고 했다. 그러나 그럴 필요도 없었다. 결국 아무도 오지 않았다.

다섯 시쯤 세 대의 차로 이루어진 차량 행렬은 묘지에 도착해 굵어진 빗줄기를 맞으며 정문 옆에 섰다. 맨 앞에는 끔찍한 검은색의 비에 젖은 영구차가 섰고, 그 다음에는 개츠 씨와 목사와 내가 탄 리무진, 마지막으로 조금 더 있다 웨스트에그로부터 온 네댓 명의 집안 일꾼들과 우편배달부가 탄 개츠비의 스테이션왜건이 도착했다. 모두 비에 흠뻑 젖어 있었다. 우리가 묘지 정문을 통과해 안으로 들어서려고 할 때 차가 멈추는 소리가 들리더니 누가 물에 잠긴 땅 위로 철벅거리며 우리를 따라오는 소리가 들렸다. 나는 고개를 돌려 보았다. 석 달 전쯤 어느 날 밤 서재에서 개츠비의 책들에 대해 감탄해 마지않던 올빼미 안경의 남자였다.

그때 이후로 나는 그를 본 적이 없었다. 그가 어떻게 장례식 소식을 들었는지, 심지어는 그의 이름조차도 아직 모른다. 그의 두꺼운 안경 위로 비가 쏟아지고 있었다. 그는 안경을 벗어 닦더니 개츠비의 묘지 자리를 보호하기 위해 펼쳐 놓은 캔버스 천을 바라보았다.

잠시 개츠비에 대해 떠올리려고 애를 썼지만 그는 이미 너무 멀리 떨어져 있었다. 나는 그저 분개하는 마음 없이 데이지가 전갈이나 꽃 한 송이 보내지 않았다는 사실만을 기억했다. 누군가 희미하게 중얼거리는 소리가 들렸다. "무덤 위에 비가 내리는 사람은 복이 있나니." 올빼미 눈을 한 남자가 그 말에 "아멘" 하고 씩씩하게 대답했다.

우리는 각자 서둘러 빗속을 뚫고 차로 갔다. 정문 옆에서 올빼미 눈이 나에게 말을 걸었다.

"집에는 갈 수가 없었습니다." 그가 말했다.

"다른 사람도 마찬가지였습니다."

"말도 안 되는 소리!" 그가 깜짝 놀랐다. "도대체 그런 일이! 사람들이 거기 수백 명씩 갔었는데."

그는 안경을 벗고 다시 안팎을 닦았다.

"그 친구만 안됐구만!" 그가 말했다.

내가 가장 생생하게 기억하는 것은 고등학교 때 그리고 나중에는 대학교 때 크리스마스를 맞아 서부로 돌아오던 일이다. 시카고보다 더 멀리 가는 친구들은 12월 어느 날 저녁 여섯 시에 몇몇 시카고 친구들과 함께 낡고 어두침침한 유니언 역에 모였는데, 벌써 저마다 휴가의 기쁨에 들떠 서둘러 작별 인사를 주고받았다. 이런저런 여학교에서 돌아오는 여학생들의 털 코트, 차가운 입김을 내뱉으며 잡담을 나누던 모습, 오랜 친구들이 보이면 머리 위로 손을 흔들던 일, "오르드웨이네 가는 거야? 허시네도? 슐츠네도?"

하며 초대장을 비교하던 일과 장갑 낀 손으로 꼭 붙잡고 있던 기다란 초록색 기차표가 특히 기억에 남는다. 그리고 마지막으로는 개찰구 옆 철로에 서 있던 '시카고, 밀워키 앤 세인트 폴' 철도 회사의 침침한 노란색 기차들이 그 자체가 크리스마스인 양 유쾌하게 보였던 일이 기억난다.

기차가 역에서 서서히 빠져나와 겨울밤 속으로 들어서고 진짜 눈, 우리의 눈이 양옆으로 펼쳐지며 창문에 부딪혀 반짝이기 시작하면, 그리고 조그만 위스콘신 주 역들의 흐릿한 불빛이 우리 곁을 스쳐 지나가기 시작하면 갑자기 공기가 차가워지며 꽉 조이는 것 같은 기분이 들었다. 저녁 식사를 마치고 추운 연결 칸을 통해 좌석으로 돌아오면서 우리는 그 공기를 깊이 들이마시고, 이상하게 한 시간 정도 이 지역과 하나가 된 것 같은 뭐라고 표현할 수 없는 기분이 들다가 마침내는 구별할 수 없이 공기 속으로 녹아들어 갔다.

밀이나 평원 또는 사라진 스웨덴 이민자들의 마을*이 아니라 내 젊은 시절 마음을 두근두근하게 했던 귀향 열차, 서리 내린 어둠 속의 가로등과 썰매 방울소리 그리고 불 밝힌 창밖으로 눈 위에 어리는 호랑가시나무 화환의 그림자들, 그것들이 나의 중서부다. 나는 그 중서부의 일부로서 긴 겨울의 느낌 때문에 약간은 진지하고, 몇 십 년 동안이나 가족의 성으로 집안을 부르는 그런 도시의 캐러웨이 집안에서 자랐기 때문에 약간은 자기만족에 빠져 있다. 지금까지의 이야기는 결국 서부의 이야기였다. 톰과 개츠비, 데이지와 조던과 나는 모두 서부 사람들이었다. 그리고 아마 우리에게는 동부의 삶에 미묘하게 적응하지 못하는 어떤 공통적인 결함이 있었던 것 같다.

동부에 내가 가장 열광했을 때조차, 아이들과 노인들을 제외하고는 끝없이 질문을 해 대는 오하이오 주 너머로 불규칙하게 퍼져 나가던 따분한 도시들에 비해 동부가 더 우월하다는 것을 가장 날카롭게 의식했을 때조차 동부에는 언제나 왠지 모를 왜곡된 면이 있는 것 같았다. 특히 웨스트에그는 아직도 나의 기괴한 꿈속에 등장한다. 꿈속 정경은 마치 엘 그레코*의 야경 같다. 음울하게 펼쳐진 하늘과 빛 없는 달 아래 전통적이면서도 기괴한 모양의 집 백여 채가 웅크리고 있다. 전경에는 정장 차림의 엄숙한 네 명의 남자 넷이 들것을 들고 인도를 걷고 있다. 그 들것 안에는 흰색 이브닝드레스를 입은 술 취한 여자가 누워 있다. 들것 아래로 흔들리는 그녀의 손은 보석으로 차갑게 번쩍인다. 남자들은 엄숙하게 어떤 집으로 돌아 들어가려고 하는데 잘못 찾아간 집이다. 아무도 그 여자의 이름을 모르고 아무도 신경 쓰지 않는다.

개츠비의 죽음 이후로 동부는 그런 식으로 내 머리에서 떠나지 않았으며, 어떻게 보아도 그 왜곡된 모습은 달라지지 않았다. 그래서 나는 대기 중에 푸른 연기처럼 나뭇잎들이 말라 부서져 날리고, 젖은 빨래가 빨랫줄 위에서 뻣뻣하게 바람에 날릴 때 고향으로 돌아가기로 결심했다.

떠나기 전에 한 가지 해야 할 일이 있었다. 어색하고 불쾌한 일이라 그냥 놔두는 편이 더 나았을 지도 모르지만, 모든 것을 다 정리하고 싶었고, 친절하고 무관심한 바다가 나의 쓰레기를 쓸어 가는 것을 원하지 않았다. 나는 조던 베이커를 만나 우리가 함께 있을 때 어떤 일이 있었는지 그리고 나중에 나에게 어떤 일이 있었는지 두루두루 이야기했다. 그녀는 내 이야기를 들으며 전혀 미동도 하지 않고 큰 의자 안에 몸을 기대고 있었다.

골프 복장을 하고 있던 그녀가 멋진 삽화처럼 보인다고 생각했던 것이 기억난다. 그녀는 약간 뽐내듯이 턱을 좀 추켜올리고 있었다. 머리카락은 가을의 나뭇잎 색이었고, 얼굴은 무릎 위에 놓여 있던 손가락 없는 장갑과 같은 갈색 색조를 띠고 있었다. 내가 말을 끝냈을 때 그녀는 내 말에 대해 아무런 언급도 하지 않고 다른 남자와 약혼했다고 말했다. 그녀가 고개만 까딱해도 결혼할 수 있었던 남자가 여러 명 있었던 것은 사실이었지만, 그 말이 진짜인지는 의심스러웠다. 그러나 나는 놀라는 척했다. 아주 잠깐 동안 내가 혹시 실수를 하고 있는 것이 아닌가 하는 생각도 들었지만, 재빨리 모든 것을 다시 검토해 보고는 작별 인사를 하기 위해 일어섰다.

"그렇지만 제가 차인 셈이에요." 조던이 갑자기 말했다. "전화로 저를 찬 거죠. 이제 저는 캐러웨이 씨에 대해서는 눈꼽만큼도 상관하지 않아요. 그렇지만 어쨌든 저에게는 새로운 경험이었고, 좀 혼란스러웠던 것도 사실이에요."

우리는 악수를 했다.

"아, 기억하세요?" 그녀가 덧붙였다. "차를 운전하는 것에 대해 얘기한 적이 있었죠."

"예, 정확하게는 아니지만요."

"미숙한 운전자는 다른 미숙한 운전자를 만날 때까지만 안전하다고 말씀하셨잖아요? 음, 제가 또 다른 미숙한 운전자를 만난 거 아닌가요? 제 말은 제가 부주의해서 사람을 잘못 봤다는 거죠. 저는 캐러웨이 씨가 비교적 정직하고 솔직한 사람이라고 생각했어요. 그것이 캐러웨이 씨의 비밀스런 자부심이라 생각했던 거죠."

"내 나이가 서른입니다." 내가 말했다. "자신에게 거짓말을 하고 그것을 명예롭게 생각하기에는 다섯 살이나 더 많아요."

그녀는 대답하지 않았다. 화도 나고, 그녀를 사랑하는 마음도 있고, 너무너무 미안하기도 했지만, 나는 돌아섰다.

10월 하순 어느 날 오후에 나는 톰 뷰캐넌을 만났다. 그는 흔히 그러듯 경계를 늦추지 않는 공격적인 태도로, 간섭하면 싸우겠다는 듯 두 손을 앞으로 좀 내밀고, 끊임없이 움직이는 눈길에 맞춰 고개를 이쪽저쪽으로 홱홱 내두르며 내 앞쪽에서 5번가를 따라 걷고 있었다. 앞지르기 싫어 내가 막 속도를 늦추고 있을 때, 그가 멈춰 서서 이맛살을 찌푸리며 보석 가게의 진열장 안을 들여다보다 갑자기 나를 발견하고 내 쪽으로 걸어와서는 손을 내밀었다.

"무슨 일이야, 닉? 나와 악수하기 싫은 거야?"

"응. 내가 너를 어떻게 생각하는지 알잖아."

"미쳤군." 그가 재빨리 말했다. "완전히 미쳤어. 도대체 왜 그러는지 모르겠군."

"톰." 내가 물었다. "그날 오후에 윌슨에게 뭐라고 한 거야?"

그는 아무 말 없이 나를 응시했다. 나는 윌슨의 행방이 묘연했던 몇 시간에 대해 나의 추측이 옳았다는 것을 알았다. 내가 몸을 돌리려 하자 톰이 내 쪽으로 한발 내디디며 내 팔을 잡았다.

"나는 윌슨에게 사실을 말해 줬어." 톰이 말했다. "우리가 떠날 준비를 하고 있는데 그가 문간에 도착했어. 우리가 안에 없다고 전갈을 내려보냈는데도 그가 억지로 위층으로 올라오려고 했다고. 그 차의 주인이 누구인지 말해 주지 않았더라면 나를 죽일 정도로 제정신이 아니었어. 집 안에 있는 동안 내내 손으로 주머니 속의 권총을 잡고 있었다고……." 톰은 도전적으로 말을 이었다. "내가 말한 것이 어떻다는 거야? 개츠비라는 그 친구가 일을 그렇게 만든 거야. 그 친구는 자네를 속인 거야, 데이지를 속인 것처럼. 그렇지만 독한 친구지. 개를 치듯 머틀을 차로 치고는 차를 세우지도 않았으니까."

그것이 사실이 아니라는 단 하나의 발설할 수 없는 사실을 제외하고는 내가 할 수 있는 말이 아무것도 없었다.

"내가 내 몫의 고통을 겪지 않았다고 생각한다면……. 이봐, 내가 그 아파트를 넘기려고 갔다가 그 빌어먹을 개 비스킷 상자가 찬장에 있는 것을 보고는 주저앉아서 애처럼 울었다고. 정말 끔찍했어……."

나는 그를 용서할 수도, 좋아할 수도 없었다. 그러나 그에게는 그가 한 일이 전적으로 정당화되어 있다는 것을 알 수 있었다. 모든 일이 아주 무심하고 뒤죽박죽으로 처리된 셈이었다. 톰과 데이지는 무심한 사람들이었다. 그들은 물건이든 짐승이든 박살을 내고는 자신들의 돈이나 엄청난 무관심 또는 무엇이든 자신들을 함께 묶어 주는 것 속에 틀어박혀서는 자기들이 만들어 놓은 난장판을 남들이 치우게 했다…….

나는 톰과 악수를 했다. 그렇게 하지 않는 것은 어리석은 일처럼 보였다. 갑자기 어린아이와 이야기하고 있는 것처럼 느껴졌기 때문이다. 진주 목걸이를 사려는 것인지 아니면 그저 커프스 단추를 사려는 것인지 그는 보석 가게 안으로 들어갔고, 동시에 나의 촌스런 도덕적 결벽성으로부터 영원히 해방되었다.

내가 떠날 때 개츠비의 저택은 아직도 비어 있었다. 그의 잔디밭은 우리 집 잔디만큼 자라 있었다. 마을의 한 택시 운전사는 언제나 요금을 받기 전에 개츠비의 저택 정문 앞에 잠시 서서 그 안을 손가락으로 가리켰다. 사고가 나던 날 데이지와 개츠비를 이스트에그로 태워다 줬던 기사가 그 사람이었는지도 모른다. 그리고 그는 모든 일에 대해 자신만의 이야기를 만들어 냈는지도 모른다. 그 이야기를 듣고 싶지 않았기 때문에 나는 기차에서 내리면 그를 피했다.

나는 토요일 밤에는 뉴욕에서 지냈다. 휘황찬란하고 눈부신 개츠비의 파티에 대한 기억이 아직 너무나 생생해서 그의 정원에서는 음악과 웃음소리가 희미하게 계속 이어지는 것 같았고, 저택 안 도로를 오가는 자동차 소리가 아직도 들리는 것 같았기 때문이다. 어느 날 밤 나는 실제로 차 한 대가 그곳으로 오는 소리를 들었다. 그 차의 불빛은 개츠비의 저택 정면 계단 앞에서 멈추었다. 그러나 나는 가서 알아보지 않았다. 아마 지구 반대편에라도 멀리가 있었기 때문에 파티가 끝났다는 것을 알지 못했던 마지막 손님이었을 것이다.

마지막 날 밤 짐을 다 싸고 차는 식료품 가게 주인에게 팔고 나서 나는 다시 한 번 개츠비의 저택으로 건너가 그 거대하고 부조리한 몰락을 겪은 저택을 바라보았다. 흰 계단 위에는 어떤 아이가 벽돌 조각으로 낙서해 놓은 음란한 단어가 달빛 속에서 분명하게 드러났다. 나는 발로 북북 문질러 그것을 지웠다. 그리고 해변으로 어슬렁어슬렁 걸어 내려와 모래 위에 팔다리를 쭉 펴고 누웠다.

바닷가의 거대한 저택들 대부분은 이제 문이 닫혀 있었고, 해협을 가로지르는 나룻배의 흐릿하게 움직이는 불빛을 제외하고는 아무런 빛도 보이지 않았다. 달이 더 높이 솟아오르자 무의미한 집들이 사라지면서 서서히 한때 네덜란드 선원들의 눈앞에서 꽃처럼 피어났던 그 옛날의 섬을 의식하게 되었다. 그것은 신세계의 싱싱한 초록빛 젖가슴이었다. 지금은 사라진 나무들, 개츠비의 저택을 짓기 위해 베어진 나무들은 한때 인간 최후이자 최고의 꿈에 부응하여 수군거렸을 것이다. 일시적인 매혹의 한순간, 인간은 이 대륙의 존재 앞에서, 역사상 마지막으로 극한의 경이로움을 불러일으키는 어떤 것에 직면해서, 이해하지도 못 했고 욕망하지도 않았던 어떤 심미적 명상에 어쩔 수 없이 빠져들며 숨을 죽였을 것이다.

거기 앉아 그 옛날의 미지의 세계에 대한 생각에 빠져 있는 동안 나는 또한 개츠비가 데이지의 집 선창 끝에서 반짝이는 초록색 불빛을 처음 보았을 때 느꼈을 경이로움을 생각했다. 그는 이 푸른 잔디밭까지 먼 길을 왔다. 그의 꿈은 손에 잡힐 듯 너무나 가까이 있는 것처럼 보였을 것이다. 그러나 그는 그 꿈이 이미 그의 뒤에서 공화국의 검은 대지가 어둠 아래 굽이치는 도시 너머 저 광대한 어둠 속 어딘가에 있다는 것을 몰랐다.

개츠비는 초록색 불빛을, 매년 우리 앞에서 멀어져 가는 축제의 미래를 믿었다. 그 미래는 결국 우리를 피해 갔지만, 그것은 중요한 문제가 아니다. 내일 우리는 더 빨리 달릴 것이고 더 멀리 우리의 두 팔을 뻗을 것이다……. 그리고 어느 화창한 날 아침에…….

그렇게 우리는 나아간다. 물살을 거스르는 배처럼, 쉼 없이 과거로 떠밀리면서.

주

7 **토머스 파크 딘빌리어스** Thomas Parke D'Invilliers. 피츠제럴드는 독특하게 자신의 소설 『낙원의 이쪽』에 등장하는 인물의 이름을 빌려 제사를 썼다.

13 **버클루 공작** 영국 왕 찰스 2세의 서자, 몬머스 공작.

뉴헤이븐에 있는 대학 코네티컷 주 뉴헤이븐에 있는 예일 대학.

15 **모건** J. P. Morgan. 1837~1913. 미국의 금융업자이자 은행가로서 당대의 기업 금융과 기업 합병을 주도했던 인물. 그의 이름을 딴 J. P. 모건 사는 뉴욕에 본부를 두고 있는, 세계에서 가장 오래된 금융 기업의 하나다.

매케나스 로마 제국의 초대 황제가 된 아우구스투스의 측근 정치가이자 문화, 예술의 후원자. 호라티우스, 베르길리우스, 프로페르티오스와 같은 당시 시인들을 후원했던 것으로 유명하다.

17 **레이크포레스트** 일리노이 주 시카고 북쪽, 미시간 호 근처에 있는 부유하기로 유명한 도시.

18 **조지 왕조** 1714년에서 1830년에 이르는 기간으로, 조지 1세로부터 조지 4세에 이르기까지 영국이 식민지 전쟁을 통해 전 세계로 팽창하던 시대.

22 **북쪽 해변** 노스쇼어. 미시간 호와 접하고 있는, 부유한 시카고 북쪽의 교외 지역.

26 **유색 인종 제국의 성장** 로스롭 스토더드의 『백인 세계 지배에 대항하는 유색 인종의 물결』과, 미국의 유명한 심리학자이자 우생학자였던 헨리 H. 고더드를 암시하는 것으로 보임.

30 **큐나드나 화이트스타** 큐나드 라인은 북대서양에서 운항하던 유명한 해운 회사. 화이트스타 라인은 영국의 유명한 해운 회사. 타이타닉 호가 이 회사의 선박이었으며, 나중에 큐나드 라인과 합병되었다.

33 **새터데이 이브닝 포스트** 유명한 대중 주간지. 피츠제럴드는 이 잡지를 통해 많은 단편 소설을 발표했다.

웨스트체스터 뉴욕 시 북부에 있는 군의 이름, 웨스트체스터 카운티.

애쉬빌 노스캐롤라이나 주 서쪽 블루리지 산맥에 있는 휴양지.

핫스프링스 온천으로 유명한 아칸소 주 국립공원의 중심지.

팜비치 플로리다 주의 휴양지.

34 **루이빌** 켄터키 주의 가장 큰 도시. 피츠제럴드가 근처 캠프 테일러에서 잠시 근무했다.

43 **타운태틀** 허구의 잡지 이름으로, 연예계의 뒷이야기 등을 전하는 대중적 주간지를 지칭함.

존 D. 록펠러 1863년 스탠더드 오일을 설립한 미국의 거부.

44 **에어데일** 테리어 중 가장 몸이 큰 품종.

45 **베드로라 불린 시몬** 1921년 베스트셀러였던 로버트 키블의 소설. 성적, 종교적 내용으로 논란이 되었다.

49 **몬토크 곶** 롱아일랜드 동쪽 끝 지역 이름.

51 **몬테카를로** 지중해 연안 리비에라 해안에 위치하고 있는 모나코 공국의 행정 구역 중 하나. 카지노와 도박장으로 유명하다.

56 **펜실베이니아 역** 흔히 펜스테이션이라 함. 뉴욕 시의 주요 역 중 하나.

트리뷴 지 『뉴욕 트리뷴』. 1841년 호레이스 그릴리가 처음 발행한 미국의 주요 일간지 중 하나.

58 **코디얼** 농축 과일 주스.

카스티야 스페인의 카스티야는 정교한 패턴의 숄 생산지로 유명하다.

59 **조 프리스코** 1920년대와 1930년대에 유명했던 미국의 재즈 댄서이자 코미디언.

지그펠드 시사 풍자극 1907년에서 1931년까지 플로렌츠 지그펠드가 연출한 코믹 시사 풍자 뮤지컬.

질다 그레이 '시미' 라는 춤을 유행시킨 미국의 유명 여배우이자 댄서.

62 **크루아리에 의상실** 허구의 가게 이름. 맨해튼 5번가에 있던 모자 가게 '풀러 프와레' 또는 카르티에 보석상에서 그 이름을 따온 것으로 여겨진다.

65 **스토더드 강연집** 존 L. 스토더드라는 미국의 저술가가 1897년부터 출간한 열다섯 권의 여행기.

벨라스코 사실적 무대 디자인으로 유명한 미국의 연극 연출가.

79 **저지시티** 뉴저지 주 동북부 허드슨 강 연안에 위치한 뉴욕의 위성 도시.

예일 클럽 예일대 졸업생의 사교 클럽. 맨해튼 44번가에 위치.

80 **워릭** 뉴욕 시 북부, 오렌지 카운티의 한 지역.

84 **밀주업자** 미국에서 금주법은 수정 헌법 18조에 따라 1919년부터 시행하다 수정 헌법 21조에 의거해 1933년 폐지되었다. 금주법을 어기고 불법적으로 술을 판매한 사람을 지칭한다.

폰 힌덴부르크 독일의 군인이자 정치가. 바이마르 공화국 2대 대통령을 역임했다.

85 **니커 바지** 무릎 아래서 졸라매는 넉넉한 짧은 바지.

86 **롯것** 싸구려 독주.

90 **볼로뉴 숲** 파리 서쪽에 위치한 파리의 대표적인 숲 중 하나.

아르곤 숲 프랑스 북부에 위치한 구릉 지대. 무성한 삼림으로 덮여 있고, 제1차 세계대전 중에는 미국군의 공격 무대가 되었다.

91 **트리니티 칼리지** 옥스퍼드 대학의 단과 대학.

92 **블레이저 코트** 가벼운 울로 만든 스포츠 재킷. 영국 대학의 유니폼처럼 강렬한 색채에 줄무늬 복지로 된 것이 많다.

93 **포트 루즈벨트** 가공의 지명.

아스토리아 뉴욕 시 퀸스 자치구 북서쪽에 위치한 지역.

94 **퀸스보로 다리** 롱아일랜드와 맨해튼을 연결하는 이스트 강 위의 다리.

블랙웰 섬 맨해튼과 퀸스 자치구 사이를 흐르는 이스트 강에 있는 섬. 1973년 프랭클린 루스벨트 대통령을 기려 프랭클린 루스벨트 섬으로 바뀜.

95 **하이볼** 위스키나 브랜디에 청량음료를 탄 칵테일.

96 **메트로폴** 타임스 스퀘어에서 조금 떨어진 43번가 서쪽에 위치한 호텔. 1912년 도박장을 운영하던 허먼 로즌설이 살해된 곳.

97 **베커** 허먼 로즌설 살해 교사 혐의로 유죄를 선고받아 처형된 뉴욕의 경찰관.

100 **조작한 사람** 블랙삭스 스캔들. 시카고 레드삭스 팀 여덟 명의 선수가 뇌물을 받고 신시내티 레즈에게 고의로 시합에 져 주었다는 혐의를 둘러싼 추문. 울프심은 사건의 배후로 알려진 로스스타인을 모델로 한 인물이다.

101 **플라자 호텔** 센트럴 파크 옆에 있는 뉴욕의 유명한 고급 호텔.

104 **산타바바라** 캘리포니아 주 태평양 연안의 휴양 도시.

105 **칸** 프랑스 리비에라 해안의 휴양지. 특히 영화제로 유명함.

도빌 파리에서 두 시간 정도 걸리는, 북서쪽 해안의 휴양 도시.

106 **아라비아의 족장** 해리 B. 스미스와 프랜시스 휠러가 작사하고 테드 스나이더가 곡을 붙인 노래로, 1921년 크게 유행했다.

110 **상자 안의 정어리** 한 사람이 숨고 나머지가 숨은 사람을 찾는, 거꾸로 하는 술래잡기 게임.

111 **코니아일랜드** 맨해튼 근교 브루클린에 있는 유원지.

115 **클레이의 경제학** 영국의 경제학자 헨리 클레이가 쓴 경제학 입문서.

116 **랙렌트 성** 1800년도에 출간된 마리아 에지워스가 쓴 소설의 제목.

123 **왕정복고** 영국에서 청교도 혁명으로 인한 공화제가 끝나고, 1660년 찰스 2세가 왕권을 회복한 것을 지칭한다.

머튼 칼리지 옥스퍼드 대학의 단과 대학.

애덤식 서재 18세기 스코틀랜드의 건축가 로버트 애덤식으로 실내 디자인을 한 서재.

샤르트뢰즈 약초를 섞어 만든 프랑스의 술.

128 **사랑의 보금자리** 오토 하박이 작사하고 루이스 허쉬가 곡을 붙인 노래로, 1920년 크게 유행했다.

132 **지하 수송관** 금주법이 시행되는 동안 지하 수송관을 통해 캐나다에서 술을 밀수한다는 소문이 떠돌았다.

134 **맹트농 부인** 프랑스 국왕 루이 16세의 두 번째 부인. 결혼을 공식적으로 인정받지 못했다.

135 **덜루스** 슈피리어 호 북쪽 끝, 미네소타 주의 항구 도시.

범포 바지 캔버스 천으로 만든 바지.

바버리 해안 1849년 골드러시 이후 개발된 샌프란시스코의 선창가 지역을 지칭하는 것으로 보인다.

146 **새벽 세 시** 1921년에 유행한 노래. 도로시 테리스 작사, 줄리언 로브레도 작곡.

150 **트리말키오** 고대 로마의 풍자 작가 페트로니우스의 『사티리콘』에 등장하는 인물로서, 화려한 파티를 열던 것으로 유명했다.

152 **내셔널 비스킷 회사** 머리글자를 따 나비스코라고 알려진 미국의 제과업체. 뉴저지 주 이스트하노버에 본부가 있다.

156 **진리키** 진에 라임 과즙과 탄산수를 탄 음료. 하이볼과 비슷하다.

167 **민트 줄렙** 위스키나 브랜디에 박하와 설탕을 탄 칵테일.

175 **카피올라니** 하와이 군도의 오아후 섬에 있는 공원.

펀치볼 오아후 섬 호놀룰루에 있는 화산 분화구.

198 **빌 스트릿 블루스** 미국의 작곡가 W. C. 핸디가 1916년 발표한 노래. 1919년 질더 그레이가 브로드웨이의 뮤지컬에서 불러 큰 인기를 얻

었다.

204 **햄스테드** 롱아일랜드 서쪽 지역에 있는 마을.

사우샘프턴 롱아일랜드에 있는 도시.

205 **플러싱** 뉴욕 시 퀸스 자치구 북쪽 지역에 있는 구.

211 **개즈힐** 가공의 지명.

221 **제임스 J. 힐** 미국의 철도 재벌로, 피츠제럴드의 고향인 미네소타 주 세인트폴에서 살았다. '제국의 건설자'라는 별명을 갖고 있었다.

221 **그리니치** 코네티컷 주에 있는 오래된 도시.

227 **호펄롱 캐시디** 클래런스 멀포드의 소설에 등장하는 카우보이. 1907년에서 1941년 사이에 발표되었으므로, "1906년 9월 12일"이라는 날짜는 잘못된 것이다.

231 **스웨덴 이민자들의 마을** 미네소타 주의 초기 정착민들 중에는 스웨덴에서 온 이민자들이 많았다.

232 **엘 그레코** 16세기 스페인 르네상스 시기에 활약한 유명한 화가이자 조각가.

개츠비는 위대한가?

김태우(국민대 영어영문학과 부교수)

1. 작가에 대하여

프랜시스 스콧 피츠제럴드(Francis Scott Fitzgerald, 1896~1940)는 20대 초반에 『낙원의 이쪽(*This Side of Paradise*)』(1920)과 『저주받은 아름다운 사람들(*The Beautiful and Damned*)』(1922)을 발표하여 큰 성공을 거둠으로써 새로운 시대를 대표하는 젊은 작가로 미국 문단에 화려하게 등장했다. 그러나 오늘날 그의 대표작으로 널리 인정받고 있는 『위대한 개츠비(*The Great Gatsby*)』(1925)는 작가가 기대했던 만큼의 성공을 거두지는 못했으며, 전체적으로 보았을 때 그의 작가 경력은 너무 젊은 시절에 "제한적이지만 급격하게 뛰어난 위치에 올라서서 그 이후부터는 모든 것이 내리막에 접어든 것 같은" 느낌을 준다. 『위대한 개츠비』 이후 그가 발표한 주요 작품은 『밤은 부드러워(*Tender Is the Night*)』(1934)가 유일하며, 그의 사후 『마지막 거물(*The Last Tycoon*)』

(1941)이 유고의 형태로 출간되었다.

이렇게 보면 피츠제럴드가 보기 드문 과작(寡作)의 작가였다고 생각할 수 있지만, 실상은 그렇지 않다. 그는 실패한 한 편의 희곡을 포함하여 총 160편에 이르는 방대한 양의 단편 소설을 썼으며, 그중에는 뛰어난 예술성을 보여 주는 작품들도 여러 편 있다. 문제는 피츠제럴드가 돈을 벌 목적으로 단편 소설을 양산했다는 점이다. 그는 비싼 원고료를 받으며 『세터데이 이브닝 포스트(*Saturday Evening Post*)』와 같은 대중 잡지에 자신의 단편들을 발표했는데, 그러는 내내 자신의 상상력과 작가적 재능을 낭비하고 있다는 사실을 뼈아프게 의식했다. 그러나 데이지의 모델이 된 젤다(Zelda)와의 화려하고 사치스런 결혼 생활을 유지할 필요 때문에 단편 소설 쓰는 일을 중단할 수 없었다. 나중에 젤다가 정신 이상의 징후를 보였을 때는 그녀가 늘 최고의 요양원에서 치료받을 수 있도록 배려했으며, 그와 젤다 사이의 유일한 혈육인 스코티(Scottie)의 교육을 위해서도 많은 관심을 기울였다. 그렇지만 그것은 결국 그가 경제적인 문제를 떠나 자유롭게 창작에 몰두할 수 없었다는 뜻이기도 하다. 그는 늘 돈에 쫓겼으며, 빚 때문에 큰 고통을 겪기도 했고, 경력 말기에는 할리우드 배우들의 화려한 생활에 대한 동경과 경제적인 문제를 동시에 해결할 욕심으로 할리우드에 진출해 영화 원고를 쓰기도 했지만, 결국 실패로 끝나고 말았다. 이후 그는 할리우드의 경험을 바탕으로 유작이 된 『마지막 거물』에 몰두하다 45세라는 비교적 이른 나이에 생을 마쳤다.

피츠제럴드는 헤밍웨이나 포크너와 같은 동시대의 다른 작가

들과 달리 금전적인 성공과 작가적 명성을 동시에 추구했던 독특한 작가였는데, 그런 그의 꿈은 유감스럽게도 그의 사후에 이루어졌다. 그의 사망 소식이 전해지자 그를 잘 아는 문단과 학계의 친구들을 중심으로 그에 대한 적극적인 소개와 재평가가 이루어졌으며, 아내와의 사랑을 포함하여 드라마와 같았던 그의 삶의 여러 에피소드가 알려지면서 그는 다시 대중의 관심을 끌기 시작했다. 동시에 그의 작품에 대한 진지한 학문적 연구도 본격적으로 시작되었다. 특히 『위대한 개츠비』가 대학 교재로 사용되면서 판매 부수가 기하급수적으로 늘기 시작해서, 1970년대에는 매년 삼십만 부 이상이 팔리는 베스트셀러가 되었고, 2,400개에 달하는 종합 대학과 단과 대학에서 『위대한 개츠비』를 필독 도서로 선정했다. 1974년에는 로버트 레드포드와 미아 패로가 각각 개츠비와 데이지의 역할을 맡은 영화가 개봉되어 전 세계로 보급되었으며, 랜덤하우스라는 미국 출판사의 편집 위원회가 선정한 20세기의 가장 위대한 소설 100권의 목록에서 『위대한 개츠비』는 제임스 조이스의 『율리시즈(*Ulysses*)』 바로 다음으로 2위를 차지했고, 독자들이 선정한 목록에서도 13위를 기록했다. 지금도 마찬가지로 『위대한 개츠비』는 많은 독자들의 사랑을 받고 있으며, 전 세계적으로 개츠비는 특정한 인간형을 대변하는 전형이 되었다고 할 수 있다.

2. 『위대한 개츠비』의 결점과 매력

흥미로운 점은 『위대한 개츠비』가 처음 발표되었을 당시 기대만큼의 대중적 성공을 거두지 못했을 뿐만 아니라, 지인이나 비평가의 반응도 칭찬 일색은 아니었다는 사실이다. 피츠제럴드와 헤밍웨이를 포함한 일군의 작가들을 지칭하는 "잃어버린 세대(lost generation)"라는 말로 유명한 거투르드 스타인은 『위대한 개츠비』를 처음 읽고, 이 작품이 당대의 현실을 잘 표현하고 있으며 윌리엄 새커리의 『허영의 시장(*Vanity Fair*)』에 필적하는 작품이라고 칭찬했고, 「황무지」로 유명한 시인 T. S. 엘리엇은 『위대한 개츠비』를 "헨리 제임스 이후 최초로 진일보한 작품"이라고 긍정적으로 평가했다. 그러나 그의 편집인이었던 퍼킨스는 『위대한 개츠비』가 이전 작품들에 비해 큰 진전을 이룬 것을 인정하면서도 "줄거리가 사소하다"는 단서를 달았으며, 특히 피츠제럴드가 존경했던 작가 에디스 워튼은 "개츠비가 진정 위대한 인물이 되기 위해서는 짧은 이력서 대신 초기의 경력을 보여 주었어야 했다"며 개츠비 묘사의 허술함을 지적했다. 이런 비판적 반응을 단지 『위대한 개츠비』의 위대성을 알아보지 못한 단견의 결과라고 단정 지을 수 없는 것은 『위대한 개츠비』에 적지 않은 문제점이 있는 것 또한 사실이기 때문이다.

개츠비라는 인물 묘사와 관련해서는 피츠제럴드 자신이 "초점이 맞지 않고 누덕누덕 기운 것 같다"고 문제점을 인정했지만, 작품 속에서 그가 수많은 억측의 대상이 되는 것처럼 독자에게도 생생하게 살아 있는 것 같지 않고, 많은 것이 베일 속에 감추어져 있는 수수께끼 같은 인물로 느껴진다.

한편 신분과 부의 차이로 인해 사랑을 이루지 못한다는 『위대한 개츠비』의 기본 줄거리는 거의 패턴을 이룰 정도로 피츠제럴드의 여러 작품에서 다루어진 진부한 이야기로서, 박진감 넘치는 사건 없이 단조롭게 전개된다. 운명적인 자동차 사고가 일어나기 전 개츠비와 톰이 차를 바꿔 타는 것은 너무 우연적이고 작위적인 설정의 예라고 할 수 있을 것이다.

문체나 서술 기법과 관련해서도 사정은 마찬가지다. 피츠제럴드의 문체는 미국의 후배 작가와 작가 지망생들에게 모범이 될 만큼 많은 영향을 끼쳤다고 한다. 실제로 『위대한 개츠비』에만 해도 그런 상황이 수긍이 될 정도로 탁월하게 아름다운 서술이 여러 곳에서 눈에 띈다. 개츠비와 데이지가 헤어지기 전 마지막으로 만나는 장면이라든지, 닉이 서부로 돌아오던 학창 시절의 일을 회상하는 장면, 닉이 마지막으로 개츠비의 저택을 찾아 회상에 잠기는 작품의 끝부분 등은 묘사의 정밀성과 거의 시적 수준에 이른 서정성으로 감탄을 자아내기에 충분하다. 그러나 작품 전체로 보았을 때 그의 산문이 고른 수준을 보이는 것은 아니고, "노란 칵테일 음악"과 같은 표현에서 볼 수 있는 것처럼 독자에 따라서는 불필요하게 감각적이고 작위적으로 느껴질 수도 있다.

또 『위대한 개츠비』의 기본적 서술 구조는 닉이 모든 사건이 종료된 후 고향으로 돌아와 회상하며 쓴 것으로 되어 있지만, 닉이 갑자기 소설가가 되기로 결심한 것인지 그 글을 쓰는 의도가 제대로 드러나지 않고, 그 기본적인 구조를 의식하며 작품을 읽게 되기보다는 간헐적으로 닉에 의해 그 구조가 상기되는 것 같은 인상이 짙다. 특히 윌슨 부인이 자동차 사고로 사망한 날 밤 윌슨과 미카엘리스가 함께 밤을 새는 장면은 아무래도 전지적 작가 시점에 의한 서술 같은 모순을 보이기도 한다.

그러나 『위대한 개츠비』에는 위에서 열거한 단점을 상쇄하거나 심지어는 그 단점을 오히려 장점으로 전화하는 어떤 매력이 숨어 있는 것처럼 보인다. 그렇지 않다면 이 작품이 1925년 처음 발표된 이후 오늘날에 이르는 그 긴 시간 동안 수많은 대중의 감성과 상상력을 자극하며 지속적인 사랑을 받아 왔다는 사실을 설명하기 어려울 것이다. 그리고 그 매력의 대부분은 아마도 개츠비라는 지극히 모호하면서도 독특한 인물을 통해 직간접적으로 드러나는 것이 아닌가 싶다. "모든 것을 이해하는 것 같은" 미소를 짓기도 하지만, "'사람을 죽인 적'이 있는 것" 같은 표정을 짓기도 하고, 엄청난 부를 일궈 터무니없이 호화스런 삶을 살면서도 과거의 연인을 잊지 못하고 사랑을 추구하다 목숨을 포함한 모든 것을 잃고 마는 개츠비의 모순적이고 낭만적인 모습이 겉으로 드러나는 직접적 매력이라면, 그가 표상하는 가치와 그 가치가 갖는 의의는 이면적이고 간접적인 매력이라고 할 수 있을 것이다.

3. 개츠비의 위대성

『위대한 개츠비』를 읽고 나서 가장 자연스럽게 드는 생각은 '그가 위대한가?' 라는 의문일 것 같다. 제목 때문에라도 독자는 개츠비라는 인물의 위대성에 대해 생각해 볼 수밖에 없는데, 작품에서 드러나는 그의 삶의 행적에는 사실 위대하다고 말할 수 있는 부분이 거의 없기 때문이다. 개츠비의 아버지에게는 기특하게 보였을지 모르지만, 작은 도시의 평균 이하의 가정에서 태어나 성공을 꿈꾸는 데는 사실 아무런 특이함도 없으며, 특히 성공 신화가 널리 퍼져 있는 미국에서는 말할 것도 없다. 개츠비가 자신을 신의 아들이라고 생각한 것도 청소년 시절의 치기 어린 상상의 산물이겠지만, 그가 꿈꾸는 신의 사업이 결국 "거대하고 통속적이고 천박한 아름다움에 봉사하는 일"이라면 거기에서도 어떤 위대함의 흔적을 볼 수 없다.

가장 중요한 데이지와의 사랑과 관련해서도 그 사랑을 위대한 사랑이라고 부를 수는 없을 것이다. 어떤 상황에서도 흔들림 없이 끝까지 데이지를 감싸고 사랑한다는 점에서 개츠비의 낭만적 숭고함을 생각할 수는 있지만 위대성을 말하기에는 부족하고, 무엇보다도 데이지가 위대한 사랑의 상대가 되기에는 턱없이 세속적이고 타산적인 인물이기 때문이다.

개츠비의 물질적 성공도 언뜻 보기에는 미국의 꿈을 이룬 것처럼 보이지만, 부의 축적 자체가 위대성을 담보할 수는 없는 일인데다가, 개츠비의 부가 수단과 방법을 가리지 않고 이루어졌다는 점에서 근본적인 한계를 드러낸다. 이처럼 겉으로 드러나는 개츠비라는 인물은 누구나 위대함에 공감할 수 있는 거창한 일을 위해 몸을 바쳤던 것도 아니고, 감탄과 공감을 일으키는 위대한 사랑을 했던 인물도 아니다.

비록 그 위대성을 파악하기는 어렵다고 해도 개츠비가 결코 평범한 인물이 아님은 명백한 사실이다. 그렇다면 결코 평범하지 않지만 그 위대성에 제약이 따르는 문학상의 다른 인물, 예를 들면 미국의 고전으로 널리 인정받고 있는 허먼 멜빌의 『모비딕』에 등장하는 에이해브 선장과 같은 인물을 통해 우회적으로 개츠비의 위대성을 검토해 볼 수 있을 것이다.

에이해브 선장은 바다에서 고래를 잡는 일에 전 생애를 바쳤고, 그런 까닭에 바다와 고래잡이에 대해서는 최고의 전문적 식견을 가진 포경선의 선장이다. 그런데 모비딕이라는 거대한 흰 고래를 잡으려다 한쪽 다리를 잃게 되면서부터 모비딕을 잡는 일만이 그의 존재의 의의이자 생의 목표가 된다. 그는 거의 전 지구를 돌다시피 하면서 모비딕을 추적하고 결국 모디빅에게 마지막 작살을 꽂고 모비딕에 끌려가며 바다에서 죽음을 맞이하게 되는데, 그 과정에서 『위대한 개츠비』의 닉처럼 모비딕의 이야기를 전하는 이쉬마엘을 제외하고는 에이해브 선장과 함께 포경선을 탔던 모든 선원들이 죽음에 이르게 된다. 에이해브 선장의 거의 광기와도 같은 집념과 초인적 의지는 어떤 경외감을 일으키기도 하지만, 경제적 동기와 같은 특별한 이유도 없이 동료 선원의 안위를 무시하고 오직 증오심에 사로잡혀 거대한 고래를 악착같이 죽이려 하고 또

죽이는 일은 위대하다기보다는 사실 끔찍한 일에 가깝다. 이런 상황에서 에이해브 선장에게 어떤 위대성을 부여할 수 있다면 그것은 오직 『모비딕』을 우화로 읽을 때만 가능해 보인다. 즉 에이해브 선장을 모비딕으로 표상되는 악의 정수 또는 자연의 파괴적 힘에 맞서 초인적 의지로 죽음조차 불사하며 이룰 수 없는 자신의 꿈을 이루기 위해 인간의 한계를 초월하고자 하는 인물로 해석할 때만 비로소 그를 영웅이나 위대한 인간의 전형으로 이해할 수 있게 된다는 것이다. 이런 상황에 비추어 보았을 때 개츠비 역시 표면적인 모습보다는 하나의 상징적 존재로서 해석할 때 비로소 그가 갖는 참된 가치와 위대성을 드러나 보일지 모른다.

이미 언급했지만 개츠비와 관련된 모호함은 그가 작품 속에서 실제 살아 있는 인물처럼 생생하게 형상화되어 있지 않다는 점에 기인한다. 개츠비의 삶에 대한 묘사는 마치 빠르게 달리는 기차 안에서 바깥 풍경을 보는 것처럼 모든 것이 휙휙 지나가는 것 같은 느낌을 불러일으킨다. 한마디로 말해 그에게는 정상적으로 기대할 수 있는 역사가 생략되어 있다. 특히 그가 부를 쌓은 과정 자체가 지극히 애매하게 처리되어 있다. 그가 탈법적인 주식 거래와 밀주 판매로 거대한 부를 쌓았다는 것이 암시되지만, 그 사업의 실체적 모습과 검은 '연줄'은 가끔씩 시카고에서 걸려오는 전화와 울프심이라는 인물뿐이다. 그런데 이 울프심이라는 인물조차도 월드시리즈를 조작할 정도의 거물이라기보다는 평범한 브로커처럼 보일 따름이다. 이런 상황에서 개츠비가 데이지와 헤어진 지 4, 5년 만에 롱아일랜드에 거대한 주택을 구입하고 호화판 파티를 매일 열 정도의 부자가 된 것은 누구라도 기꺼이 법을 어길 작정만 하면 그런 물질적 성공이 가능하다는 것인지, 심지어 그런 물질적 성공이 미국의 꿈을 이루었다는 것인지 혼란을 불러일으킨다.

그러나 이런 사실성의 결여가 완전히 부정적인 면만 갖고 있는 것은 아니다. 개츠비라는 인물의 윤곽이 선명하게 드러나지 않기 때문에 오히려 독자의 상상력을 자극하고, 독자의 상상력이 개입할 공간이 넓어지게 되며, 더욱 중요하게는 개츠비가 갖는 상징적 의미가 두드러지게 나타날 수 있다. 그것은 개츠비의 삶의 과정이 자세하게 묘사되어 있는 『위대한 개츠비』를 가정해 본다면 쉽게 이해할 수 있다. 그런 『위대한 개츠비』는 현재의 『위대한 개츠비』와는 전혀 다른 작품이 될 것이기 때문이다. 닉은 개츠비가 "자신에 대한 플라톤적 관념에 따라 창조된 인물"이라고 설명하는데, 그것은 피츠제럴드가 개츠비라는 인물을 창조한 방식 자체를 지칭하는 것처럼 들린다. 즉 작가는 어떤 관념을 설정하고, 그 관념을 중심으로 개츠비라는 허구적 인물을 창조한 것 같다는 것이다.

우리는 그 관념을 작가와의 연관과 작품 속에서 드러나는 모습이라는 두 가지 측면에서 확인해 볼 수 있다. 피츠제럴드의 작품이 대개 그렇지만, 『위대한 개츠비』는 자전적인 측면이 아주 강한 작품으로 알려져 있다. 실제 전기를 통해 드러나는 피츠제럴드라는 작가의 삶은 많은 점에서 『위대한 개츠비』와 겹친다. 피츠제럴드는 작품 속의 개츠비와 닉과 마찬가지로 중서부 작은 도시의 부유하지 않은 집안 출신으로, 숙모의 도움을 받아 동부에 있는 명

문 프린스턴 대학에 진학해 이질적인 동부의 문화를 처음 경험했고, 대학 시절에는 아주 부유한 여자와의 연애에 실패하는 경험을 했다. 전쟁에 참가하기를 원했던 피츠제럴드는 대학을 중퇴하고 군에 입대해 소위 임관을 하고 부대를 옮겨 가며 근무하게 되는데, 앨라배마 주 캠프 셰리던에 있을 당시 주 대법원 판사의 딸이었던 젤다를 만나 사랑에 빠져 약혼하게 되었다. 그러나 미래가 불투명하다는 이유로 파혼을 당하는 우여곡절을 겪고, 결국 『낙원의 이쪽』의 성공으로 부와 명성을 얻게 되면서 젤다와 결혼에 성공했다.

한편 피츠제럴드는 시간에 집착했다고 할 정도로 꼼꼼하게 일상사와 자신의 수입을 기록했으며, 기본적으로 청교도적 도덕률이 몸에 배어 있는 인물이었다. 대학 시절이나 뉴욕 등지에서 아주 부유한 사람들과 어울릴 때도 그는 그들과 완전히 섞이지는 못하고 관찰자적 입장을 유지했으며, "나는 최후 위기의 순간에는 진정한 용기와 인내력과 자존감을 보이지 못한다"고 스스로 인정할 정도로 자기 분석을 할 줄 아는 인물이기도 했다. 이런 점을 고려할 때, 피츠제럴드의 개인적 경험의 많은 부분이 『위대한 개츠비』 안에 녹아들어 있음을 쉽게 추측할 수 있고, 닉과 개츠비는 거칠게 말해서 작가 자신의 상반되는 두 측면, 즉 세속적인 성공과 작가로서의 성공 모두를 열망하는 낭만적, 이상적 측면과, 냉정하게 사람과 사물을 관찰하고 그 인과 관계와 도덕적 의미를 따지는 현실적인 측면을 각각 반영한다고 할 수 있다. 그리고 이런 관점에서 닉과 개츠비가 상보적인 '영웅'이라든지 피츠제럴드가 자신의 "관찰자적 또는 심미적이고 더 지적이고 책임 있는" 부분과 "꿈에 빠져 있는 낭만적" 측면을 나누어 형상화했다는 비평가들의 의견을 분명하게 이해할 수 있게 된다. 피츠제럴드는 개츠비가 "어느 순간 나 자신으로 변했다"고 스스로 인정했는데, 그가 말하는 '자신'은 꿈과 이상을 향한 열정과 집착이었다고 할 수 있을 것이다. 『위대한 개츠비』에서는 그런 꿈과 이상이 데이지라는 인물로 육화되어 나타나며, 그런 까닭에 개츠비는 어떤 상황에서도 데이지를 포기할 수 없게 되는 것이다.

개츠비는 늘 무엇인가를 꿈꾸는 인물이다. 그러나 데이지를 만나기 전까지는 사실 그 꿈의 정체가 무엇이었는지 확실하지 않다. 개츠비의 아버지가 보여 주는 개츠비의 생활 계획표에는 비교적 소박한 성공을 이루려는 꿈이 담겨 있다. 그러나 닉에 따르면, 그는 농사를 짓던 부모를 진정한 부모로 여긴 적이 없으며 "압도적인 자기도취" 속에서 자신을 신의 아들로 생각했고, 매일 밤 "말로 표현할 수 없는 화려한 우주"에 대한 공상에 빠졌다. 그러던 그가 운명처럼 댄 코디라는 인물을 만나게 되고, "이 세상의 모든 아름다움과 화려함을 대표"하는 것 같은 그의 요트를 타고 여행하며 몇 년을 보내게 되지만, 그 여행이 끝났을 때 그에게 남은 것은 "독특하게 그에게 어울리는 교육"뿐이었다. "화려한 우주"라는 표현이나 댄 코디가 광산업을 통해 일확천금을 이루었던 인물임을 감안할 때 이 시절 개츠비의 꿈은 부를 통한 신분 상승이라는 막연한 기대였을 것이다. 그런데 운명을 결정하는 결정적인 사건으로서 데이지를 만나게 되고, 개츠비의 꿈은 명확한 형상을 갖추게 된다.

데이지는 개츠비가 그때까지 살아오면서 "처음 만난 '멋진' 여자"였고, "흥분을 일으킬 정도로 소망스러운 존재"로서, 그녀는 개츠비에게 자신이 꿈꾸었던 거의 모든 것을 한 몸에 구현하고 있는 것처럼 보였을 것이다. 그렇다고 개츠비가 즉각적으로 데이지와 사랑에 빠진 것은 아니었다. 그는 신분과 부라는 현실적 장벽을 고통스럽게 느꼈고, 동시에 "말로 표현할 수 없는 자신의 비전을" 데이지와 결합하면 "그의 마음이 더 이상 신의 마음처럼 자유롭게 뛰놀 수 없다는" 사실 또한 알고 있었다. 그래서 심지어 데이지가 자신을 버렸으면 하고 바라기까지 했다. 그러나 그는 데이지를 포기할 수 없었고, 결국 자신의 야심과 위대한 일에 대한 꿈을 모두 포기하고, "그가 가꾸어 왔던 꿈의 현신"으로서 데이지를 받아들이게 된다. 그러므로 데이지를 향한 개츠비의 사랑은 단순히 사랑하는 여자를 만나 삶을 함께한다든지 사랑하는 여자에게 낭만적으로 헌신하는 차원의 문제가 아니다. 그것은 모비딕을 잡는 것이 에이해브 선장에게 갖는 의미와 흡사하게, 그 성패에 따라 삶의 가치와 존재의 의미가 결정되는 성배 추구와 같은 일이다. 그런 까닭에 데이지가 자신을 기다리지 못하고 다른 남자와 결혼했음에도 불구하고 개츠비는 데이지를 포기할 수 없었다. 오히려 데이지와 떨어져 있는 동안 "창조적인 열정을 갖고 환상 속으로 자신을 던졌으며, 자기에게 날아드는 모든 아름다운 깃털로 장식하며 내내 환상을 키웠던" 것이고, 당당하게 데이지를 다시 맞이하기 위해 부를 쌓고, 마침내 데이지가 살고 있는 롱아일랜드에 저택을 구입하기에 이르렀다. 그가 매일 밤 바라보던 데이지의 집 앞 부두의 초록색 불빛은 닿을 수 없는 별처럼 반짝이지만 팔을 뻗기만 하면 닿을 것 같은 거의 이루어진 꿈처럼 느껴졌을 것이다. 그러나 개츠비는 결국 톰의 악의와 신분의 벽에 다시 가로막혀 좌절하게 된다. 그것은 곧 개츠비의 꿈의 종말이며 존재의 이유와 의미가 사라졌다는 뜻이다. 윌슨에게 살해되기 직전 개츠비가 "현실감은 없지만 형상은 갖추고 있고, 불쌍한 유령들이 꿈을 공기처럼 호흡하며 우연에 이끌려 여기저기 떠돌아다니는 그런 세상 안에 있다고" 느꼈을 것이라는 닉의 추측은 닉이 그런 개츠비의 사랑의 본질을 정확하게 꿰뚫어보고 있었음을 보여 준다.

개츠비의 사랑은 본질적으로 이룰 수 없는 것이다. 우선 그것은 개츠비와 데이지 사이의 관계 자체에서 비롯된다. 그 둘 사이를 가로막고 있는 신분과 부의 장벽도 문제이지만, 그 사랑이 애초에 개츠비의 기만에 의해 시작될 수 있었기 때문이다. 물론 개츠비가 노골적으로 데이지를 속인 것은 아니지만, 데이지가 개츠비의 실체가 아닌 허상을 보도록 방치했던 것도 사실이다.

한편 데이지는 개츠비가 자신을 인생의 목표이자 꿈과 동일시한다는 사실을 몰랐고, 또 알았다고 해도 그것을 이해하지는 못했을 것이다. 데이지는 신분과 부가 제공하는 안락과 편의를 결코 포기할 수 없는 인물이다. 그것은 부정으로 얼룩지고 행복하다고 느끼지 못하는 톰과의 결혼 생활을 청산하지 못하고, 나중에 개츠비를 통해 새로운 삶의 기회가 찾아왔을 때 결국 개츠비를 믿지 못하고 톰과 함께 야비한 방식으로 개츠비를 배신한다는 점에서 확실하게 드러난다.

개츠비의 사랑이 갖는 또 다른 문제는 그것이 상대방에 대한 깊은 이해가 아니라 자기 성취에 토대를 두고 있기 때문에 데이지를 포함한 어떤 여성도 받아들이고 인정하기 힘든 성질의 사랑이라는 것이다. 그것은 데이지를 "넘어섰고, 모든 것을 넘어선" 환상이며, 과거를 되돌리려는 일처럼 이룰 수 없는 꿈을 끝없이 추구하는 의지의 결정이다. 닉이 결국 개츠비가 옳았다고 말할 때, 그 옳은 것은 데이지를 끝까지 사랑하고 감싸 주었다는 점도 있겠지만, 무엇보다도 그 사랑을 통해 드러난 개츠비의 삶의 방식 그 자체, 즉 이상을 향한 한없는 헌신을 의미한다고 보아야 할 것이다.

마지막으로 개츠비의 저택을 찾아 바닷가에 누워 회상에 잠기면서 닉은 데이지의 집 선창가에서 반짝이는 초록색 불빛을 보며 느꼈을 개츠비의 경이로움을 신세계에 처음 발을 디딘 네덜란드 선원들이 느꼈을 경이로움과 동일시하고, 나아가 개츠비의 꿈을 신세계 발견과 그 신세계의 미래와 관련된 "인간 최고, 최후의 꿈"과 동일시함으로써 개츠비를 문명 비판의 차원으로까지 승화시킨다. 실제의 역사가 어떠하든 신세계를 찾아나서는 것과 같은 거창한 일은 이룰 수 없을 것 같은 꿈을 추구하는 인간들에게만 가능한 일이다. 그리고 그들은 결국 신세계에 이르렀으며, 그랬기 때문에 다시 신세계의 미래에 대해 거대한 꿈을 꿀 수 있었다. 인간의 삶에서 위대한 일은 궁극적으로 개츠비처럼 꿈꾸는 자에 의해 이루어지는 것이다. 그러나 개츠비의 비극은 신세계의 미래에 대한 꿈이 이미 깨졌다는 것, 그와 더불어 그의 꿈도 이미 "그의 뒤에, 공화국의 검은 대지가 어둠 아래 굽이치는, 도시 너머의 저 광대한 어둠 속 어딘가에 있다는 것을" 몰랐다는 점에 있다.

미국의 꿈(American Dream)이라고 하는 것은 가장 단순하게 말하면 신세계에 모든 인간이 인간답게 살아가는 세상을 건설하는 것이었다고 할 수 있다. 종교적 박해를 피해 신세계로 이주한 청교도들의 꿈은 기본적으로 믿음의 자유가 보장되는 종교 공동체를 만드는 것이었고, 식민지 모국의 착취에 반기를 들고 미국 독립을 쟁취했던 사람들의 꿈은 미국의 독립 선언에서 드러나듯 모든 사람에게 자유와 평등과 행복의 추구가 보장되는 사회를 건설하는 것이었다.

한편 미국의 방대한 자원과 국토는 누구나 절약과 근면을 통해 성공할 수 있다는 성공 신화가 널리 퍼질 수 있는 토대가 되기도 했다. 그런데 19세기 말 경 미국이 급속도로 산업화되면서 미국의 꿈은 무엇보다도 물질적인 성취로 변질되기 시작했다. 피츠제럴드 자신이 '재즈 시대(Jazz Age)'라고 명명한 1920년대는 처음으로 저축보다 소비가 장려되었고 주식 투자로 많은 사람들이 큰 이익을 보았던 유례없는 번영의 시기였지만, 그 번영의 이면에는 정신적 가치의 쇠락과 도덕적 타락이 자리 잡게 되었다. 『위대한 개츠비』가 시대의 실상을 포착하여 신세계의 미래에 대한 꿈으로서의 미국의 꿈의 실패를 총체적으로 보여 주고 있는 것이 바로 이 부분이다.

『위대한 개츠비』가 보여 주는 세계는 '재의 계곡'과 '에클버그 박사의 거대한 두 눈'이 상징하는 것처럼 문명의 쓰레기가 흘러

넘치고 상업주의가 신을 대체한 정신적 황무지다. 매일 밤 벌어지는 개츠비의 파티는 화려함의 극치를 보여 주지만, 서로 누군지도 모르는 사람들이 단지 즉흥적인 쾌락을 위해 불나방처럼 모여들 뿐 참된 인간관계를 결여하고 있다. 개츠비가 죽었을 때 그를 찾은 사람이 단 한 명뿐이었다는 사실은 그런 정신적 빈곤을 통렬하게 풍자한다. 개츠비와 닉을 제외한 『위대한 개츠비』의 모든 등장인물들도 사정은 마찬가지다. 톰과 데이지는 기만과 현실적 편의에 기초해 서로 관계를 유지하고 있으며, 개츠비를 배신하는 과정에서 드러나듯 도덕적으로 황폐한 인간들이다. 조던은 "치유가 불가능할 정도로" 정직하지 않고, 필요하면 언제나 자신의 잘못을 남에게 전가할 준비가 되어 있으며, 개츠비를 살해한 윌슨은 삶에 지쳐 "자기가 살아 있는지도 모르는" 사람이고, 그의 아내는 톰과의 부적절한 관계를 통해 현실에서 충족시킬 수 없는 물질적 욕망을 이루려는 인물이다. 울프심은 직접 범죄 세계에 몸담고 있고, 오직 자신의 이익에 따라서만 행동하는 타락한 인물의 전형이라고 할 수 있다. 개츠비가 홀로 빛나는 것은 이처럼 꿈꾸지 못하는 인간들에 둘러싸인 채로 꿈이 사라지고, 꿈이 불가능한 시대의 한복판에서 끝까지 "부패할 수 없는" 자신의 꿈에 충실했기 때문이다. 피츠제럴드가 의도한 개츠비의 꿈은 결국 미국의 꿈이었으며, 개츠비는 데이지에 대한 한없는 사랑과 실패로써 미국의 꿈의 가능성과 실패를 한 몸에 구현해 보여 주었다. 그것이 우리가 그의 위대성을 확인하게 되는 부분이다.

판본 소개

1925년 처음 발간한 이래로 지금까지 웬만큼 이름이 있는 출판사는 거의 모두 『위대한 개츠비』를 출판했다고 볼 수 있으며, 그 판본은 이루 헤아리기 힘든 실정이다. 그래도 『위대한 개츠비』와 가장 밀접한 관계에 있는 출판사는 스크리브너 출판사라고 할 수 있다. 스크리브너 출판사는 『위대한 개츠비』를 포함하여 맨 처음 피츠제럴드의 주요 작품을 거의 모두 출간했고, 오늘날까지도 다양한 형태로 출판을 계속해 오고 있다.

영국에서는 1926년 챠토 윈더스 출판사에서 처음 『위대한 개츠비』를 출판했고, 1950년 펭귄 출판사가 『위대한 개츠비』를 출판한 이래 중간을 계속해 오고 있다. 1958년에는 『위대한 개츠비』를 포함한 피츠제럴드 전집이 J. B. 프리스틀리 편집으로 보들리 헤드에서 간행되었다.

최근에는 영국과 미국 양쪽에서 출판하고 있는데, 유명한 피츠제럴드 학자인 매튜 브루콜리 교수가 편집한 판본이 가장 많다.

1991년 케임브리지 대학 출판부와 롱맨 출판사에서도 발간했고, 1995년과 1998년에는 각각 사이먼 슈스터 출판사와 옥스퍼드 대학 출판부에서도 간행했으며, 이후 계속 여러 출판사에서 간행하고 있다.

피츠제럴드는 철자에 대해 별로 신경을 쓰지 않았다고 하는데, 처음 그의 작품이 출간될 때 스크리브너 출판사의 편집인이었던 맥스웰 퍼킨스 역시 교정 작업에는 충실하지 않았다고 한다. 그 결과 피츠제럴드의 초간본에서는 적지 않은 철자와 문법상의 오류가 지적되었지만, 이후 지속적으로 교정되어 왔다.

번역 대본으로는 2004년 스크리브너 출판사에서 간행한 *The Great Gatsby*(New York: Scribner, 2004)를 사용했다. 번역상의 어려운 점은 무엇보다도 피츠제럴드의 감각적인 문체를 옮기는 작업이었다. 그 과정에서 원문의 음영이 적지 않게 손상되었을 것이라 예상하지만, 서정성이 빼어난 부분은 독자들이 그 서정성을 직접 느낄 수 있도록 나름 노력했다고 생각한다. 특히 현대적인 느낌의 문장으로, 가급적 원문의 의미를 손상시키지 않는 범위 내에서 매끄럽게 읽힐 수 있도록 배려했다.

프랜시스 스콧 피츠제럴드 연보

1896　9월 24일 미네소타 주 세인트폴에서 가구업자였던 아버지 에드워드 피츠제럴드와 아일랜드 이민자의 딸인 어머니 메리 몰리 맥퀼런의 5남매 중 셋째로 출생.

1908　뉴욕 주로 이주했던 가족이 아버지의 실직으로 다시 세인트폴로 돌아옴. 9월, 세인트폴 아카데미에 입학.

1909　세인트폴 아카데미의 『지금과 그때』라는 학생 잡지에 처음으로 「레이먼드 저당의 신비」라는 첫 단편 작품을 발표.

1911　뉴저지 주에 있는 가톨릭 기숙학교인 뉴먼 스쿨에 입학. 그에게 큰 영향을 끼친 시거니 페이 신부를 만남.

1913　프린스턴 대학교에 입학. 평생의 친구이자 많은 영향을 받았던 유명한 미국의 문필가 에드먼드 윌슨과 시인 존 필 비숍을 만남. 『프린스턴 타이거』와 『나소 문예지』에 단편, 시, 평론 등을 기고함.

1914　12월 부유한 주식 중개인의 딸이었던, 일리노이 주 레이크 포리스트 출신의 지니브러 킹을 만남. 이후 가난하다는 이유로 거절당한 것이 그의 작품에 중요한 모티프가 됨.

1915　성적이 좋지 않아 거의 일 년 동안 학업을 중단하고 고향으로 돌아감.

1917 미국의 제1차 세계대전 참전으로 군에 지원, 프린스턴에서 육군 소위로 임관됨. 훈련을 받기 위해 캔자스 주 레번워스에 도착. 이 무렵 첫 장편 소설 '낭만적 에고이스트' 집필 시작.

1918 앨라배마 주 먼트가머리 근교 캠프 셰리던으로 전속. 댄스파티에서 주 대법원 판사의 딸인 젤다 세이어를 만나 사랑에 빠짐. 스크리브너스 출판사에게 '낭만적 에고이스트' 출간을 거절당함. 11월 뉴욕 주 롱아일랜드에 있는 캠프 밀스에서 파병을 기다리다 종전을 맞음.

1919 제대 후 뉴욕의 광고 회사에서 일함. 젤다와의 파혼으로 세인트폴로 돌아가 '낭만적 에고이스트' 개작에 몰두함. 9월, 스크리브너스의 편집인이었던 맥스웰 퍼킨스가 '낙원의 이쪽'으로 제목을 바꾼 원고 출판에 동의함.

1920 3월, 첫 장편 소설 『낙원의 이쪽』 출판. 뉴욕의 세인트 패트릭 성당에서 젤다와 결혼. 9월, 첫 단편집 『말괄량이 아가씨들과 철학자들』 출간.

1921 아내와 함께 처음으로 유럽을 여행하며 영국, 프랑스, 이탈리아에서 3개월간 체류한 뒤 귀국. 10월, 피츠제럴드와 젤다 사이의 유일한 혈육인 딸 프랜시스 스콧(애칭은 스코티) 출생.

1922 4월, 두 번째 장편 소설 『저주받은 아름다운 사람들』 출간. 9월, 롱아일랜드의 그레이트넥이라는 부유층 지역으로 이주하여 1924년 4월까지 거주하며 링 라드너와 존 도스 패소스를 알게 됨.

1924 3월, 파리로 출국해 이후 7년 동안 유럽, 특히 파리에서 생활함. 『위대한 개츠비』 집필을 시작함.

1925 4월, 세 번째 장편 소설 『위대한 개츠비』 출간. 유럽을 여행하다 파리에 정착하고, 파리의 한 바에서 헤밍웨이를 만남. 스크리브너스 출판사에 헤밍웨이를 추천함. 거트루드 스타인과 실비아 비치 등 주요 문인들을 만남.

1929 9월, 주식 시장 붕괴로 대공황이 시작되면서 '재즈 시대'가 종말

을 고함.

1930 4월, 젤다가 신경 쇠약 증세를 보이기 시작. 치료를 위해 스위스에 거주.

1931 아버지의 사망으로 귀국.

1932 젤다의 소설 『나를 위해 왈츠를 남겨 주오』 출간.

1934 『밤은 부드러워』 출간. 젤다의 신경 쇠약 재발.

1936 자전적 에세이 「무너져 내리다」를 3회에 걸쳐 『에스콰이어』에 게재. 젤다가 노스캐롤라이나 주 애쉬빌에 있는 정신 병원에 입원함. 이후 그녀는 남은 생애 거의 대부분을 그곳에서 보냄.

1937 6월, MGM 영화사와 6개월 영화 대본 계약 후 할리우드로 감.

1939 938년 MGM과의 계약이 끝나고 프리랜서로 영화 관련 일에 참여했지만, 할리우드에서의 경력은 실패로 판명됨. 유작 『마지막 거물』 집필 착수.

1940 12월, 심장 마비로 사망.

1941 10월, 유작 『마지막 거물』(에드먼드 윌슨 편집)이 발간됨.

1948 10월, 젤다가 요양원의 화재로 사망함.

새롭게 을유세계문학전집을 펴내며

을유문화사는 이미 지난 1959년부터 국내 최초로 세계문학전집을 출간한 바 있습니다. 이번에 을유세계문학전집을 완전히 새롭게 마련하게 된 것은 우리가 직면한 문화적 상황에 적극적으로 대응하기 위해서입니다. 새로운 을유세계문학전집은 세계문학의 역할이 그 어느 때보다 중요해졌다는 인식에서 출발했습니다. 오늘날 세계에서 타자에 대한 이해는 우리의 안전과 행복에 직결되고 있습니다. 세계문학은 지구상의 다양한 문화들이 평등하게 소통하고, 이질적인 구성원들이 평화롭게 공존할 수 있는 문화적인 힘을 길러 줍니다.

을유세계문학전집은 세계문학을 통해 우리가 이런 힘을 길러 나가야 한다는 믿음으로 만들어졌습니다. 지난 5년간 이를 준비하기 위해 많은 노력을 기울였습니다. 세계 각국의 다양한 삶의 방식과 문화적 성취가 살아 있는 작품들, 새로운 번역이 필요한 고전들과 새롭게 소개해야 할 우리 시대의 작품들을 선정했습니다. 우리나라 최고의 역자들이 이들 작품 속 한 문장 한 문장의 숨결을 생생히 전하기 위해 심혈을 기울였습니다. 또한 역자들은 단순히 번역만 한 것이 아니라 다른 작품의 번역을 꼼꼼히 검토해 주었습니다. 을유세계문학전집은 번역된 작품 하나하나가 정본(定本)으로 인정받고 대우받을 수 있도록 최선을 다했습니다. 세계문학이 여러 경계를 넘어 우리 사회 안에서 주어진 소임을 하게 되기를 바라며 을유세계문학전집을 내놓습니다.

을유세계문학전집

1. 마의 산(상) 토마스 만 | 홍성광 옮김
2. 마의 산(하) 토마스 만 | 홍성광 옮김
3. 리어 왕 · 맥베스 윌리엄 셰익스피어 | 이미영 옮김
4. 골짜기의 백합 오노레 드 발자크 | 정예영 옮김
5. 로빈슨 크루소 대니얼 디포 | 윤혜준 옮김
6. 시인의 죽음 다이허우잉 | 임우경 옮김
7. 커플들, 행인들 보토 슈트라우스 | 정항균 옮김
8. 천사의 음부 마누엘 푸익 | 송병선 옮김
9. 어둠의 심연 조지프 콘래드 | 이석구 옮김
10. 도화선 공상임 | 이정재 옮김
11. 휘페리온 프리드리히 횔덜린 | 장영태 옮김
12. 루쉰 소설 전집 루쉰 | 김시준 옮김
13. 꿈 에밀 졸라 | 최애영 옮김
14. 라이겐 아르투어 슈니츨러 | 홍진호 옮김
15. 로르카 시 선집 페데리코 가르시아 로르카 | 민용태 옮김
16. 소송 프란츠 카프카 | 이재황 옮김
17. 아메리카의 나치 문학 로베르토 볼라뇨 | 김현균 옮김
18. 빌헬름 텔 프리드리히 폰 쉴러 | 이재영 옮김
19. 아우스터리츠 W. G. 제발트 | 안미현 옮김
20. 요양객 헤르만 헤세 | 김현진 옮김
21. 워싱턴 스퀘어 헨리 제임스 | 유명숙 옮김
22. 개인적인 체험 오에 겐자부로 | 서은혜 옮김
23. 사형장으로의 초대 블라디미르 나보코프 | 박혜경 옮김
24. 좁은 문 · 전원 교향곡 앙드레 지드 | 이동렬 옮김
25. 예브게니 오네긴 알렉산드르 푸슈킨 | 김진영 옮김
26. 그라알 이야기 크레티앵 드 트루아 | 최애리 옮김
27. 유림외사(상) 오경재 | 홍상훈 외 옮김
28. 유림외사(하) 오경재 | 홍상훈 외 옮김
29. 폴란드 기병(상) 안토니오 무뇨스 몰리나 | 권미선 옮김
30. 폴란드 기병(하) 안토니오 무뇨스 몰리나 | 권미선 옮김
31. 라 셀레스티나 페르난도 데 로하스 | 안영옥 옮김
32. 고리오 영감 오노레 드 발자크 | 이동렬 옮김
33. 키 재기 외 히구치 이치요 | 임경화 옮김

34. 돈 후안 외 티르소 데 몰리나 | 전기순 옮김
35. 젊은 베르터의 고통 요한 볼프강 폰 괴테 | 정현규 옮김
36. 모스크바발 페투슈키행 열차 베네딕트 예로페예프 | 박종소 옮김
37. 죽은 혼 니콜라이 고골 | 이경완 옮김
38. 워더링 하이츠 에밀리 브론테 | 유명숙 옮김
39. 이즈의 무희 · 천 마리 학 · 호수 가와바타 야스나리 | 신인섭 옮김
40. 주홍 글자 너새니얼 호손 | 양석원 옮김
41. 젊은 의사의 수기 · 모르핀 미하일 불가코프 | 이병훈 옮김
42. 오이디푸스 왕 외 소포클레스 | 김기영 옮김
43. 야쿠비얀 빌딩 알라 알아스와니 | 김능우 옮김
44. 식(蝕) 3부작 마오둔 | 심혜영 옮김
45. 엿보는 자 알랭 로브그리예 | 최애영 옮김
46. 무사시노 외 구니키다 돗포 | 김영식 옮김
47. 위대한 개츠비 프랜시스 스콧 피츠제럴드 | 김태우 옮김
48. 1984년 조지 오웰 | 권진아 옮김
49. 저주받은 안뜰 외 이보 안드리치 | 김지향 옮김
50. 대통령 각하 미겔 앙헬 아스투리아스 | 송상기 옮김
51. 신사 트리스트럼 섄디의 인생과 생각 이야기 로렌스 스턴 | 김정희 옮김
52. 베를린 알렉산더 광장 알프레트 되블린 | 권혁준 옮김
53. 체호프 희곡선 안톤 파블로비치 체호프 | 박현섭 옮김
54. 서푼짜리 오페라 · 남자는 남자다 베르톨트 브레히트 | 김길웅 옮김
55. 죄와 벌(상) 표도르 도스토예프스키 | 김희숙 옮김
56. 죄와 벌(하) 표도르 도스토예프스키 | 김희숙 옮김
57. 체벤구르 안드레이 플라토노프 | 윤영순 옮김
58. 이력서들 알렉산더 클루게 | 이호성 옮김
59. 플라테로와 나 후안 라몬 히메네스 | 박채연 옮김
60. 오만과 편견 제인 오스틴 | 조선정 옮김
61. 브루노 슐츠 작품집 브루노 슐츠 | 정보라 옮김
62. 송사삼백수 주조모 엮음 | 김지현 옮김
63. 팡세 블레즈 파스칼 | 현미애 옮김
64. 제인 에어 샬럿 브론테 | 조애리 옮김
65. 데미안 헤르만 헤세 | 이영임 옮김
66. 에다 이야기 스노리 스툴루손 | 이민용 옮김
67. 프랑켄슈타인 메리 셸리 | 한애경 옮김
68. 문명소사 이보가 | 백승도 옮김
69. 우리 짜르의 사람들 류드밀라 울리츠카야 | 박종소 옮김